TARA DUNCAN Le Continent Interdit

타라 덩컨

금지된 대륙

TARA DUNCAN, Le Continent Interdit
by Sophie Audouin-Mamikonian

Copyright© Editions Flammarion, Paris, 2007
Korean Translation Copyright©SODAM Publishing Co., 2008
All rights reserved.

This Korean edition was published by arrangement with Editions Flammarion, (Paris)
through Bestun Korea Agency Co., Seoul

이 책의 한국어판 저작권은 베스툰 코리아 에이전시를 통해 저작권자와의 독점계약한 소담출판사에 있습니다.
저작권법에 의해 한국 내에서 보호를 받는 저작물이므로 무단전재와 무단복제를 금합니다.

TARA DUNCAN Le Continent Interdit
타라 덩컨
금지된 대륙

펴 낸 날 | 2008년 7월 17일 초판 1쇄
            2016년 11월 30일 초판 14쇄

지 은 이 | 소피 오두인 마미코니안
옮 긴 이 | 이원희
펴 낸 이 | 이태권
펴 낸 곳 | (주)태일소담
            서울시 성북구 성북로8길29 (우)02834
            전화 | 745-8566~7 팩스 | 747-3235
            e-mail | sodam@dreamsodam.co.kr
            등록번호 | 제2-42호(1979년 11월 14일)

ISBN 978-89-7381-947-8 04860
     978-89-7381-857-0 (세트)

● 책 가격은 뒤표지에 있습니다.
● 잘못된 책은 구입하신 곳에서 교환해드립니다.

www.dreamsodam.co.kr

TARA DUNCAN Le Continent Interdit

타라 덩컨

금지된 대륙

소피 오두인 마미코니안 지음 | 이원희 옮김

소담출판사

TARA DUNCAN Le Continent Interdit

타라 덩컨
금지된 대륙 하 | 차례

14장	토토	12
15장	금지된 대륙	30
16장	파브리스	93
17장	미친 여왕	113
18장	드래곤들의 정신병동	133
19장	뱀파이어	173
20장	엘프, 드래곤	193
21장	작전	221
22장	원형경기장	256
23장	탈출	267
24장	드래곤과 뱀파이어, 누구를 선택하나	303
	아더월드의 용어 해설	319

• 일러두기
이 책의 본문에 표시된 ✽부분은 뒤페이지의 '아더월드의 용어 해설'에 자세히 설명해두었습니다.

금지된 대륙 하

14
토토

히드라를 패밀리어로 갖게 되면
수영장을 갖춘 저택이 있어야 하는데…….

*

정신이 몽롱한 상태에서 로빈은 칼이 화살을 뽑고, 영혼의 동반자에게 가까이 오려고 하는 히드라를 레파루스로 치료하는 것을 봤다. 마법의 힘으로 통증이 사라진 로빈의 입에서 딸꾹질이 나왔다.

갑자기 머릿속에서 속삭이는 소리에 놀란 로빈은 조심스럽게 다가오는 히드라의 정신을 느끼고는 공포에 사로잡혔다.

로빈이 재빨리 몸을 웅크리면서 침을 질질 흘리는 아가리와 흐릿한 눈빛을 피했다.

"자기…… 이름이 토토래."

"당연하지. 내가 네 살 때 지어준 이름인데." 칼이 차분한 어조로 말했다.

"자기…… 이름이 토토래."

"쯧쯧!" 파브리스가 한마디 했다. "아무래도 충격이 너무 큰가 봐. 계속 같은 말만 반복하면 어떡하지?"

키가 15미터에 이르는 히드라와 정신을 공유해야 한다는 것 때문에 로빈은 이성을 잃을 정도로 혼란스러워했다. 로빈이 몸을 동그랗게 말면서 두 팔로 머리를 감쌌다.

"아아아아악!"

"로빈? 괜찮아?" 무아노가 걱정스럽게 물었다.

"냠냠, 물고기, 물!" 로빈이 숨 막히는 목소리로 대꾸했다. "맙소사, 내 머리에서 빨리 나가!"

흠칫 놀란 히드라가 몸의 일부만 집 안에 들어와 있다는 걸 잊고 뒷걸음쳤다. 쿵, 콰당, 쨍그랑……! 집 전체가 흔들리면서 필사적으로 버티던 물건들이 바닥으로 떨어지고 말았다.

"어어어! 안 돼!" 칼이 고함을 질렀다. "얌전히 있어, 토토. 움직이지 말라니까!"

히드라가 불안한 소리를 내면서 집에 들어와 있는 머리들을 늘어뜨렸다.

"로빈!" 칼이 친구 옆에 쭈그리고 앉으면서 간절한 어조로 말했다. "패밀리어를 거부할 수는 없어. 네가 선택했기 때문에 히드라가 너를 선택한 거야."

화가 나서 벌게진 얼굴을 쳐들면서 로빈이 외쳤다.

"아니, 난 선택하지 않았어! 나는 패밀리어를 원치 않아!"

토토가 슬픈 소리를 내면서 거대한 몸집으로 기대고 있는 벽을 으스러져라 눌렀다. 건물에서 우지끈거리는 소리가 나자 칼이 부르르 떨었다.

"로빈!" 칼이 고함쳤다. "바보 같은 짓 그만둬. 그 누구도 패밀리어를 거부할 수 없어! 아더월드 역사상 그런 일은 없었어. 네가 계속 거부하면 토토가 미친 듯이 날뛰다 우리 집을 무너뜨리고 말 거야. 우리 엄마가 격분하면 어떻게 되는지 알아?"

"너의 짐승이잖아. 너의 히드라니까 어떻게 좀 해봐!"

계속 고집을 피우는 로빈에게 화가 치민 칼은 한 방 갈겨주고 싶은 걸 간신히 참았다.

히드라의 머리 일곱 개가 동시에 울부짖었다. 절규에 가까운 소리가 어찌나 큰지 모두 귀를 틀어막아야 했다.

"그만 좀 해, 로빈!" 절망하는 동물이 안쓰러워서 더는 참을 수 없다는 듯 무아노가 흥분했다. "어린애처럼 굴지 마. 패밀리어를 갖는다는 것은 명예로운 일이야!"

그러고 나서 엘프들이 전사라는 것이 기억난 듯 덧붙였다.

"게다가 히드라는 강력하고 진귀한 동물이야. 나의 쉬바, 타라의 갈랑처럼(무아노가 더는 열거하지 않았다. 파브리스의 매머드 바룬은 싸움을 싫어하고 빨간 바나나 먹는 것만 좋아하기 때문에) 토토가 너를 도와서 싸울 거야. 왜 그런 행운을 거부해?"

하프엘프가 다시 두 팔로 머리를 감싸면서 구시렁거렸다.

"그렇지 않아도 엘프들은 나를 좋게 여기지 않아. 그런데 나한테 패밀리어까지 생겨봐! 그건 최악이야! 에레는 내 몸속에 흐르는 인간의 피가 엘프의 피를 오염시키는 증거라고 생각할 거야. 셀렌다에서 나는 이미 죽은 사람이나 다름없는데 패밀리어까지 생기면 완전히 매장당할 거야!"

무아노가 코를 찡그렸다. 그러니까 로빈의 불안은 그럴 만한 이유가 있었던 거야. 뜻밖의 반응에 놀랐던 무아노는 이제 그 마음이 이해가 되었다.

"숨길 수 있을 거야." 파브리스가 말했다.

히드라가 또다시 울어대서 파브리스가 얼른 귀를 막았다.

"어휴, 미치겠네. 걱정 마, 숨길 수 있을 거라니까!"

칼은 균열이 일어나는 벽을 불안하게 쳐다봤다.

"로빈, 제발 부탁인데 밖으로 나가면 안 되겠니? 머리 위로 지붕이 무너져 내릴까 봐 조마조마해 죽겠어."

"싫어!" 로빈이 숨 막히는 목소리로 대답했다. "방법은 네가 찾아! 우리 중에서 네가 가장 영리하고, 또 너와 친한 동물이니까 네가 해결하란 말이야!"

영리하다는 말이나 하지 말지, 칼은 로빈의 말이 불쾌하기 짝이 없었다.

"말도 안 되는 소리 집어치워, 로빈! 내가 같은 말을 몇 번이나 더 해야 되겠어? 에레의 일은 유감이지만 넌 많은 마법사처럼 패밀리어를 갖는 거라고. 그리고 너를 이미 미워하고 있는데 좀 더 미워하든 덜 미워하든 달라질 건 없잖아!"

로빈이 머리를 세차게 흔들면서 울부짖자 토토도 덩달아서 울었다. 파브리스가 한참 귀를 비비고 있자 마침내 울음소리가 멈췄다.

"휴, 고막이 남아날지 모르겠다. 어떡하지?"

"로빈이 토토에게 정신을 열어야 해. 결합이 이루어지지 않으면 둘 다 미쳐버리고 말 거야." 칼이 아주 걱정스럽다는 얼굴로 말했다.

"너의 히드라는 이미 미쳤어!" 로빈이 퉁명스럽게 내뱉었다. "그러니까 크게 달라질 것도 없어!"

"그렇지 않아!" 칼이 소리를 버럭 질렀다. "게다가 문제는 그게 아냐. 내가 영리할지는 모르지만 신이 아냐. 죽음 말고는 아무도 패밀리어와 주인을 떼어놓을 수 없어."

로빈이 갑자기 머리를 휙 쳐들었기 때문에 깜짝 놀란 칼이 엉덩방아를 찧었다.

"죽음? 그게 방법이네! 맞아!"

"너 정말 미쳤어? 그렇다고 자살하겠다는 건 아니지?" 칼이 질겁해서 외쳤다.

"자살? 천만에! 내가 아니라 네 동물을 말하는 거야. 그러면 벗어날 수 있겠네. 패밀리어는 필요 없어! 패밀리어인 키미가 소용돌이에 빨려 들어갔을 때 안젤리카도 그렇게 심하게 고통스러워하지 않는 것 같았어(제1권 「아더월드와 마법사들」에서 로빈은 자신이 안젤리카가 패밀리어를 잃은 것 때문에 반은 미쳐버릴 것이라고 했던 말을 잊은 모양이었다). 그래, 그게 가장 좋은 방법이야."

"너 완전히 제정신이 아니구나!" 칼이 히드라 앞을 가로막고 서서 고함쳤다. "토토의 털끝 하나라도 손대면 가만두지 않겠어!"

"저리 비켜, 칼!" 로빈이 소름이 끼칠 정도로 냉정하게 말했다. "나를 그냥 내버려둬. 어떤 엘프도 패밀리어와 함께 살 수 없어. 너무 혼란스러워서 나도 어쩔 수 없어. 토토가 부상당하면 나도 아플 거고 목숨을 잃을 수도 있겠지. 그래도 난 위험을 무릅쓰지 않을 수 없어."

친구를 물끄러미 쳐다보다가 칼이 순순히 비켜서자 로빈은 깜짝 놀랐다.

"그래, 마음대로 해라. 네가 유일한 해결책이라고 생각하는 것이 무고한 동물을 죽이는 것이라면 에레의 생각이 틀렸네. 넌 에레가 생각하는 것보다 훨씬 전형적인 엘프니까."

로빈이 히드라를 바라봤다. 히드라의 눈은 이제 초록빛이 아니라 패밀리어의 특성인 금빛이었다. 슬픔이 가득한 눈, 히드라가 마치 체념한 듯 눈을 차례로 감았다. 히드라가 운명을 받아들이고 있는 것이었다. 주인이 죽기를 바라는데 복종하는 수밖에……

로빈이 활을 집어 들었다. 히드라의 머리 중 하나를 겨냥하던 로빈이 손을 부들부들 떨다가 활을 내렸다.

"하! 하!" 칼이 웃음을 터뜨리면서 말했다. "이럴 줄 알았다니까. 난 네가……"

"머리가 일곱 개나 되는 히드라야, 칼." 로빈이 매몰차게 말을 잘랐다. "하나를 없애면 머리가 두 개, 세 개로 늘어날 텐데 그럼 너무 피곤해. 심장을 쏴야겠어."

그렇게 말하고 나서 로빈이 토토를 향해 돌아섰다.

"여기서 나가."

히드라가 눈을 뜨더니 복종하면서 초록색 머리들을 집 밖으로 뺐다.

로빈이 응접실을 나가자 친구들이 따라나갔다. 칼은 로빈이 정말로 히드라를 죽일까? 하는 얼굴이었다.

"너 많이 변했다." 파프니르가 로빈에게 말했다. "훨씬 냉혹해 졌어. 칼의 말이 맞아. 너는 엘프의 피가 더 강해."

로빈이 휙 돌아보는 바람에 파프니르가 소스라쳤다.

"내 입장이라면 너는 어떡할 건데? 친한 친구가 기르던 동물을 죽이는 건데 내가 즐겁겠어? 토토와 결합을 거부한 일로 너희에게 따돌림을 당할 텐데 내가 즐겁겠어? 나도 가슴이 아파. 이것이 바로 내 동족과 너무 다르다는 증거야. 내 몸속에는 인간의 피가 더 많다는 증거라고!"

"그럼 머리도 검게 염색해." 파프니르가 비아냥거렸다. "아! 네 어머니도 죽이지 그래? 인간이잖아! 나는 네가 이러는 게 히드라 때문이 아니라고 생각해. 너는 타라에 대한 불안, 에레의 위협, 네가 몇 달 동안 겪었던 것에 대한 분노 때문에 이 동물에게 화풀이하고 있는 거야."

로빈이 성난 눈길로 파프니르를 노려봤다. 난쟁이의 말이 정곡을 찔렀기 때문에 더욱 괴로웠다. 로빈이 몸을 작게 하려고 애쓰는 히드라를 응시하다가 안개 대양에서 그토록 많은 목숨을 빼앗았던 활을 들었는데 어깨에 경련이 일었다.

긴 침묵이 흘렀다. 새의 노랫소리와 크리크리*의 울음소리가 간간이 정적을 깨뜨렸다. 죽지 않은 것에 놀란 히드라가 눈을 차례로 하나씩 떴다. 히드라의 눈과 마주친 로빈은 아무 짓도 하지 않은 누군가를 절대로 죽일 수 없음을 깨달았다.

"네 말이 맞아, 파프니르. 이 동물에게 복수를 한다는 건 나답지 않은 일이야. (로빈이 심호흡을 했다) 알았어. 내가 어떻게 해야 하는 건지 설명해줘."

"활을 내려놓으면 돼." 칼이 안도하는 얼굴로 말했다.

로빈이 릴란드릴의 활에게 어깨로 돌아가라고 명했다.

"고마워, 로빈. 이제 토토에게 너의 정신을 열어줘야 해."

"근데 이름이 정말 이상해. 내가 이름을 바꾸면 토토가 기분 나빠할까?"

"직접 물어봐. 너희 둘의 정신이 결합하면 너는 토토가 느끼는 걸 같이 느낄 수 있어. 고통이나 두려움뿐만 아니라 좋아하는 것이나 싫어하는 것도 느낄 수 있어."

로빈이 토토 앞에 서서 정신을 열어주었다.

히드라가 보기보다 훨씬 영리하다는 걸 알고 로빈은 깜짝 놀랐다. 자라는 걸 지켜봤던 칼에 대한 열렬한 사랑(더 정확하게 말하면 칼과 물고기에게 똑같이 나눠준 사랑이지만) 외에도 토토는 집을 지키는 훌륭한 경비였고, 적과 친구를 단번에 구별해낼 줄 알았다.

그리고 토토라는 이름을 아주 좋아하지만 이름을 바꾸는 것이 로빈에게 기쁨을 주는 것이라면 아무 문제가 없다고 생각하고 있었다.

"그럼 너를 소우르브라고 부를게." 로빈이 큰 소리로 말했다. "엘프의 언어로 '충성'이라는 뜻이야."

히드라가 머릿속에서 새 이름의 울림을 발음해보면서 마음에 든다고 자신의 생각을 전했다.

웃음을 참느라고 다리가 꼬이는 칼이 더는 참을 수 없어서 잔디밭에 털썩 주저앉았다. 칼이 히드라의 머리를 쓰다듬어주자 만족스러운 소리를 냈다.

"네가 그리울 거야." 칼이 다정하게 말했다. "하지만 로빈처럼 멋진 주인은 만날 수 없을 거야. 그리고 우리는 거의 함께 지내니까 너를 자주 볼 수 있어."

약간 질투가 난 블롱딘이 주둥이로 칼을 떠밀었다. 칼이 빙긋이 웃으면서 블롱딘도 쓰다듬어주었다.

"저기…… 누가 내 갈비뼈 좀 치료해줄래?" 얼굴이 초록빛으로 변한 제레미가 호소했다. "정말 너무 아파서 못 참겠어."

갈이 해주는 레파루스 치료를 받은 제레미는 통증이 사라지자 이제 살 것 같다는 신음 소리를 냈다. 이어서 칼이 제안했다.

"이제 엄마의 서재로 가자. 거기 가면 우리에게 필요한 것들이 있어. 그리고 타라의 연락을 기다리자."

그들이 다시 집으로 들어가려고 할 때였다. 쿵! 쿵! 쿵! 하는 요란한 소리에 땅이 흔들렸다. 소우르브가 로빈을 따라오면서 기쁨을 표시하기 위해 펄쩍펄쩍 뛰는 소리였다.

로빈이 동그래진 눈으로 돌아보자 히드라가 그 커다란 몸집을 뒤틀면서 아양을 떨었다.

"얘가 왜 이러는 거야?"

"너무 좋아서 그래." 칼이 알려주었다. "막대기를 던지면 너에게 갖다줄 거야. 뛰어다니는 걸 엄청 좋아하거든."

"농담이지?"

"천만에. 잘 봐!"

칼이 땅바닥에서 막대기를 주워서 힘껏 내던졌다. 마치 목숨이 달려 있는 것처럼 죽기 살기로 달려가는 소우르브 때문에 땅이 흔들렸다.

로빈이 눈을 비비면서 구시렁거렸다.

"다른 선택을 하지 않았던 것이 후회가 되려고 한다."

로빈은 유심히 살폈다. 쏜살같이 막대기를 갖고 돌아온 소우르브가 뱀 꼬리를 흔들었다.

"파브리스, 바룬을 축소할 때 사용하는 주문이 뭐야?"

"지금은 언제든 크기를 조절할 수 있고, 일정 시간 동안 지속성이 있는 새로운 주문을 사용하고 있어. 잠들어 있을 때 내 마법이 약해지는 경향이 있어서 바룬이 원래 크기로 돌아오기 때문에 한

번은 심장마비를 일으킬 뻔하고, 또 한번은 침대가 박살 날 뻔했거든. 어쨌든 새 주문을 사용하기 전까지는 타라가 사용하는 주문이랑 똑같았어. '미니아투루스의 이름으로 바룬은 내가 마음대로 데리고 다닐 수 있게 줄어들어라!'"

파브리스가 마법이 실행되지 않도록 주문을 말했기 때문에 매머드는 변하지 않았다.

"고마워, 파브리스. *미니아투루스의 이름으로 소우르브는 내가 마음대로 데리고 다닐 수 있게 줄어들어랏!*"

초록빛 마법 광선을 맞은 소우르브가 몸이 수축되는 걸 느끼면서 불안한 울음소리를 냈다. 잠시 후, 히드라가 쉬바와 바룬(이미 축소되어 있었다)이랑 비슷한 크기로 줄어들었다. 조심스럽게 냄새를 맡던 매머드가 여러 개의 머리를 흔드는 히드라를 보면서 흠칫 놀랐다. 슬금슬금 뒷걸음치는 매머드를 진정시키려고 파브리스가 얼른 빨간 바나나를 하나씩 내밀었다. 소우르브까지 막대기를 내려놓고 바나나를 날름 받아먹었다.

"식사 시간에만 먹이를 주고 간식은 주지 마." 칼이 말했다. "파브리스는 시도 때도 없이 매머드에게 너무 많이 먹이고 있어. 토토…… 아, 참, 소우르브는 하루에 두 번 물고기를 먹어. 그리고 멋진 비늘을 유지할 수 있게 석 달에 한 번씩은 비타민을 보충시켜줘야 해. 이따금 습진이 생기니까 벗겨진 피부를 부드러운 아몬드 기름으로 문질러줘야 되고. 아, 그리고 히드라에게는 물이 필요해. 기회가 있을 때마다 호수로 데려가면 엄청 좋아하지. 부러진 발톱이 있는지 잘 살펴봐, 다시 자라지 않거든. 살 속으로 파고드는 발톱이 있으면 네가 뽑아줘야 하는데……."

"이번에는 확실하네, 너 지금 나 놀리고 있는 거지?" 로빈이 말을 잘랐다.

"천만에!" 칼이 진지하게 대답했다. "너 집에서 동물 키워본 적 없지?"

"칼, 우리 엘프들에게 동물은 사냥하거나 잡아먹는 대상이야. 물론 두 가지 다할 때도 있고. 우리 집에서는 동물을 키운 적이 없어. 그리고 어머니가 나한테 애완동물을 사주려고 할 때마다 아버지가 반대했던 이유를 이제야 알겠어. 차라리 아기를 키우는 것이 낫겠다!"

"칼의 충고는 좀 과장된 면이 없지 않으니까 그렇게 겁먹을 필요 없어." 무아노가 안심시켰다. "패밀리어들은 보통 동물보다 훨씬 영리해. 너의 히드라는 다른 동물들이 할 수 없는 것을 해낼 거야, 두고 봐."

그들은 쉬바 주위에서 펄쩍펄쩍 뛰는 소우르브를 쳐다봤다. 쉬바가 짜증스러운 듯 꼬리를 흔들어대면서 히드라가 계속 귀찮게 굴면 갈기갈기 찢어버리겠다는 표시를 했다.

"정말 그럴까?" 무아노의 말에 로빈이 고개를 갸웃하면서 중얼거렸다. 그러고 나서 정신적으로 히드라를 불렀다. '소우르브, 쉬바를 가만 내버려두고 이리 와.'

즉시 뒷발로 일어난 히드라가 달려들더니 로빈의 얼굴을 마구 핥았다.

극도로 흥분한 히드라와 완전히 의기소침해진 로빈을 데리고 집 안으로 들어가면서 칼은 터져나오려는 웃음을 억제하느라고 애를 썼다. 무아노도 웃음을 참느라고 너무 용을 쓴 나머지 눈물까지 글썽거렸고, 파브리스는 입술을 꽉 깨물고 있었다.

그들은 응접실 문턱에서 그대로 멈춰 섰다. 완전히 아수라장이었다.

"휴! 어머니가 보시면 우리를 뭐라고 생각하시겠어!" 무아노가 말했다. "돌아오시기 전에 치워놓자."

다른 친구들도 고개를 끄덕이면서 히드라의 몸부림 때문에 부서지거나 균열이 생긴 것들을 수리하기 시작했다. 로빈도 청소에 몰두하느라고 잠시 소우르브를 잊고 있었다. 히드라가 뭔지 모를 조각들을 뱀의 머리로 잡아서 대롱대롱 매달았나. 그러고는 자기가 찾아온 것들로 관심을 끌기 위해 로빈의 귀에 대고 소리를 질러댔다. 로빈은 기적적으로 온전한 화분을 집어 들다가 너무 놀라 떨어뜨리면서 박살 내버렸다.

칼은 더 이상 참을 수가 없었다.

"잠깐만……."

그렇게 말하고는 쏜살같이 방으로 뛰어간 칼은 문이 닫히자마자 침대에 쓰러져서 포복절도했다.

5분이 지나서야 겨우 진정한 칼이 얼굴이 빨개져서 응접실로 돌아왔다.

로빈은 제레미와 엘레아노라의 도움을 받아서 방을 정리하고 있었고, 소우르브가 졸졸 따라다니고 있었다. 로빈에게서 한 발짝도 떨어지지 않으려고 쫓아다니다 발에 걸려서 뒤뚱거리는 히드라를 보면서 칼은 또다시 터지려고 하는 웃음보를 가까스로 억눌렀다.

"다른 애들은 어디 있어?" 칼이 시치미를 뚝 떼고 물었다.

"몰라." 로빈이 무뚝뚝하게 대답했다. "너와 동시에 뛰어나갔어."

그때 무아노와 파브리스가 나타났는데 칼의 눈길을 피하고 있었다. 둘의 얼굴도 울긋불긋한 걸 보면 밖에 나가서 한바탕 웃고 들어온 것이 틀림없었다.

"이 행성에서 가장 열렬한 패밀리어에게 걸려든 것 같아." 로빈이 한숨을 내쉬었다. "칼, 얘를 어떻게 하면 진정시킬 수 있는지 말 좀 해봐."

칼은 그냥 내버려두고 싶은 마음이 굴뚝같았지만 불안해서 눈이 동그래진 로빈의 얼굴을 보면서 생각을 바꿨다.

"너와 일체가 된 것 때문에 흥분해서 그럴 거야. 하지만 곧 지칠 거라고 생각해."

그렇게 말하고 나서 정직하게 덧붙였다.

"내 희망 사항이지만!"

그러자 로빈이 더 부담된다는 표정으로 소우르브를 쳐다봤다.

"아무래도 어디가 잘못된 것 같아. 혹시……?"

그 순간 칼의 크리스털 볼이 울렸기 때문에 로빈은 말을 중단했다. 칼이 얼른 주머니에서 크리스털 볼을 꺼냈다. 타라의 얼굴이 떠 있었다. 칼의 이미지 뒤로 난장판이 된 응접실을 보면서 타라가 놀라는 표정을 지었다.

"칼? 무슨 일이야?"

좀 특별한 패밀리어를 갖게 되었다는 말은 로빈이 직접 하는 게 나아, 칼은 그렇게 결정을 내리고 대답했다.

"문제가 좀 있었는데 지금은 해결됐어. 너는? 준비는 다 됐어?"

"거의 끝났어. 드래곤들이 금지된 대륙의 장벽 밖에 위치헤 있는 정박이 가능한 해변을 알려줬어. 해마다 금지된 대륙에서 무슨 의식을 거행하는 모양이야. 드래곤 여섯과 엘프 열다섯 명이 나와 동행하게 되었어. 그 위치를 지도에 표시해놨어."

타라가 2년 전에 한 상점에서 샀던 지도를 흔들었다. 양피지에 나타난 대륙의 이미지에 형광 빛을 내는 화살표가 '여기, 여기'라는 뜻으로 번쩍번쩍 신호를 보낸 뒤에 꺼졌다.

"지도, 확대!" 타라가 명했다.

"알았음!" 지도가 응답했다. "그 드래곤들이 해변의 정확한 형태를 밝히지 않아서 비슷한 곳으로 만족해야 함. 트란스미투스를 사용하고 싶다면 공간 지표를 알려줄 수 있음."

"어디인지 표시해! (지도가 복종했고 양피지 위에 지표가 나타났다) 하지만 너희는 렌베르산 섬에서 배를 타고 가는 게 나아. 트란스미투스는 드래곤들이 예상하고 있을 테니까. 가장 가까운 렌베르산 섬에 공간이동의 문이 있는데 이게 그 위치야. 지금 출발해서 해변 부근에 숨어 있어. 내가 장벽을 여는 데 성공하면 동행한 드래곤들이 무슨 반응을 보이겠지. 마법으로 공격할지, 무슨 술책을 쓸지 모르지만 내 목숨은 너희에게 달려 있어."

칼이 불안한 얼굴로 이마를 찡그렸다.

"저기…… 네가 우리를 철석같이 믿고 있는 건 알지만 모든 걸 전적으로 우리에게 맡기지 않길 바란다."

"크산디아르가 우리와 동행하고 싶어 했지만 황제와 엄미와 마찬가지로 거부당했어. 노발대발한 크산디아르의 귀에서 연기가 펄펄 나더라고. 그러니까 연락해서 같이 가자고 제안해봐. 아마 굉장히 기뻐할 거야. 그리고 다른 지원병들이 있는지도 물어보고. 베티를 구하려면 내 쪽 사람들이 많아야 하니까."

"오케이. 그건 내가 알아서 할게. 너희보다 우리가 먼저 도착할 수 있게 시간을 좀 끌어봐."

"노력해보겠지만 베티가 위험에 처한 걸 모두 알고 있기 때문에 내가 꾸물거리면 의심을 사게 될 거야. (타라가 목소리를 약간 낮췄다) 그리고 지워진 곳에 대해 새로 알아낸 거 있어?"

"칼리르 꽃에 대해서? 오무아를 포함해서 여러 디스쿠타리움에 문의했는데 전부 모른다고 해서 그 식물에 대해 더는 정보를 입수하지 못했어. 어디서 들어본 이름 같은데 기억이 안 나서 짜증 나. 칼리르, 분명히 귀에 익은 이름인데……."

"지워진 곳에 대해 말하는 거야?" 대화를 듣고 있던 파프니르가 물었다. "왜?"

"타라가 준비하고 있는 주문에 그게 필요하거든." 칼이 설명했다. "지워진 곳이라는 데서만 자라는 식물이 꼭 필요해서."

"칼리르 꽃은 내가 알지." 파프니르가 천연덕스럽게 말했다. "그 꽃을 어디서 구할 수 있는지도 알고!"

금지된 대륙

금지된 곳이라고 할 때는 그럴 만한 이유가 있는 것이다

*

"뭐?"

칼과 타라가 동시에 외쳤다. 파프니르가 빙그레 미소를 지으면서 말했다.

"메델루스가 말해줬어."

"아, 맞다!" 칼이 손가락을 으드득 꺾으면서 소리쳤다. "그 얘기를 들었던 기억이 어렴풋이 나네."

"메델루스?" 타라가 다시 외쳤다. "그 정신병자가 너희에게 뭐라고 했는데?"

"메델루스의 직업이 뭔지 기억 안 나?" 파프니르가 물었다.

"생명공학 기술자였던가……? 솔직히 말해서 그 남자가 말할 때 귀담아듣지 않았어."

"메델루스는 주로 엘프들의 나라 셀렌다에서 활동하면서 고도의 기술로 아더월드의 식물을 연구하는 학자라고 할 수 있어. 너희도 황무지 섬의 흑장미 기억나지? 그래서 내 마법 능력을 없애주었던 흑장미에 대해 물어본 적이 있었거든. 메델루스가 셀렌다의 기록 보관소를 샅샅이 뒤져서 한 문서를 찾아냈는데…… 그걸 쓴 저자가 바로 지워진 곳의 원주민이었어."

타라가 크리스털 볼을 가까이 들여다봤기 때문에 눈과 코가 크게 보였다.

"그 문서에 칼리르 꽃에 관한 기록이 있었단 말이지?"

"응. 그 원주민은 동족들과 함께 쫓겨나기 전에 그 대륙에 사는 모든 식물을 기록해놓았어. 칼리르 꽃은 유령을 유인하는 특성이 있고, 꽃이 많은 곳에서는 그 향기 덕분에 유령이 다시 유형화될 수 있다는 거야. 식물학자들의 말에 따르면 산 사람의 살과 피를 먹으면 육신이 돌아올 수 있다는 걸 알고 유령들이 사람을 공격하는 사고가 일어나기도 했대."

칼이 얼굴을 찌푸렸다.

"이래도 그 꽃이 필요한 건 확실하지, 타라?"

"응. 그 사람이 거기가 어디인지도 밝혀놨어?"

"인간이 아냐. 그 원주민이 그곳의 위도와 경도를 기록해놨어. 그리고 네 지도에 표시된 곳과 정확하게 일치하는 것 같아."

칼이 아연실색한 얼굴로 파프니르를 쳐다보다가 말했다.

"그럼 지워진 곳이 금지된 대륙이라는 거야?"

"정확해."

"그런데 지명이 왜 이렇게 이상해?"

"드래곤들에게 쫓겨난 원주민들은 심한 고통을 겪으면서 아더월드에서 '지워진' 느낌이 들었겠지. 그래서 자기들의 대륙을 그렇게 이름 붙이기로 했던 것이고."

"제기랄!" 칼이 내뱉었다. "드래곤들이 그 대륙에 저주를 내렸기 때문이군. 그래서 거기에 인간을 잡아먹는 유령들이 있는 것이고!"

"맙소사!" 타라가 중얼거렸다. "베티가 안전한 곳에 숨어 있으면 좋겠는데! 마지스터의 말로는 베티가 아직 살아 있다고 했어. 제발 이번만은 거짓말이 아니기를 바라는 수밖에."

점점 더 불안해진 타라가 한숨을 내쉬었다.

"고마워, 파프니르. 엄청나게 중요한 정보야. 이제부터 내가 금지된 대륙으로 가야 하는 이유는 두 가지야. 출발하기 전에 유령에 대해 알아낼 수 있는 모든 정보를 수집해줘. 드래곤들이 유령에 대한 말은 하지 않았지만 너희는 필요한 장비를 갖춰. 나 때문에 너희가 다치는 걸 원치 않으니까. 아, 참, 그리고 칼?"

"왜?"

"이것 좀 봐."

타라가 크리스털 볼 화면에 막대사탕을 가까이 댔다. 키디코이였다.

"네가 돌려준 막대사탕이야. 이 예언의 메시지를 이해하지 못하고 있었는데 이제는 알 것 같아. **'열쇠가 너를 배신할 것이고, 너는 죽을 위험이 있다'**."

칼이 이마에 주름을 잡았다.

"열쇠가 너를 배신할 것이다? 열쇠가 어떻게 배신해?"

"부서지거나 없어지거나 하겠지. 하지만 이 예언이 금지된 대륙을 여는 열쇠를 의미하는 것이라면 불길한 징조야. 그러니까 조심해야 돼. 나중에 보자."

칼이 제레미와 그의 부모에 대한 얘기를 꺼낼 사이도 없이 타라가 크리스털 볼을 끊었다.

제레미가 불안한 얼굴로 듣고 있었다.

"내 부모님이 그런 대륙에 있다니! 정말 끔찍한 일이야!"

"확실한 것은 아무것도 없어." 무아노가 제레미를 안심시켰다. "디스쿠타리움의 가정일 뿐이니까. 그리고 호기심을 가질까 봐 미리 차단하려는 조작된 정보일 가능성도 배제할 수 없어."

제레미가 고개를 끄덕였지만 눈빛은 불안했다.

칼은 원정에 필요한 모든 장비를 찾아서 친구들에게 갖추도록

했다. 축소한 식량, 무기(몸 자체가 무기인 파프니르, 온갖 연장을 지니고 다니는 엘레아노라, 마법의 활을 가진 로빈을 제외하고), 밧줄, 모래에 빠지지 않게 얇은 막으로 감싸주는 신발, 소금(유령들이 끔찍해하는), 마법을 사용하지 않고 날 수 있어서 비마들이 주로 이용하는 레비투스 Inc® 벨트, 완장 형태의 카무플루스 기구.

칼의 집에 있는 카무플루스는 흔히 사용하는 종류가 아니라 군대용 병기였다. 다행히 칼의 어머니가 단체로 미션을 이행할 경우를 대비해 첩보원 전원에게 나눠줄 카무플루스 열 개를 집에 준비해두고 있었다. 더구나 완장 형태의 카무플루스라서 눈에 띄지 않게 작동하기에는 그만이었다. 칼은 로빈의 카무플루스에 있는 버튼을 누르면서 시범을 보였다. 로빈이 즉시 사라지자 소우르브가 다시 나타날 때까지 항의를 하듯 울부짖었다.

"애한테는 정말 무슨 조치를 취해야지 안 되겠어." 파브리스가 말했다. "보통 시끄러운 게 아냐."

"그건 그래. 그런데 우리 패밀리어들은 어떡하지?" 무아노가 물었다. "애들까지 다 갖추려면 카무플루스가 부족하잖아."

"배낭에 넣고 다닐 수 있는 크기로 축소히자." 파브리스가 제안했다.

"그럴 거면 차라리 마법복 주머니에 넣고 다니지?" 무아노가 말했다.

"그건 안 돼." 칼이 끼어들었다. "욕실은 통째로 집어넣어도 문제가 없지만 마법복이 만들어내는 공간에는 공기가 없어서 애들이 질식할지도 몰라. 뿌익만 한 크기로 축소해서 새장에 넣자."

칼이 배낭에서 작은 새장을 꺼내 보였다.

"바룬을 그런 새장에 넣자고?" 파브리스가 걱정되는 얼굴로 반대했다.

"그러면 네가 넘어져도 으스러질 염려가 없잖아. 새장은 웬만한 압력을 견딜 수 있으니까."

"와우!" 무아노가 감탄했다. "너 경험이 좀 있나 보다."

"도둑 대학에 들어가기 위해 내가 치러야 했던 시험은 거의 다 실전이었어. 나를 믿어. 우리 대학에서는 뭘 해야 하고 뭘 하지 말아야 하는지 배우거든. 준비됐지? 아, 바니세르도 모두 챙겼지?"

마법사들 중에서 특히 셈샤나쉬들은 유령을 이용해서 재산을 지키는 경우가 종종 있었다. 그래서 면허 받은 도둑들에게는 유령을 저승으로 돌려보낼 수 있는, 일종의 유령 퇴치기구 바니세르가 필수품이지만 값이 엄청나다는 것이 단점이었다.

모두 고개를 끄덕였다.

칼이 부모에게 남길 메시지를 녹음하면서 히드라와 열 개의 카무플루스와 바니세르가 없어진 이유와 무엇을 하러 떠나는지에 대해 자세히 설명했다.

사실, 칼은 내심 어머니의 반응을 보지 않게 된 것을 천만다행으로 생각했다. 알리아나 레안드린 달 살란의 자식 중에서(칼에게는 형 두 명과 누나 두 명이 있다) 칼이 가장 무모한 말썽꾸러기였다. 그래서 아무짝에도 쓸모없는 아이가 될까 봐 걱정을 제일 많이 하는 아들이었다.

렌베르산 섬까지 가는 여정은 그리 오래 걸리지 않았다. 랑코비트에 있는 공간이동의 문은 그 섬과 직통으로 연결되지 않아서 두 번 환승해야 했지만 20분도 채 걸리지 않아서 항구에 도착했다. 칼 일행은 휴가를 떠나는 관광객 행세를 하면서 배를 빌렸다. 온몸에 문신을 한 타트리스족 배 주인이 작은 뗏목 배와 돛을 부풀게 하는 공기의 원소를 다룰 줄 아는지 확인했다. 마침 로빈과 칼이 잘 알고 있기 때문에 어렵지 않게 배 주인을 설득할 수 있었다. 배 주인은 금지된 대륙 쪽으로는 가까이 가지 말라고 당부했고, 칼 일행이 그 방향으로는 가지 않겠다고 하자 안심했다.

파프니르는 항구를 떠난 지 얼마 되지도 않아서 얼굴이 초록빛으로 변했다. 파도가 조금만 쳐도 난쟁이들이 뱃멀미를 심하게 하는 데다 파프니르는 특히 도끼와 갑옷이 녹슬까 봐 질색했다. 북쪽 바다를 향해 유유히 헤엄쳐가는, 아더월드의 고래 떼와 그 무리를 인도하는 사이렌과 트리톤 들이 장관을 연출하고 있는데도 난쟁이의 눈길을 끌지 못했다. 마법을 쓰는 걸 거부했기 때문에 파프니르에게 멀미 방지 주문을 걸 수가 없었다.

여정이 짧아서 다행이었다. 얼마 되지 않아서 해변이 보였고, 텅 비어 있었기 때문에 그들은 안도의 숨을 내쉬었다.

대륙을 둘러싼 장벽은 수면 위로 드러나 있는 육지에 한정되지 않았다. 해안에서 좀 떨어진 바다까지 포함하고 있어서 장벽의 영역이 광범위했다. 장벽의 지붕에 해당하는 파란색의 거대한 돔은 불투명했고 꼭대기는 어찌나 높은지 보이지도 않았다. 대륙에서 유일하게 보이는 해변은 마법의 장벽이 개방되어 있는 것 같았고, 가파른 절벽이 또렷이 드러나 보였다.

그들은 발각되지 않기 위해 기슭에서 멀리 떨어진 바다 한복판에 정박하기로 했다. 로빈과 파브리스가 닻을 내렸고, 무아노가 파랑과 초록으로 색깔을 바꾼 덕분에 뗏목 배는 거의 눈에 띄지 않았다. 그들이 레비투스 Inc®를 사용하여 해변까지 가기로 하자 마법을 거부하는 파프니르가 투덜투덜하면서 끝내 고무 튜브를 사용했다. 드래곤으로 둔갑한 타라를 타고 비행했을 때 멀미가 심해서 죽을 뻔한 끔찍한 기억이 있기 때문이었다.

"저기 바위들 좀 봐, 칼!" 모래를 건드리지도 않고 백사장 위를 둥둥 떠 날아가면서 파브리스가 외쳤다. "저 뒤에 숨으면 되겠어!"

"로빈, 위장술에 있어선 네가 전문이잖아. 넌 어떻게 생각해?"

"내가 알기로 오무아에서는 카무플루스를 탐지할 수 있는 특수 렌즈를 사용하고 있어. 드래곤들도 갖고 있는지 그건 모르겠지만 위험을 무릅쓸 수는 없지. 파브리스의 말대로 저 바위들 뒤에 숨어 있는 게 좋겠어."

갑자기 칼이 욕설을 내뱉었다.

"칼, 무슨 일이야?"

"아냐! 내가 이렇게 멍청하다니까. 여러 명일 때 서로를 알아보기 위해 다른 카무플루스를 구별해낼 수 있는 특수안경이 있는데 깜빡했어."

"그게 바로," 엘레아노라가 빈정거렸다. "혼자서 활동하는 게 습관이 돼서 그런 거야."

"그러니까 네가 나랑 같이 하면 내가 혼자서 안 해도 되지." 칼이 무의식적으로 대꾸했다. 엘레아노라가 눈이 똥그래져서 쳐다보자 당황한 칼이 얼른 말을 돌렸다.

"완장에 있는 '말' 기능은 수동으로 작동할 수 있어. 이 카무플루스는 소리가 나지 않게 할 수 있어서 다른 사람들은 못 듣지만 우리끼리는 대화를 나눌 수 있어."

그들은 조심스럽게 착지해서 모든 흔적을 없앴다.

"지금부터 카무플루스를 켜놓을 필요는 없어." 칼이 충고했다. "몇 시간 정도는 작동하지만 드래곤들이 여기까지 오는 데 얼마나 걸릴지 모르니까."

파프니르가 투덜거렸다.

"에이, 소변 마려워서 죽겠는데 올 거면 빨리 오지."

혼자 하겠다는 파브리스의 완장만 빼놓고 칼이 모든 카무플루스 완장에 프로그램을 입력해놓았다. 그리고 그들은 바위 뒤에 숨어서 타라가 오기를 기다렸다.

로빈은 히드라가 기쁨이나 공포의 소리를 지르지 못하게 실렌시우스 주문을 걸었다. 그러나 로빈과의 결합이 강해지면서 히드라는 영혼의 동반자가 원하는 것을 점점 더 잘 알아차렸고, 얌전해졌다.

그들은 기다리고, 또 기다리고, 기다렸다.

두 시간 후, 더는 참을 수가 없는 파프니르가 일어나서 수평선을 살폈다. 아무도 없었다. 파프니르가 약간 떨어진 바위 뒤로 뛰어갔다. 이어서 옷 바스락거리는 소리가 들리자 그들은 안도의 숨을 내쉬었다.

파프니르가 볼일을 보는 바로 그 순간이었다. 해변에 드래곤이 유형화되었고, 저 멀리 바다에 군함이 나타났다.

햇빛 때문에 눈이 부셔서 그들은 드래곤이 살루덴리바쉬라쉬 부인지, 또 다른 드래곤인지 알아볼 수 없었다. 칼 일행은 재빨리 카무플루스 완장의 버튼을 눌렀고, 순식간에 그들의 모습이 보이지 않았다.

냄새를 쿵쿵 맡으면서 여기저기 돌아다니는 드래곤의 숨소리가 점점 가까워지고 있었다.

그 순간 모래바닥에 눈길을 주던 칼의 얼굴이 파랗게 질렸다.

맙소사, 파프니르의 발자국!

그들이 있는 바위에서 파프니르가 있는 곳까지 발자국이 또렷하게 이어지고 있었다…….

드래곤이 발자국을 봤든, 못 봤든…… 이미 엎질러진 물이었다. 바로 그때 바위 뒤에서 나온 파프니르와 드래곤이 맞닥뜨렸으니!

파프니르와 드래곤, 둘 다 깜짝 놀라서 그 자리에 멈춰 섰다.

"아하!" 드래곤이 반가운 목소리로 말했다. "너희가 여기 있을지도 모른다는 생각이 들더니…… 역시 내 예감이 맞았구나. 그런데 더 조심했어야지. 해변에 발을 들여놓는 순간 너희 냄새가 났단 말이다."

도끼 두 개를 뽑아 들고 있던 파프니르가 햇살 때문에 눈을 찡그렸다.

이어 파프니르가 외치는 이름을 듣고 모두 어안이 벙벙해졌다.

"셈 선생님?"

"그래." 드래곤이 대답했다. "어서 친구들이 있는 곳으로 뛰어가. 냄새가 나지 않도록 너희에게 주문을 걸어야겠다."

파프니르가 후닥닥 바위 뒤로 뛰어가서 카무플루스 완장을 작동했다. 셈 선생님이 조심스럽게 난쟁이의 발자국을 따라 걸어오면서 흔적을 감쪽같이 없앴다.

"맙소사! 냄새나지 않게 하는 기능도 있는데 그걸 작동한다는 걸 깜빡했어. 휴, 정말 미치겠네, 나 정말 구제불능인가 봐." 자책하는 칼의 목소리가 허공 속에서 울렸다. "어쨌든 선생님을 먼저 만나서 천만다행이다, 휴!"

"그런데 셈 선생님이 여기서 뭐 하는 거지?"

그들의 말을 들을 수 없는 셈 선생님이 돌아서더니 먼바다에 나타난 배들을 발견하자 보이지 않는 아이들에게 들으라는 듯이 말했다.

"도착했군! 다른 드래곤들에게 발각되지 않게 조심해라. 이 미션을 위해 드래곤 여섯이 자원했는데 아주 힘들게 구성한 팀이야. 나는 금지된 대륙을 개방하길 바라는 부류에 속해 있기 때문에 자원했다. 물론 타라에게 내 도움이 필요한 이유도 있지만……. 다른 드래곤들이 타라와 엘프 열다섯 명과 함께 곧 도착할 거야. 드래곤들은 내가 맡을 테니까 너희는 엘프들을 감시해. 혹시 타라에게 몹쓸 장난을 칠지 모르니까."

파브리스는 아무 말도 하지 않았지만 셈 선생님이 왜 이런 위험한 일에 자진하면서까지 타라를 보호하려고 애쓰는지 정말 궁금했다.

제레미는 '자원'했다는 말이 귀에 꽂혔다. 그렇다면 뭔가 꺼려지는 것이 있어서 아무나 선뜻 나서지 않았다는 건데……. 도대체 드래곤들이 뭘 두려워하는 걸까? 유령들 따위에는 끄떡도 않을 텐데.

제레미는 더 깊이 생각할 겨를이 없었다. 드래곤들이 상륙했고, 그 뒤로 엘프들과 타라가 보였다.

로빈이 소스라쳤다. 호위대를 구성하는 열다섯 명의 바이올렛 엘프들……! 하필이면 엘프 중에서 가장 민첩하고 위협적이고 잔혹하기로 이름난 바이올렛 엘프들이 자원하다니!

살루덴리바쉬라쉬부의 도움을 기다리지 않고 타라가 가볍게 뛰어내리며 공중 부양으로 착지했다.

드래곤 팀에서 셈 선생님을 발견한 순간 타라는 마음이 놓였다. 드래곤에 대한 믿음이 경감되긴 했어도 셈 선생님은 수없이 자신의 목숨을 구해주지 않았던가. 그러나 샤름을 발견했을 때는 그리 놀라지 않았다. 지구를 구하기 위해 자신의 아버지를 죽인 셈을 증오하고 있을 것이 틀림없는 샤름이 셈을 감시하기 위해 참여했을 거란 의혹이 강하게 들었던 것이다. 이따금 서글픈 눈길이 샤름에게 머물기도 했지만 셈 선생님은 가능한 마주치지 않으려고 피하는 것 같았다.

"별일 없으시죠, 셈 선생님? 아까는 인사도 제대로 못했어요." 타라는 친구들이 어떤 신호라도 보내지 않을까 주위를 둘러보면서 경치를 감상하는 체했다.

"그럼, 별일 없지." 셈 선생님이 반갑게 대답했다. "근데 이 해변에는 동물이 많아. 적어도 여섯 마리는 있는 것 같아."

무슨 소리지? 타라가 이마를 찡그리다가 알아차렸다. 아, 그래, 무아노가 야수로 둔갑해 있을 거야. 친구들이 여기 있다는 걸 셈 선생님이 간접적으로 알려주는 거구나. 타라가 미소를 지어 보였다. 타라는 내심 불안했지만(어쨌든 셈 선생님도 드래곤이잖아!) 셈 선생님이 비밀을 폭로하지 않는 걸 보면서 기뻤다.

"우리 외에 아무도 없는지 확인하기 위한 안티 카무플루스와 데텍투스 주문을 걸어놨소?" 살루가 의심하는 투로 물었다.

맙소사! 타라는 드래곤들이 그렇게 용의주도할 것이라고는 예상하지 못하고 있었다. 휴! 셈 선생님이 자원해서 해변을 살폈기에 망정이지 큰일 날 뻔했잖아.

"물론이오." 셈 선생님이 대답했다. "완벽하게 조치해놨으니까 걱정하지 마시오."

"이제부터가 중요합니다." 살루가 타라를 향해 목을 쭉 내리면서 말했다. "장벽은 바로 앞에 있습니다. 가시지요."

덩치가 좀 작고 쌍둥이처럼 보이는 그린 드래곤 샨비트라미샤트린쉬부와 산트라미빈크라트린쉬바(드래곤의 긴 이름 중 어미에 해당하는 ……쉬부와 ……쉬바로 각각 수컷과 암컷을 구별할 수 있다-옮긴이), 샤름, 셈, 샤름보다 비늘 색깔이 더 밝은 레드 드래곤(이름은 모르겠지만 타라에게 다정한 태도를 보이는)이 보호막을 번쩍거렸다. 타라가 의문의 눈길을 던졌다.

"마마가 우리에게 또다시 그 마법을 사용하면 곤란하니까요." 살루도 보호막을 만들면서 말했다. "오무아 접견실에서 봤던 그 마법을 사용해도 이제는 보호막 때문에 우리의 마법을 빨아들이지 못할 겁니다."

한순간도 그럴 생각이 없던 타라가 어깨를 으쓱했다.

살루가 가리키는 방향의 투명 장벽 앞에서 드래곤들이 타라를 반원형으로 에워쌌고, 그 뒤로 엘프들이 둘러섰는데 드래곤들이 후계자를 공격할 경우에 언제든 개입할 태세로 활을 들고 있었다.

그런데 어떻게 해야 마법의 장벽을 볼 수 있지? 불투명한 돔 중앙에 구멍이 뚫려 있는 것 같지만 보이지 않는 투명한 장벽이 있는 것은 분명한데…….

타라가 갈랑을 앞세우고 조심스럽게 전진했다. 돔을 지나쳐서 몇 발짝 더 나아가던 페가수스가 보이지 않는 장애물에 부딪히며 히잉! 소리를 내질렀다. 타라가 손으로 찔러보자 저항력 같은 것이 느껴졌다. 마치 강철 벽이 버티고 있는 것 같았다.

"콜로루스의 이름으로 장벽은 당장 모습을 드러내라!"

마법의 광선을 맞은 장벽이 끄떡도 없이 충격을 흡수했다. 장벽은 부서지기는커녕 금이 간 흔적조차 없이 여전히 투명했다.

"이제 포기하겠습니까?" 살루가 정중하게 물었다.

타라는 눈길도 주지 않고 생각에 잠겼다. 장벽을 나타나게 하고 싶지만 마법의 광선이 흡수되었단 말이야. 파프니르가 양자택일해야 하는 상황에서는 어떻게 하라고 했더라?

타라가 목을 만지면서 말했다.

"내가 구해줬던 색깔들아, 모두 나와서 나를 도와줘야겠어!"

타라의 목에 박힌 보석이 꿈틀거리더니 하양, 노랑, 파랑, 검정, 빨강이 뱀처럼 꾸물꾸물 기어나왔다.

색깔들이 타라 앞에서 정중하게 인사했는데 뭐든 시켜만 달라는 기색이 역력했다.

"안녕! 예쁜 색깔들아, 너희가 해줄 일이 있어. 내 앞에 보이지 않는 투명 장벽이 있는데 나타나게 하고 싶어. 나를 위해서 장벽에 색을 칠해줄래?"

어느새 바위와 드래곤들의 꼬리, 모래를 물들이고 있는 색깔들이 빠르게 움직이기 시작했다. 투명 장벽을 향해 미친 듯이 달려든 색깔들이 이리저리 돌아다녔다.

처음에는 아무 일도 일어나지 않았다. 색깔마다 흔적을 남기는 듯하다가 이내 없어졌다. 그 현상에 흥분했는지 색깔들이 점점 두꺼워지고 있었다. 하양, 노랑, 파랑, 빨강, 검정의 계속되는 공격에 투명 장벽이 더는 버티지 못하는 것 같았다. 마침내 해변을 덮고 있는 장벽과 두 부분으로 나뉜 돔 형상의 파란색 지붕까지 또렷이 보였다.

색깔들이 의기양양하게 타라의 목으로 돌아왔다.

"잘했어, 이제는 장벽을 보기가 한결 수월해졌어. 너희가 아주 큰일을 해줬어, 정말 고마워."

장벽이 대륙 전체를 뒤덮고 있을 것이라고 막연히 알고 있는 것과 그걸 눈으로 본다는 것은 많이 달랐다. 하늘을 찌를 듯 높은 돔, 너무 높아서 시간이 걸리기 때문인지 색깔들이 그 꼭대기까지는 색을 입히지 않은 상태였다.

"그 누구도 대륙을 빠져나갈 수 없어요." 살루가 말했다. "비, 공기, 햇살, 달빛만 돔을 통과할 수 있지요. 투명 장벽이라서 안에서도 보이지 않아요. 그래도 포기하지 않을 겁니까, 덩컨 양?"

살루가 '마마'라는 칭호를 사용하지 않는 것에 엘프들이 발끈

했지만, 타라는 아무런 내색도 하지 않았다.

'살아있는 돌?'

'예쁜 타라?'

'이 드래곤들에게 친구들을 위해 우리가 어떻게 싸우는지 보여주자.'

'힘을 원해? 힘을 줄까?'

살아있는 돌의 마법이 타라의 마법과 결합했다. 휙 날아오른 살아있는 돌이 타라의 머리 위에서 왕관처럼 번쩍이는 모습을 보면서 살루는 등골이 오싹했다. 타라의 눈이 새파랗게 변했고, 하얀 머리털이 찌지직거렸다.

타라의 마법 능력을 처음 보는 드래곤들의 눈이 휘둥그레졌고, 샤름과 셈은 담담하게 지켜보고 있었다.

"데스트룩투스의 이름으로 우리가 마음대로 들어갈 수 있게 장벽은 파괴될지어다!"

즉시 마법의 광선이 장벽을 후려쳤다.

이번에도 장벽이 물결처럼 밀려오는 광선을 흡수했다. 타라가 마법의 강도를 높이자 장벽 중앙이 약간 패었고, 두 힘이 충돌하면서 생긴 돌풍 때문에 모래폭풍이 일었다. 다시 한 번 마법의 광선이 장벽을 후려치는 순간 뭔가 엄청난 것이 찢어지는 것 같은 굉음이 들렸고, 드래곤들이 고막이 얼얼한 듯 우거지상을 했다.

그러나 장벽은 버티고 있었다.

"절대 성공하지 못할 겁니다!" 모래폭풍 속에서 블랙 드래곤이 외쳤다. "장벽이 굴복하기 전에 마법이 고갈되고 말 테니까!"

그 말에 격분한 타라가 장벽을 향해 정신을 집중하면서 마법의 광선을 발사했다. 타라의 가슴에서 젠드라의 별이 번쩍거리는 순간 드래곤들의 보호막이 유리처럼 산산조각이 났다. 드래곤들이 필사적으로 저항하는데도 그들에게서 빠져나간 마법이 타라의 마법에 더해지고 있었다.

타라는 친구들의 마법을 빨아들이지 않으려고 조심했다. 친구들의 카무플루스가 들통 나면 안 되지…….

이어서 먼바다에서 대기 중인 전함까지 영역을 확장한 젠드라의 별이 탑승자들의 마법을 빨아들였다. 타라는 별처럼 번쩍거리기 시작했고, 엄청난 힘에 취해 있었다. 그건 뭐라고 형언할 수 없는 느낌이었다.

질겁한 드래곤들이 소리를 지르면서 후닥닥 물러섰다. 보호막으로는 타라의 마법을 막지 못하기 때문에 드래곤들은 무방비 상태였다. 마법의 찌꺼기가 떨어진 모래밭에서 연기가 나고 움푹 파이는 걸 보면서 드래곤들은 행여 비늘이라도 달까 싶어 허겁지겁 바다로 뛰어들었다.

그때 해변 상공을 날던 보벨* 몇 마리가 마법의 맛을 봤는지 꺄악! 하는 비명 소리가 들리더니 이어 수십 개의 무지갯빛 깃털이 모래밭으로 떨어졌다.

엘프들도 멀찍이 피했지만 바다로 뛰어들지는 않았다. 순식간에 타라의 주변은 텅 비어버렸다.

괴력을 지닌 마법의 물결 때문에 장벽이 차츰 굴복하는 기미를 보이기 시작했다. 마법의 집중 공세를 받던 장벽이 움푹 꺼져들면서 무지갯빛을 띠기 시작하더니 흡사 잔뜩 팽창해서 터지기 직전의 비눗방울처럼 보였다.

"멈춰요!" 살루가 고함쳤다. "그러다가 장벽을 통째로 파괴하겠어요!"

태연한 얼굴로 공격을 멈추지 않으면서 타라는 마침내 받아들인 마법을 유감없이 사용하고 있는 자신에게 놀랐다. 장벽이 신음하고 있었다.

블랙 드래곤이 항복했다.

"파괴하지 마요! 위험해요! 우리가 양보하겠소. 열쇠를 줄게요."

듣던 중 반가운 소리가 아닌가. 타라가 마지못해서 마법을 멈췄지만 살아있는 돌과의 결합은 그대로 유지했다.

"우리가 들어갈 수 있게 통로를 열어요!" 타라가 명했다.

블랙 드래곤이 분노의 눈길을 보내면서 장벽의 열쇠인 듯한 드래곤 형상의 검은 크리스털을 꺼내더니 머리를 오른쪽으로 돌렸다. 그러자 이내 해변을 차지하는 장벽 삼분의 일 정도가 사라지면서 색깔들이 땅바닥으로 후드득 떨어졌다. 모래밭이 하얗고, 파랗고, 노랗고, 빨갛고, 검게 변했다. 장벽 너머의 풍경은 변화가 없었다. 절벽과 연결되는 내리막길이 보일 듯 말 듯했다.

타라가 내키지 않는 표정으로 주머니에서 마지스터의 크리스털 볼을 꺼냈다.

화면에 마지스터의 이미지가 나타났다. 타라는 마지스터의 목소리에 짜증이 묻어 있음을 느꼈다.

성공. 마지스터가 화를 낸다는 것이 타라에게는 즐거운 일일 수밖에.

"일단 장벽을 넘으면 크리스털 볼이 베티에게 이르는 길을 알려줄 것이다. 서두르라고 해야 할지, 말지 모르겠지만."

"썩 꺼져버려요!" 요즘 들어 유난히 지구의 욕설에 관심이 많은 살아있는 돌의 영향을 받아서인지 타라가 무례하게 대꾸했다. "누군가가 계산서를 내미는 날 당신은 그 값을 치를 방법이 있을지 모르겠군요."

타라는 마지스터에게 대답할 겨를도 주지 않고 전화를 끊어버렸다. 이어서 타라가 결합을 끊자 살아있는 돌이 주머니 안으로 돌아갔다.

이제 어떻게 하면 친구들이 무사히 장벽을 넘을 수 있을까? 타라가 바다를 향해 돌아서면서 배를 바라보았다. 여제는 아낌없이 지원해주고 있었다. 해변 맞은편에 벨슨 제독이 지휘하는 군함이 대기하고 있었다. 모든 시선이 군함을 응시했다.

"군함이 우리를 얼마나 기다려주죠?" 타라가 물었다.

"지금부터 여덟 시간 이내에 돌아오지 않으면 우리는 모두 죽습니다." 살루가 엄숙하게 대답했다. "심의회에서 허락한 여덟 시간이 지나면 폭발하도록 열쇠에 프로그램이 짜여 있습니다. 우리의 배는 장벽을 새로 보강하기 위해 다시 여기 남아 있을 것이지만, 여제의 군함에는 어떤 지시가 내려 있는지 나야 모르지요."

"리스베스틸랑넴 여제는 후계자가 억류되어 있게 내버려두지도, 다치거나 죽게 내버려두지도 않을 거요." 셈이 말했다. "이 대륙으로 쳐들어와서 장벽을 파괴하기 위해 무슨 짓이든 할 겁니다. 인간들이 군함에 갖추고 있는 마법의 대포로 우리의 방어물을 박살 내고 말 겁니다."

"지금부터 한 시간 이내에 우리가 장벽을 보강할 겁니다." 살루가 응수했다. "이미 열 명의 드래곤 마법사들이 공간이동의 문을 통과해서 이곳으로 오는 중이오. 그들이 작업을 끝내면 그 누구도 장벽을 파괴할 수 없어요. 우리의 기술은 발전했고, 인간 마법사들의 공격을 막을 수 있다고 확신하오."

"마지스터가 목숨이 위태로운 곳으로 나를 보낼 리 없어요."

타라가 지적했다. "악마의 힘을 지닌 저주받은 사물들을 손에 넣으려면 내가 살아 있어야 하니까요. 그래서 나는 전혀 불안하지 않아요."

"그건 잘못 생각하는 거야!" 셈 선생님이 퉁명스럽게 말했다. "마지스터도 실수를 저지를 수 있어. 살루, 어쨌든 타라에 의해서든, 여제에 의해서든 금지된 대륙의 비밀은 폭로될 겁니다. 이제 시간문제란 말이오. 나는 도무지 이해할 수가……."

"이해할 필요 없소." 살루가 격하게 응수했다. "우리는 명령에 복종하면 되는 거요."

"살루, 명령에 맹목적으로 복종할 경우, 비굴하게 복종할 경우에 어떻게 되는지 당신도 잘 알지 않소?" 셈이 차분하게 말했다. "인간들도 부당하거나 죄가 되는 명령에 대한 복종은 받아들이지 않습니다."

"덩컨 양!" 살루가 셈이 은연중에 암시하는 비난을 무시하면서 말했다. "인간들과 드래곤들이 체결한 협약을 중시하기 때문에 지금 이렇게 우리가 도와주는 겁니다."

블랙 드래곤이 마지못해 한다는 걸 느꼈지만 타라는 천연덕스럽게 고개를 끄덕였다.

타라는 친구들도 무사히 통과하기를 바라면서 장벽을 넘었다. 엘프 전사로 이뤄진 호위대가 정찰을 위해 아주 가볍게 절벽

꼭대기까지 공중 부양으로 올라갔다. 곧이어 뒤따르는 무리에게 이상 없다는 신호를 보냈다.

타라와 드래곤들이 정찰대에 합류했다. 절벽 위에 경적 같은 것이 달린 거대한 기계가 서 있었다.

"이게 뭐죠?" 타라가 물었다.

"경보 장치예요. 절대로 건드리면 안 됩니다, 마마!" 타라가 기계를 작동할까 봐 몹시 불안해하는 얼굴로 살루가 대답했다.

근데 왜 또 '마마'라고 부르는 거지? 이랬다저랬다 헷갈리게! 타라는 경보 장치를 머릿속에 입력하면서 마지스터의 크리스털 볼을 꺼냈다.

마지스터가 더는 타라와 말싸움을 하고 싶지 않다는 뜻인가? 화면에 베티가 있는 위치에 십자 표시를 한 지도가 떠 있었다. 현재 위치에서 10여 킬로미터 떨어진 곳이었다.

십자 표시가 움직이는 것을 보면서 타라가 환호성을 지르자 엘프들이 깜짝 놀랐다.

"베티가 살아 있어! 신이여, 고맙습니다! 베티가 살아 있어!" 타라가 살아 있는 지도를 꺼내면서 말했다. "지도야, 베티가 있는 곳을 알려줄래?"

지도가 거만하게 말했다.

"쳇, 제발 좀 하기 어려운 임무를 주기 바람! 나도 기분 전환하고 싶음!"

타라는 지도가 표시해준 약도를 크리스털 볼에 저장했다. 마음이 놓인 타라가 살루에게 미소를 지어 보였다.

그때였다. 장벽이 다시 닫혔다.

"아니, 이게 뭐 하는 겁니까?" 타라가 항의했다.

"장벽을 다시 닫았습니다." 살루가 짤막하게 답변했다.

"네, 봤어요. 왜죠?"

"우리는 그 누구도 여기서 빠져나가게 내버려둘 수 없습니다. 보초들이 제거될 위험이 있기 때문이지요. 나는 아무것도 위험에 빠뜨릴 수 없거든요."

타라는 얼굴을 찌푸리면서 블랙 드래곤 살루가 내세우는 이유를 받아들였다.

"그럼 열쇠를 잘 간직하시오, 살루!" 셈이 말했다. "나는 이 안에 갇혀 있고 싶은 마음이 전혀 없으니까."

"나보다 더 그렇기야 하겠소? 그런데 친구가 있는 위치는 알고 있는 겁니까, 덩컨 양?"

"네." 타라가 자신 있게 크리스털 볼을 가리키면서 말했다.

타라가 화면을 보다가 얼굴이 창백해졌다.

"이게 왜……?"

크리스털 볼이 꺼져 있었다.

살루가 송곳니를 드러내면서 교활한 미소를 지었다.

"이런! 내가 말한다는 걸 깜빡 잊었군요. 어떤 메시지도, 어떤 전파도 장벽을 통과할 수 없어요. 공기, 햇살, 비를 제외하고는. 그리고 덩컨 양, 열쇠 없이는 아무리 강력한 마법을 사용해도 다시 나갈 수 없지요. 장벽은 외부 공격을 대비해서 세운 것이 아니거든요. 그래서 들어오는 데는 성공한 겁니다. 모든 방어 시스템은 내부에 있지요. 단언하건대 여기 갇히면 수백 년을 노력해도 결코 탈출하지 못합니다."

"지금은 내 친구를 찾아야 하니까 장벽 문제는 나중에 생각하죠."

타라가 날아가려고 할 때 셈 선생님이 어깨를 잡았다.

"그건 좋은 생각이 아니다. 지금부터는 날면 안 돼. 발각되지 않게 우리 드래곤들이 태워갈 거야."

"하지만……."

"따지지 말고 말 들어, 타라. 상황이 복잡해. 우리는 가능한 눈에 띄지 않는 것이 중요해. 그리고 내 생각에는 체인지라인에게 간편한 바지와 셔츠 차림을 요구하는 게 좋겠구나. 오무아의 마법복은 너무 금방 눈에 띄니까. 젠드라의 별도 감춰, 혹시 모르니까."

타라가 거대한 드래곤들은 수십 미터 떨어진 데서도 이목을 끌 수밖에 없다고 반박하려고 했지만, 셈 선생님의 표정에 불안한 기색이 역력해서 고집을 피우지 않았다. 타라가 체인지라인에게 옷을 바꾸고 젠드라의 별을 흡수하라고 명했다.

엘프 군단은 대부분 시키는 대로 드래곤들의 등에 올라탔다. 하지만 발라라는 이름의 지휘관과 하사관급의 엘프 둘이 셈의 주장에 아랑곳없이 단호하게 거절했다. 지휘관 엘프가 거만하게 말했다.

"아주 웃기는군요. 드래곤들이 유머 감각이 있는 줄은 몰랐네요. 우리는 평범한 엘프가 아닙니다. 샤트릭스의 지구력을 지니고 있어서 달리는 유니콘도 따라잡을 수 있는 바이올렛 엘프니까 우리 걱정은 마시죠."

다른 엘프들은 이미 드래곤을 타고 출발 준비를 끝마친 상태였다. 샤름이 타라를 태우자 갑자기 아무런 신호도 없이 드래곤들이 내달리기 시작했다.

타라는 뜻밖의 경험을 했다. 드래곤들이 뒷발을 사용해 티라노사우루스처럼 달리고 있어서 탑승자들이 마치 과일 자루처럼 마구 흔들렸다. 갈랑이 항의의 울음소리를 내면서 타라의 어깨에서 펄쩍 날아올랐다. 이런 속력으로 계속 달리면 베티가 있는 곳까지 한 시간 이내에 도착할 것 같았다.

옆에서 달리는 바이올렛 엘프들이 민첩하면서 우아한 모습으로 보조를 맞추었다. 정말 인상적인 모습이었다.

"샤름?"

속도를 늦추지 않은 채 샤름이 타라 쪽으로 기다란 목을 돌렸다.

"왜?"

"고모가 셈 선생님에게 도무지 연락이 안 된다고 하시더니…… 살루가 드래곤 팀의 대장이기 때문이었군요. 무슨 일이 있었나요? 내가 알기로 드래곤을 대표하는 아더월드의 책임자는 셈 선생님이었는데요?"

"그래, 맞아." 땅바닥에 정신을 집중하면서 샤름이 말했다. "내 아버지를 죽음으로 몰아넣은 지구의 사건 때문에 셈은 수사를 받는 중이라서 공식적인 활동이 중단되었지. 그런데 이 미션에 자원했기 때문에 일시적으로 드란보우글리스펜쉬르를 떠나도 좋다는 허락을 받은 거야."

수사를 받는다고? 타라가 머리를 갸우뚱했다.

"그럼 당신은 왜 여기 왔어요?"

"나는 공식적으로 온 게 아냐. 아버지와 관련된 일이고, 그 사건에 연루되어 있기 때문에 나는 수사 팀에서 제외되었지. 하지만 살인범에게서 눈을 떼고 싶지 않았어." 샤름의 어조가 어찌나 신랄한지 타라는 소름이 끼쳤다. "나는 셈이 우리 행성에서 도망칠 구실을 잡은 거라고 생각했거든. 그런데 전혀 그렇지 않다는 걸 알고 좀 놀라고 있는 중이야."

"셈 선생님을 잘못 알고 있는 것 같아요." 샤름이 장애물에 부딪히지 않으려고 옆으로 피할 때 꼭 달라붙으면서 타라가 말했다. "셈 선생님은 특별한 분이에요. 비록 마지스터에게 엄청난 실수를 저질렀지만 끊임없이 모두의 행복을 위해 활동하고 계세요. 이기적인 면은 없어요."

샤름이 또다시 타라를 향해 머리를 돌리고 유심히 쳐다봤다.

"마지스터와 셈나샤오비로다인트라쉬부가 무슨 관계인데?"

이런! 이런! 타라는 혀를 깨물었다. 너무 경솔했어.

"그건…… 셈 선생님에게 직접 물어보는 게 낫겠어요."

눈이 뾰족해져서 타라를 쏘아보던 샤름이 돌부리에 차였는지 비틀거리다가 가까스로 중심을 잡았다.

"좋아, 내가 물어보지."

그때였다. 살루가 말고리셀란쉬부라고 부르는 레드 드래곤이 한 발로 수평선을 가리켰다. 드래곤들이 조심스럽게 속도를 늦추더니 일제히 하늘을 쳐다봤다.

거대한 새 모양의 실루엣이 보였다. 새가 쏜살같이 돌진해오는데 포효하는 울음소리 같은 것이 울려 퍼졌다.

새 떼? 아니면 한 마리가 저렇게 이상한 소리를?

"조심하시오." 살루가 말했다. "무슨 일인지 우리가 조사할 거니까 모두 눈에 띄지 않게 조심하시오. 놈들은 우리의 마법에 민감하기 때문에 마법은 금지요. 전투대형으로 서시오."

샤름이 네 다리를 구부리더니 날쌘한 도마뱀으로 변신했다.

"내 목을 잡고 가만히 엎드려 있어." 샤름이 타라에게 속삭였다. "네가 다치지 않게 비늘을 부드럽게 해줄 테니까."

'놈들'이라는 것이 뭐지? 의문의 눈길로 주위를 살피면서 타라는 시키는 대로 했다. 바이올렛 엘프들이 중앙에 서고 드래곤들이 에워쌌다. 그리고 모두 천천히 전진했다.

그들이 다가갈수록 괴성이 점점 더 요란해지고 있었다. 이어서 풍기는 냄새…… 타라는 대번에 알아차렸다.

피 냄새.

마침내 타라 일행은 골짜기가 내려다보이는 절벽 꼭대기에 이르렀다. 잔뜩 겁에 질린 염소 떼가 옹기종기 모여 있었다.

그 순간 믿을 수 없는 광경을 보면서 타라는 눈이 튀어나올 뻔했다.

드래곤 둘이 싸우고 있었다. 그중 푸르스름한 드래곤 1은 처참한 몰골이었다. 그들이 있는 곳에서도 굶주림 때문에 홀쭉한 허리, 영양실조에 걸린 듯 듬성듬성 빠진 비늘, 늑골에서 흐르는 피가 또렷이 보였다.

훨씬 덩치가 큰 드래곤 2는 염소 떼를 지키고 있는 것 같았다. 놀라운 것은 드래곤 1이 동물적인 본능을 주체하지 못하고 미친 듯이 날뛰는 반면에 드래곤 2는 침착하고 냉철하게 이미 피투성이가 된 드래곤 1의 공격을 물리치고 있었다. 그런데 절망적 상태에 빠져 있는 드래곤 1이 예상 밖의 힘을 쥐어짜고 있었다. 드래곤 2가 거의 제압했다고 믿는 순간 드래곤 1이 현란한 몸놀림으로 달려들더니 드래곤 2의 목을 물어뜯었고, 뼈가 우지끈 부러지는 소리가 들렸다. 드래곤 2가 단말마의 비명을 지르면서 쿵, 쓰러졌다.

그다음에 일어난 일은 달군 쇠꼬챙이로 새긴 것처럼 타라의 기억에 각인되었다.

굶주린 드래곤이 달려들어서 아직 심장이 뛰는 드래곤 2의 살을 게걸스럽게 뜯어먹기 시작했으니!

타라는 샤름도 부르르 떨면서 천천히 뒷걸음치는 걸 느꼈다.

다른 드래곤들도 마찬가지였다. 잡아먹힐 거란 생각에 겁먹은 염소들이 요란하게 침을 삼키고 애처로운 울음소리를 내더니 갑자기 뚝 그쳤다.

바이올렛 엘프들이 드래곤들을 뚫어져라 쏘아보면서 슬금슬금 물러섰다. 드래곤의 등에 올라탔던 엘프들은 후회하는 기색이 역력했다.

엘프들이 멀찍이 물러섰을 때 타라가 헛기침을 하면서 물었다.

"그러니까 드래곤들이 우리에게 감추고 싶어 하는 게 저것입니까? 당신들은 같은 종족을 잡아먹는 존재들입니까?"

"우리는 아냐!" 샤름이 반박했다. "우리 중에는 그렇게 생각하는 드래곤이 없어. 우리는 너희 인간들 못지않게 죽음에 경의를 표해."

"아! 우리가 방금 본 장면은 그럼 경의의 표시인가요?" 엘프 군단의 지휘관 발라가 이죽거렸다. "드래곤들은 점잖고, 현명하고, 아더월드와 은하계의 국민들을 도와주는 최고의 파트너고요? 이제야 마지스터가 우리에게 이곳으로 가라고 주장한 이유를 알겠군요!"

블랙 드래곤 살루가 머리를 흔들었다.

"당신들은 전혀 이해하지 못했소. 이건 아무것도 아니오."

그 대꾸에 엘프가 입을 다물었다.

"여기서 지체할 시간이 없소." 살루가 말을 이었다.

그들은 연거푸 하늘을 곁눈질하면서 다시 전진했다. 부유해 보이지만 경작지가 텅 비어 있는 여러 마을을 지나쳤다.

타라는 인간들의 취향이 느껴지는 마을을 볼 때마다 드래곤들이 당황해하는 걸 느꼈다. 타라가 그 느낌을 큰 소리로 말하자 살루는 못 들은 체 넘겨버렸다.

45분쯤 후, 타라의 지도가 알려준 덕분에 그들은 마침내 베티가 있는 곳에서 1킬로미터쯤 떨어진 곳에 이르렀다.

눈앞에 도시가 보였다. 아주 큰 인간의 도시였다.

근육질의 건장한 체격에 키가 작은 인간들이 살고 있었다. 그러나 드래곤의 도시이기도 했다. 도시와 그 주변에서 북적거리는 많은 드래곤을 보면서 타라는 질겁했다. 취향이나 빨간 색조는 피가 연상되지만 건물들은 근사했다. 성벽 너머로 보이는 수십 개의 궁전과 금색과 파란색 탑들이 도시의 전체적인 빨간 색조와 잘 어울렸다.

갑자기 타라가 숨을 죽였다. 이집트의 케이옵스나 미케리노스 피라미드만큼 크지는 않아도 피라미드가 보였는데 꼭대기가 뾰족하지 않고 네모난 형상이었다. 그 중앙에 좁은 계단이 나 있고 옥상에 번쩍거리는 날개를 펼친 거대한 황금 드래곤 조각상이 우뚝 서 있었다.

"아나자시족!" 샤름이 혼잣말처럼 중얼거렸다. "아버지가 스톤헨지를 만들기 위해 이용했다가 들통 나지 않으려고 금지된 대륙에 가둬놓은 사람들이로군."

"그럼 셈 선생님을 감시하기 위해 온 게 아니군요." 타라가 속삭였다. "여기 갇혀 있는 저 사람들을 구하러 온 거죠?"

샤름이 갑자기 머리를 숙이는 바람에 타라가 중심을 잃었다.

"으악……! 그냥 '맞아' 하고 대답해주면 될 걸 이렇게 나를 떨어뜨릴 필요는 없잖아요!"

"미안해. 그래, 네 말이 맞아. 죽었을 거라고 생각하면서도 내 눈으로 확인하고 싶었어."

맙소사! 드래곤에게 죽음보다 더 최악의 것이 대체 무엇이기에?

살루가 그들의 대화를 중단시켰다. 인간이었다면 입술을 깨물고 있었을 텐데…… 살루가 혼란스러워하는 것이 느껴졌다. 대륙에 와본 적은 있어도 눈앞에 펼쳐진 광경은 전혀 예상하지 못했던 것이 분명했다.

이때까지 길과 언덕만 표시하던 살아 있는 지도가 도시 주변의 약도를 그려주는 정말 놀라운 능력을 발휘했다.

"이 약도를 믿는다면 도시로 들어가야 합니다. 그런데 엘프는 한 명도 보이지 않으니 당신들은 여기서 기다리는 게 좋겠소."

"어림없는 소리요!" 지휘관 발라가 반대했다. "후계자는 우리가 지켜야 합니다!"

"뭘 원하는 겁니까, 엘프? 모두 함께 들어가서 이목을 끌겠소? 아니면 여기 남아서 우리가 비밀리에 임무를 달성하게 내버려두겠소?"

"우리가 모습을 바꾸면 됩니다." 발라가 반박했다.

"저들의 탐지 방법에 대해 우리가 아는 것이 전혀 없단 말이오, 젊은 엘프. 그리고 저기 성벽 위에서 반짝이는 탐지기가 레벨루스라는 느낌이 들어요. 게다가 인간의 모습을 하고 있는 드래곤도 없는 것 같기 때문에 나도 그렇고 당신들도 그렇고 둔갑해봐야 소용없을 거요. 카무플루스 기구를 갖고 있지 않기 때문에 위장술은 대번에 들통이 날 것이오."

"인간 모습의 드래곤을 알아볼 수 있단 말입니까?" 발라가 호기심이 가득한 얼굴로 물었다.

"그렇소. 본래의 신원을 파악할 수는 없지만 우리의 드래곤인지 아닌지는 알 수 있지요. 덩컨 양과 나만 도시로 들어가서 지구 소녀를 데리고 나오겠소."

"하지만 타라는 여기 사람들과 너무 달라요!" 셈 선생님이 반박했다.

"저길 봐요. 금발의 인간들이 있잖아요." 살루가 도시의 성문 앞에서 북적이는 사람들을 가리키면서 말했다. "많지는 않아도 이상하게 여기지는 않을 거요. 준비됐습니까, 덩컨 양?"

타라는 물론 당장이라도 뛰어 들어가고 싶었지만 탐지기가 마음에 걸렸다. 카무플루스로 위장한 친구들이 따라오는 데 성공했다면 발각될 위험이 있기에 불안했다. 하지만 타라는 고개를 끄덕였다.

엘프들이 계속 반박했지만 성과가 없었다. 동행하고 싶지만 대장에게 대항할 수 없는 셈 선생님의 불안한 눈길을 뒤로하며 타라와 살루는 성문으로 향했다.

"페가수스는 숨기는 게 낫겠어요." 살루가 타라의 어깨에 앉아서 하품을 하는 갈랑을 가리키면서 말했다. "이 대륙에 페가수스를 패밀리어로 갖고 있는 사람은 없을 거라고 생각해요."

타라는 갈랑을 특수 새장에 넣은 다음 배낭에 집어넣었다. 배낭이 불룩해졌지만 페가수스는 보이지 않았다. 갈랑이 날개를 접었지만 영혼의 동반자가 위험해질 경우 언제든 뛰쳐나올 기세로 긴장하고 있었다.

타라는 체인지라인에게 옷의 색깔과 천을 이 도시의 사람들이 입고 있는 베이지 옷차림으로 바꾸라고 주문했다.

"여기도 마법사들이 있어요?"

"확실치 않아요." 드래곤이 당황하는 것 같았다. "우리는 1년에 한 번씩 의식을 치를 때만 오지요. 그리고 도시 안에는 들어가 본 적이 없어서……."

"의식이요?"

드래곤이 타라를 쳐다보다가 대꾸 없이 계속 걸어갔.

아하, 내가 민감한 부분을 건드렸구나. 아주 중요한 일인 모양이군.

타라는 머릿속에 입력했다. 1년에 한 번씩 치르는 의식, 드래곤들이 두려워하고, 마법에 민감하다는 '놈들'의 정체, 동족을 잡아먹는 드래곤의 끔찍한 장면. 그 드래곤은 굶주려 있는 것 같았고, 비정상적인 행동을 하고 있었다. 문득 스치는 생각이 있었다. 모든 행성에 사는 종족들은 저마다 천적이 있기 마련인데……. 그럼 드래곤의 천적은 뭘까? 드래곤들이 가둬둔 것들이 천적이라면? 드래곤처럼 영리하면서 더 강하고 더 위험한 천적이 과연 뭘까……?

타라와 살루는 잠자코 전진했다. 오무아의 여름 혹서와는 달리 아더월드의 두 태양이 상쾌하게 대기를 데워주고 있었다. 돔 형상의 거대한 지붕이 열기를 여과하고 있는 것이 틀림없었다. 주변에 밀밭, 칼로르나 밭, 엠엠로움 과수원이 펼쳐 있고, 평온한 분위기였다. 땅은 비옥하고, 멘탈리르 평원처럼 파란 풀이 무성했다. 맑은 공기를 가르며 날아다니는 새 떼, 들판에서 풀을 뜯어 먹는 트라둑들……. 그러나 유니콘이나 페가수스는 보이지 않았다. 살루가 갈랑을 숨기라고 한 것은 잘한 것이었다.

미지의 세계에 대한 두려움 때문일까, 타라와 살루는 가슴을 졸이면서 도시로 들어가는 성문 앞에 이르렀다. 그레이 드래곤 둘이 웅장한 입구에서 보초를 서고 있었다.

드래곤들이 앞세우고 있는 창도 무시무시했다. 누구를 막론하고 예외 없이 모든 출입자를 검문했다.

그래서 타라와 살루는 그레이 드래곤들이 살루 앞을 가로막았을 때 놀라지 않았다. 타라는 뒷걸음치는 살루의 몸짓을 보면서 같은 드래곤인데 동족을 몹시 두려워하고 있음을 느꼈다. 동족을 잡아먹던 드래곤처럼 달려들까 봐 두려운 걸까?

"당신은 등록되어 있지 않습니다." 드래곤 1이 말했다. "따라서 관례대로 질문을 해야겠습니다."

살루가 어리둥절해서 머리를 끄덕였다.

"아, 그렇소? 준비되었으니 질문하시오."

"2 곱하기 2는 몇입니까?" 드래곤 2가 근엄하게 물었다.

살루가 농담이야, 뭐야? 하는 표정으로 뚫어지게 쳐다봤다. 그러나 전투 자세에다 잔뜩 예민해져 있는 꼬리의 움직임으로 보아 살루는 드래곤이 아주 진지하다는 걸 느꼈다. 살루는 뒷걸음치고 싶었지만 경비병 드래곤 둘이 재빨리 에워쌌다. 게다가 공간이 너무 좁아서 이륙할 수도 없었다. 경비병들이 목에 들이댄 창 때문에 작전을 바꾸고 싶어도 이제는 너무 늦었다.

"4." 살루가 재빠르게 대답했다.

경비병들이 약간 긴장을 푸는 것 같았다.

"소수를 열 개만 말해보시오."

"2, 3, 5, 7, 11, 13, 17, 19, 23, 29."

"1253의 제곱근은?"

살루가 잠시 생각한 뒤에 답을 말했다.

"35.39774."

타라가 눈을 동그랗게 떴다. 타라도 제곱근을 구할 수는 있지만 이렇게 빨리 계산하다니!

"마지막으로 4차원의 공간 N이 무한대라는 것을 증명하시오."

살루는 눈도 깜빡하지 않고 느긋하게 말했다.

"그 문제를 풀려면 칠판이 있어야겠고, 분필도 아주 많이 필요하오."

드래곤 둘이 미소를 짓더니 비켜섰다.

"마지막 문제는 농담으로 물어본 것입니다. '놈들'이 제일 먼저 잃어버린 것이 수학 능력이고, 그다음으로 유머와 인내심을 잃었지요. 당신은 모든 질문에 정답을 말했습니다." 드래곤 1이 인정했다.

갑자기 드래곤 2가 눈살을 찌푸리면서 타라의 목을 가리켰다.

"당신의 노예는 왜 목걸이가 없습니까? 이 대륙에서는 의무적으로 목걸이를 해야 한다는 걸 모릅니까?"

살루가 어깨에 손, 아니 발을 올리는 바람에 타라는 다리가 휘청했다.

"아주 얌전하고, 내 말에 무조건 복종하는 아이니 걱정 마시오!"

"그건 상관할 바가 아니오!" 드래곤 1이 응수하면서 빨간색 가죽 목걸이를 내밀었다. "이 목걸이를 채우지 않으면 당신은 통과하지 못합니다. 벌금형을 받을 것입니다."

살루는 선택의 여지가 없었다. 가죽 목걸이를 움켜잡은 살루가 타라에게 화내지 말라고 간청하는 눈길을 보냈다.

타라는 찰칵, 하면서 불명예스러운 목걸이가 채워졌을 때 얼굴빛 하나 변하지 않았다. 윙윙 울리는 진동에 깜짝 놀란 타라는 먹먹해진 귀가 뻥 뚫리도록 침을 꼴깍 삼켜야 했다.

잠시 후 드래곤 2가 살루에게 목걸이를 보여주었을 때 타라는 속으로 쌤통! 하면서 쾌재를 불렀다.

"이건 당신의 목걸이입니다. 운이 좋으십니다. 마지막으로 딱 한 개 남아 있던 색깔인데 다른 것보다는 그래도 눈에 덜 띄거든요……."

그러고는 씨익 웃으면서 장밋빛 목걸이를 내밀었다. 살루가 무슨 뜻인지 전혀 모르겠다는 얼굴로 쳐다봤다.

"이게 내 목걸이란 말이오?"

타라가 비웃음을 흘렸다. 내가 목걸이를 거는 건 괜찮고 자기가 거는 건 싫단 말이지? 그거, 쌤통이다! 이번에는 타라가 살루에게 화내지 말라는 눈길을 보낼 차례였다.

"하지만 당신들도 목걸이가 없지 않소!" 살루가 두 드래곤의

빈 목을 가리키면서 반박했다.

"우리는 목걸이가 필요 없지만, 방문자들은 누구를 막론하고 의무적으로 목걸이를 걸어야 합니다."

살루가 마지못해서 목을 내밀자 목걸이가 채워졌다.

"이제 됐으니 통과하시오." 드래곤 1이 뒤에서 기다리는 방문자들에게 손짓을 했다.

"아, 깜빡 잊었군요." 드래곤 2가 돌아보면서 말했다. "인간이 목걸이를 풀었을 경우는 봉변을 당하게 된다는 걸 명심하시오. 그레이 드래곤들만 인간에게서 목걸이를 벗길 수 있고, 당신의 경우는 이 도시의 고위층 인사들만 목걸이를 풀어줄 권한이 있습니다. 그러나 성문을 나갈 때는 반드시 목걸이를 걸고 있어야 한다는 걸 잊지 마시오. 그럼 좋은 하루 보내시오!"

경비병들에게서 멀찍이 떨어졌을 때 타라가 목걸이를 신경질적으로 잡아당기면서 말했다.

"당신들이 숨기고 싶어 하는 것이 이거라면 내가 잘못 생각했던 것이고 마지스터가 옳았네요! 당신들이 인간을 노예로 부리고 있다니! 그래서 내가 이 대륙에 오는 걸 반대했던 것이고요. 아더 월드에 당신들의 만행을 고발하겠어요. 그러면 여긴 이제 끝장이에요!"

살루가 갈퀴발톱으로 목걸이를 약간 잡아당기면서 사람들로 북적이는 도시를 가리켰다.

"나 역시 뒤통수를 맞은 겁니다. 이건 말도 안 되는 일입니다. 우리는 인간이 저렇게 많은지 모르고 있었습니다. 제발 부탁인데 우리를 믿어야 합니다! 몇 명의 인간만 여기 살고 있다고 생각했어요……."

살루가 갑자기 말을 중단했다가 덧붙였다.

"우리의 왕이 직접 작성한 보고서에 따르면 이 대륙은 거의 비어 있어야 하는데…… 도무지 영문을 모르겠군요."

살루의 사과를 듣는 둥 마는 둥…… 분노가 치민 타라의 눈빛이 점점 새파래지고 있었다. 살루는, 후계자가 인간을 노예로 삼은 것에 대한 복수로 이 도시의 드래곤이란 드래곤을 모조리 잿더미로 만들어버릴 기세라는 걸 느꼈다.

살루 역시 목걸이 때문에 기분이 상했던 걸 생각하면 타라에게 힘을 보태주고 싶지만 어린 인간의 초강력 마법이라면 그럴 필요가 없을 것이었다…….

"마마, 우리가 여기 온 것이 친구 베티를 구하기 위해서라는 걸 잊지 마세요. 주문을 날려서 최면을 걸고 친구는 죽었다고 말할 수도 있었지만 마마를 돕기로 결정한 내 선택을 후회하지 않게 해주세요. 그러니까 화가 난다고 우리를 죽이지 마십시오."

분노를 가라앉힌 것 같은 타라의 얼굴을 보면서 살루는 안도의 숨을 내쉬었다. 타라의 마음이 진정된 이유가 드래곤들의 왕 때문이라는 것을 살루는 모르고 있었다. 드래곤들의 왕이 아메리카 메사버드 고원에 살던 아나자시족을 납치하여 스톤헨지에서 그 무시무시한 기계를 만들게 한 다음에 완전 범죄를 위해 이 대륙으로 보냈다고 하지 않았던가. 타라는 살루가 그 사건에 대해 자세히 알게 되는 것을 원치 않았다. 그렇지 않아도 배반한 드래곤의 딸 샤름이 아버지가 저지른 일 때문에 괴로움과 슬픔을 겪고 있는데 살루까지 나서게 할 필요는 없지 않은가. 타라는 교묘하게 화제를 돌렸다.

"사실은 장벽 앞에서 당신이 주문을 날리지 않은 것에 나도 놀랐어요. 대비하고 있었는데 당신이 비열하게 공격하지 않아서 내가 당신들과 싸울 필요가 없게 된 건 고맙게 생각해요."

"원래는 그럴 계획이었지요." 살루가 고백했다. "그런데 전혀 예상치 못하게 여제의 전함이 대기하고 있었고 드래곤 둘도 그 계획에 반기를 들었어요."

"셈과 샤름이죠?"

타라가 빙긋이 웃으면서 단정적으로 물었다.

"빈은 맞습니다! 셈니샤오비로다인트라쉬부는 맞습니다. 하지만 샤르맘니쉬라쉬바는 아직 우리에게 합류한 것이 아닙니다. 말고리셀란쉬부가 개입하지 않았다면, 이해할 수 없을 정도로 마마를 좋아하는 셈의 말을 듣지 않았을 겁니다."

타라는 귀가 번쩍 뜨였다. 레드 드래곤이? 불과 몇 시간 전에 처음 본 드래곤인데…… 왜 그랬을까?

"말고리셀란쉬부가 그날 당직이었는데 마지스터가 열쇠를 훔쳐서 지구소녀를 금지된 대륙으로 데려간 걸 알아채지 못해 자존심이 상했죠. 그래서 드래곤 팀에 자원했고, 마마에 대한 보고서를 작성했지요."

"그래서요?"

"말고리셀란쉬부는 마마의 강력한 마법 능력뿐만 아니라 친구들까지 합세하기 때문에 마마에게 대항하는 마법사들이 대가를 톡톡히 치를 거라고 주장했지요." 살루가 한숨을 내쉬었다. "그리고 우리가 마마를 속일 경우 백 퍼센트 실패할 뿐만 아니라 보복 조치로 장벽을 완전히 파괴할 것이라고 했지요. 특히 우리 때문에 마마의 친구 베티가 목숨을 잃을 경우에는 돌이킬 수 없는 사태가 벌어질 거라고 강조했습니다(아하! 레드 드래곤이 제대로 짚었군. 타라는 그 드래곤의 긴 이름을 줄여서 '말고리'라고 부르기로 했다). 심의회에서는 그의 보고서를 연구하면서 말고리셀란쉬부의 주장대로 위험할 확률이 높다는 결론을 내렸지요. 그때부터 마마가 장벽을 넘게 될 경우에는 열쇠를 내주고 베티를 구출해서 가능한 빨리 데리고 나오기로 결정하게 되었습니다."

"하지만 이제 그 임무는 변경되었습니다." 타라가 단호하게 지적했다. "베티를 구출하고, 인간들을 해방시켜야 합니다. 드래곤들이 인간을 노예로 만들었다는 것이 아더월드에 알려질 경우 만인의 분노를 사게 되리라는 걸 설마 모르지는 않겠죠?"

"알지요." 살루가 때맞춰 몰려든 사람들을 보면서 중얼거리듯 말했다. "하지만 마마가 최고 마구스 데미데루스에게 말했던 대로 이건 선택의 문제가 아니라 명예의 문제입니다. 그리고 우리 드래곤들 중에 장벽이 공개되기를 바라는 파에 속하는 셈나샤오비로다인트라쉬부에게는 여기서 일어난 일이 명예롭지 못한 것이지요."

지금 이 말은 인간을 노예로 만든 것에 대한 이야기가 아니잖아! 맙소사, 드래곤들이 도대체 무슨 짓을 꾸미고 있는 거지?

목 주위에서 일어나는 경련을 느낀 타라는 자신도 모르게 목걸이를 잡아당기고 있었다는 걸 깨닫고 손을 뗐다.

타라는 살아 있는 지도를 살펴봤다. 베티가 있는 마지막 위치가 표시되어 있었다. 도시의 지형도를 보면서 타라는 살아 있는 지도가 어떻게 작동하기에 이런 놀라운 능력을 발휘하는지 궁금했다.

"이 도시는 다섯 개의 집촌을 이루고 있어요. 여기서 우측으로 가야 해요."

그들은 다시 출발했고, 타라는 도시를 유심히 살폈다.

아더월드에서 보았던 대부분의 도시와는 달리, 드래곤들을 위해 설계된 도시가 분명했다. 건물들이 요란한 장식으로 위용을 자랑했고, 집들도 무슨 궁전처럼 거대한 몸집을 가진 파충류들을 위한 착륙장이 딸려 있었다. 널찍널찍한 거리에 자이언트 강철 나무들의 녹음이 우거져 있는데 평소의 잿빛을 벗고 파랗고 노란색의 화려한 나무로 둔갑해 있었다.

빨간색, 초록색, 검은색, 흰색의 크고 작은 드래곤들이 점점 더 많이 눈에 띄었다. 살루처럼 목걸이를 건 드래곤도 있고, 목걸이가 없는 드래곤도 보였다. 드래곤들이 타라의 것처럼 빨간 목걸이를 건 노예들을 소처럼 부리고 있었다. 대부분 소년과 소녀였는데 상체는 다 드러내놓고 아랫도리만 가린 민망한 차림이었다.

꾸물거릴 때마다 노예를 사정없이 때리는 난폭한 드래곤도 있었다. 반항도 못하고 매를 맞는 인간들을 보면서 타라는 주먹을 불끈 쥐었다.

갑자기 노골적으로 쿵쿵, 냄새를 맡는 살루 때문에 타라가 깜짝 놀라서 걸음을 멈췄다. 그 순간 뭔가가 등을 떠미는 바람에 타라는 나가동그라질 뻔했다. 타라를 잽싸게 잡아주면서 홱 돌아선 살루가 속삭였다.

"가만히 있어요! 알아채지 못했는데 문제가 생겼습니다."

한 인간이 서 있었다. 열네 살? 어쨌든 열여섯 살은 넘지 않아 보이는 소년인데 상체를 드러내고 있어서 떡 벌어진 어깨가 눈길을 끌었다. 그런데 행동이 좀 이상했다. 소년이 고개를 꼿꼿이 쳐들고 좀 전의 살루처럼 냄새를 맡으면서 타라를 뚫어져라 쳐다보고 있었다.

"너는…… 냄새가 좋아." 소년이 입속에 사탕을 가득 물고 있는 것처럼 우물우물 말했다.

타라에게 바짝 다가선 소년이 눈을 감고 요란하게 숨을 들이마셨다. 타라는 가슴이 방망이질 치지만 살루가 손을 꽉 잡아주고 있어서 꼼짝하지 않았다. 소년이 고개를 숙이더니 갑자기 목에 얼굴을 들이대는 순간 타라는 어깨를 드러낸 옷을 입혀놓은 체인지라인이 야속했다.

"만약 뱀파이어가 나를 깨문 것이라면 둘 다 후회하게 될 거예요!"

"그러면 최악이죠. 우리의 목숨과 관계되는 일인데……." 질겁한 살루가 중얼거렸다. "가만히 내버려둬요."

그 순간 소년이 타라의 목에 대고 코를 비볐다. 살루의 주의에도 불구하고 타라는 손으로 떠밀었다. 그러나 소년은 힘이 장사인지 끄떡도 하지 않았다. 펄펄 끓는 주전자에 닿은 느낌이 들 정도로 소년의 얼굴이 뜨거웠다.

이윽고 소년이 타라의 목을 물어뜯기 시작했다. 도저히 참을 수가 없는 타라가 소리쳤다.

"살루, 애를 멈추게 해요. 아니면 살려두지 않을 테니까!"

소년을 잡은 손가락 밑에서 비정상적으로 꿈틀거리는 근육을 느낀 타라가 질겁해서 손을 뺐다. 그러자 소년이 눈을 떴다. 동물의 눈 같은 금빛 눈을 뚫어지게 쳐다보던 타라는 소년이 왜 말을 그렇게 이상하게 하는지 이유를 알아차렸다.

소년의 입에 잔뜩 들어 있는 건 사탕이 아니라…… 이빨이었다.

입이 동물의 주둥이처럼 길어져 있고, 온몸이 털로 뒤덮이기 시작했다. 그러고는 타라를 응시하면서 맛있는 사탕 과자를 눈앞에 둔 것처럼 입맛을 다셨다.

"틸! 당장 멈춰!" 갑자기 누군가가 외쳤다.

한 부인이 사색이 된 얼굴로 뛰어왔다. 여자가 살루 앞에서 정중하게 허리를 숙였다. 이어서 소년의 목덜미를 움켜잡더니 몸부림을 치는데도 한 손으로 가볍게 들어올렸다. 소년의 힘 못지않은 대단한 힘이었다.

"제 아들을 용서하십시오, 나리. 아직은 감정을 억제할 줄 모르는 아이입니다. 순수한 인간의 냄새를 처음 맡아보고 너무 흥분해서 둔갑한 모양입니다. 나리, 제발 목숨만은 살려주십시오!"

여자가 여전히 한 손으로 소년을 내려놓더니 살루 앞에 무릎을 꿇렸다.

공포에 질려서일까, 소년이 다시 인간으로 변했다. 주위에 몰려든 구경꾼들을 보면서 살루가 이마에 주름을 잡았다. 눈에 띄지 않으려고 했는데 다 틀렸군…….

"별일 없을 것이오."

어리둥절해서 웅성거리는 반응을 보면서 살루가 다시 말했다.

"지금은 너무 바빠서 처벌할 시간이 없소. 다시는 내 노예를 건드리지 못하게 당신이 직접 벌을 주시오."

여자가 안도의 숨을 내쉬었다.

"정말 고맙습니다, 나리. 그렇게 하겠습니다."

갑자기 나타난 갈퀴손톱으로 여자가 아들의 얼굴을 할퀴었는데 상처가 어찌나 깊은지 뼈가 드러나 보였다.

피가 줄줄 흘러내리자 소년이 울부짖으면서 땅바닥에 주저앉아 두 손으로 머리를 감쌌다. 질겁한 타라가 치료해주려고 다가서자 살루가 팔을 꽉 잡았다.

울부짖는 소리가 차츰 작아지다 그쳤다. 소년이 머리를 쳐들었을 때 타라는 눈을 믿을 수가 없었다. 살이 다시 돋아나고 있었다! 믿을 수 없는 속도로 피가 멈추고 광대뼈와 턱뼈에 살이 덮이더니 끔찍한 상처가 흔적도 없이 사라졌다.

모두 블랙 드래곤을 쳐다보면서 반응을 기다리고 있었다.

그때였다. 약간 떨어진 데서 누군가가 양철 쓰레기통을 쾅, 내리치는 것 같은 소리가 울렸다. 모두 소리가 나는 방향으로 일제히 고개를 돌렸다.

그 틈을 이용해서 살루가 타라의 팔을 잡고 무작정 눈에 보이는 길로 줄달음쳤다. 드래곤에 비하면 타라의 키가 삼분의 일도 안 되기 때문에 살루는 타라를 거의 안은 것이나 다름없는 자세로 구경꾼들의 시야에서 벗어날 때까지 내달렸다.

마침내 살루가 타라의 손을 놓아주고 벽에 기대더니 두 심장 중 하나에 발을 댔다. 타라는 그 모습을 지켜보면서 속으로 말했다. 드래곤은 심장이 둘이라는 게 확실하다니까. 이건 꼭 기억해 둬야 할 일이야!

"휴! 하마터면 끔찍한 함정에 빠질 뻔했습니다." 살루가 중얼거렸다.

"저게 뭐예요? 저 사람들이 누구죠? 인간인 거 맞아요?" 타라가 구토증을 억누르면서 물었다.

"늑대인간들!" 살루가 침울한 목소리로 대답했다. "이 도시에…… 느, 늑대로 바뀔 수 있다고 새, 생각하는…… 마, 망상에 사로잡혀 있는 자들이…… 우글거려서……."

저런, 충격이 컸는지 블랙 드래곤이 말까지 심하게 더듬었다.

늑대인간들이라니! 타라는 아더월드에 늑대인간이 존재한다는 걸 알고 있었지만 이 대륙에 와서 물릴 줄이야!

타라의 얼굴이 창백해졌다.

"아까 물렸단 말이에요!"

이러다 한 달에 한 번씩 털북숭이로 변하는 거 아냐?

"걱정하지 마요, 덩컨 양. 늑대로 바뀌어 있는 상태에서 물려야 감염이 되니까요. 그리고 피부를 가볍게 건드렸을 뿐입니다. 정말 제대로 물렸다면 지금 그렇게 말을 할 수가 없을 겁니다."

타라는 자신도 모르게 얼른 손으로 목을 만져봤다.

"아, 드래곤들이 두려워하는 이유를 이제 알겠네요." 타라가 거침없이 말했다.

"우리는 늑대인간을 두려워하지 않아요!" 살루가 반박했다.

그러고는 타라의 맑은 눈길과 마주치자 발뺌을 했다.

"솔직히 좋아하지는 않죠. 소년의 어머니가 혼내면서 어떻게 했는지 봤잖아요?"

"얼굴의 절반을 찢어버렸을 때요? 윽, 여긴 체벌의 개념이 아주 잔혹하군요."

"대검으로 머리를 베어서 다시는 재생할 수 없게 불태워버리지 않는 한 늑대인간들을 죽이는 것은 거의 불가능하지요. 정말 대단한 재생력이거든요. 그리고 놈들은 무리를 지어 사냥하는데 늑대인간 넷이 드래곤 하나를 죽일 수 있죠. 그러니 도시 전체가 감염되었다는 걸 알아차렸을 때 내가 얼마나 놀랐겠어요?"

살루의 눈빛이 심각했다.

"이건 엄청난 사건입니다. 베티를 구출하는 것보다 훨씬 중대한 문제입니다, 마마. (이번엔 또 '마마'야? 그냥 한 가지로 통일하지!) 그러니까 가능한 빨리 돌아가야 합니다. 서둘러서 심의회에 보고해야 하니까요!"

"베티를 포기하란 말이에요? 그 대단한 장벽이 있는데 대륙 안에서 일어나는 이 정도의 문제 때문에 그렇게 허둥지둥 서두를 필요가 있나요?" 타라가 날카롭게 지적했다. "우리의 임무는 내 친구를 찾아서 데리고 나가는 겁니다. 따라서 보고를 하든 뭘 하든, 당신이 하고 싶은 일은 그다음에 하시죠!"

자기 꾀에 자기가 빠진 꼴이 된 살루가 타라를 뚫어져라 쳐다봤다.

타라는 드래곤들이 가두고 있는 것은 늑대인간들이 아니라는 것을 이미 알아차리고 있었다. 놀라거나 두려워하는 살루의 반응이 꾸며낸 것이라면 아카데미 시상식에서 연기 대상을 타고도 남을 것 같았다.

"서둘러야겠습니다, 마마! 아직 멀었습니까?"

"나한테 물어보지도 않고 무작정 내달렸으니까…… 길을 되돌아나간 다음에 약 200미터쯤 가면 될 거예요."

살루가 기대고 있던 벽에서 등을 뗐다.

"갑시다!"

"먼저 가시지요." 타라가 허리를 굽히면서 길을 내주었다. "나는 늑대인간의 먹이가 되고 싶은 마음이 전혀 없으니까 앞서 가시면서 점잖게 우리가 함께 있다는 걸 알려주는 것이 좋을 것 같군요!"

살루가 머리를 끄덕이고 나서 내달렸다.

그렇게 해서 몇 분 후 그들은 번화가에서 좀 떨어진 곳에 위치한 예쁜 집 앞에 이르렀는데 정원에 꽃이 만발해 있었다. 지나오면서 봤던 대부분의 집과 마찬가지로 궁전처럼 크지만 화려하지는 않았다. 광장 쪽으로 난 저택 정면에 보이는 건물 둘은 닫혀 있었다. 포도나무의 변종인 것 같은 파란 나무의 덩굴이 흰색 벽을 타고 기어 올라가고 있었다. 타라는 덩굴손이 도사리고 있다가 감히 허락도 없이 지나가는 비즈즈즈를 덥석 집아먹는 마법의 나무라는 걸 알아차렸다. 벌레를 잡아먹는 포도나무…… 그럼 인간도 잡아먹는 건 아닐까? 타라는 적당히 거리를 두고 경계했다.

"내 지도가 정확하게 한 시간 전에 베티가 있다고 표시한 집이 여기예요. 베티가 노예로 이 집에 있는 것이 틀림없어요. 이 도시에서 목걸이를 걸지 않는 인간은 한 명도 없을 테니까요. 몇 주 동안이나 늑대인간들을 피해 숨어 있었는지 모르겠어요."

문득 끔찍한 생각이 타라의 뇌리를 스쳤다.

"맙소사, 베티가 감염되었다면?"

"불행한 일이지만 그랬다면 손을 쓸 수가 없지요." 살루가 말했다. "그 병에 대한 치료제는 존재하지 않으니까요. 소녀를 이 집에서 구해낼 수는 있지만 지구로 돌아갈 수는 없을 겁니다."

"내 잘못으로 겪는 고통 때문에 베티가 나를 증오한다고 해도, 평생 동안 나를 쳐다보지 않는다고 해도 나는 할 말이 없어요! 이제 어떻게 할까요? 여기서 나오기만 마냥 기다리고 있다가 데리고 갈까요? 말씀해보세요!"

"우리는 시간이 없어요. 소녀가 혼자 있을 경우는 데리고 나와서 우리가 보호하면 됩니다. 만약 주인이 있을 경우는 그자를 쥐도 새도 모르게 제압하면 됩니다. 집 안으로 들어갈 수만 있다면 베티를 데리고 도망치는 건 일도 아니지요."

타라의 대답을 기다리지도 않고 살루가 갈퀴발톱으로 초인종을 눌렀다.

"베티, 손님이 온 모양이구나." 안에서 나오는 변조한 것 같은 목소리를 들으면서 타라는 등골이 오싹했다.

문이 열리는 순간 타라는 너무 놀라서 딸꾹질이 나왔다. 눈앞에 전혀 모르는 소녀가 서 있었으니!

옆쪽에 트임이 있는 짧은 원피스 차림으로 창에 기대고 서 있는 소녀는 어찌나 말랐는지 통통한 몸매의 베티와는 거리가 멀었다. 무엇보다 충격적인 것은 얼굴이었다. 얼굴의 반은 멀쩡한데 나머지 반은 화상을 입어서 눈이 보이지도 않고…… 차마 보기 힘든 흉측한 얼굴이었다.

게다가 머리도 베티보다 훨씬 길었다. 베티는 여름에 너무 덥다면서 늘 머리를 짧게 잘랐는데…….

살루에게 베티가 아니라고 말하려고 돌아서려는 순간 타라는 소녀의 눈과 마주쳤다.

타라는 갑자기 입이 마르면서 신음 소리가 나왔다. 뚫어져라 쳐다보는 밤색 눈에 드러난 피로의 빛을 보면서 타라는 가슴이 철렁 내려앉았다. 코의 모양, 눈썹, 창에 기대고 있지만 귀여운 몸짓(베티는 뚱뚱하지만 몸짓이 아주 귀여웠다)……. 끔찍한 모습으로 변해 있지만 틀림없는 친구였다.

그 뒤에 있는 벽을 뚫고 드래곤이 불쑥 나타났다. 타라는 선물의 일부분이 일루전이기 때문에 집이 무너질 위험은 없다는 걸 알아차렸다. 도시를 지나오면서 여러 번 봤기 때문에 타라는 드래곤들이 벽을 뚫고 나오길 좋아한다는 걸 눈치 채고 있었다. 그래서 타라는 전혀 놀라지 않았다.

드래곤은 타라가 이제껏 본 드래곤 중에서 제일 크다고 생각했던 살루보다도 훨씬 더 컸다. 샤름처럼 빨간색이지만 날개와 몸에 은빛 무늬가 있는 레드 드래곤이었다.

레드 드래곤이 살루를 발견하고 활짝 웃었다.

"안녕하세요." 레드 드래곤이 감미로운 목소리로 말했다. (타라는 수컷이 아니라 암컷이라는 것을 알았다) "무슨 일로 오셨는지요?"

"내 노예의 친구가 되어줄 만한 아이를 찾고 있습니다." 살루가 얼른 둘러대면서 레드 드래곤의 미모에 눈이 부신 듯 눈을 깜박였다. "보수 작업을 도와줄 수 있는 어린 인간이면 좋겠는데요. 당신의 노예를 나한테 팔면 안 되겠습니까?"

첫눈에 반했다는 건가? 살루의 표정을 보면 마치 청혼이라도 하는 것처럼 미래에 생길 자식을 상상하면서 꿈에 젖어 있는 것 같은 모습이었다. 활시위처럼 탱탱하게 긴장해 있는 레드 드래곤을 보면서 타라는 엉뚱한 의문이 들었다. 드래곤들도 결혼식을 하나?

레드 드래곤이 활짝 웃자 살루가 개처럼 길지도 않은 혀를 늘어뜨린 채 해롱거렸다.

"아무짝에도 쓸모없는 아이예요. 많이 먹고 일하는 건 싫어해서 복종하는 걸 가르치느라고 자주 벌을 줘야 하기 때문에 성가시기도 하고요."

타라는 치미는 분노를 삭이느라고 호흡을 가다듬었다. 레드 드래곤을 박살이라도 냈다가 우르르 몰려오는 늑대인간이며 드래곤들과 맞서고 싶은 생각이 없었다. 게다가 살루가 타협하려고 애쓰고 있지 않은가. 잠시 후 이 끔찍한 소굴에서 베티를 데리고 나가면 끝나는 건데.

죽이기 전에 드래곤의 살코기를 파는 것이 아더월드에서 허용되는 일인지 알고 왔더라면 좋았을걸.

"그건 문제될 것 없습니다." 살루가 발을 움켜잡으면서 말하자 레드 드래곤이 황홀한 듯 눈썹까지 파르르 떨면서 뿌리치지 않았다. "아이의 몸값으로 얼마를 드리면 되겠습니까?"

"오, 대단한 가치가 있는 아이도 아닌데요, 뭐." 레드 드래곤이 안심시켰다.

"얼마가 됐든 원하시는 대로 드리겠습니다."

살루가 뭐라고 지껄이는 거야? 이 도시에서 사용하는 화폐를 갖고 있지도 않으면서! 주인을 죽이고 베티를 데리고 도망치기로 해놓고서!

"이럴 경우에는 쉽게 합의에 도달하는 방법이 있긴 한데……."

레드 드래곤이 재미있어 미치겠다는 표정으로 아양을 떨었다.

"장벽의 열쇠를 원하는데 주시겠어요?"

 살루가 대답하려는 순간, 등 뒤에서 갑자기 누군가가 주문을 읊는 소리에 모두 쓰러졌다. 마법의 광선을 발사할 겨를도 없이 목걸이가 발산하는 강력한 힘에 타라는 갈랑과 함께 마비되었다. 살루도 옴짝달싹 못한 채 공포에 질려 있었다. 머리 위에서 뭔가 반짝거리다가 갑자기 나타나는 낯익은 얼굴들을 보면서 타라는 깜짝 놀랐다. 쟤들이 무사히 들어왔구나! 칼과 파브리스, 무아노, 엘레아노라와 제레미는 공중 부양을 하고 있는 반면에 파프니르와 로빈은 타라가 위험해질 경우 언제든 뛰어들 기세로 서 있었다. 그 뒤로 네 손에 검을 하나씩 들고 있는 사람은…… 티그족? 그렇다면 칼이 크산디아르와 합류하는 데 성공한 것이었다. 그들도 모두 목걸이를 걸고 있지만 타라와는 달리 마법을 사용하는 데 아무 지장이 없는 모양이었다.

 "놈들을 잡아라!" 레드 드래곤이 고함쳤다. "그러나 죽이지는 마라!"

 매복해 있던 그레이 드래곤들이 돌진해오면서 한바탕 싸움이 벌어졌다. 크산디아르와 타라의 친구들은 드래곤들이 최대한 손해배상을 많이 청구하기 위해서라도 자신들을 죽이지 않으리라는 점을 이용했다. 로빈이 릴란드릴의 활로 싸움을 주도했다. 정말 눈 깜짝할 사이였다. 비명 소리가 들리는가 싶더니 발, 목, 아가리에 화살이 꽂혔다.

파프니르도 도끼 두 개를 휘두르면서 그레이 드래곤들을 괴롭히고 있었다. 그레이 드래곤들은 난쟁이와 싸워본 적이 없는 것이 틀림없었다. 더구나 미친 듯이 펄펄 뛰면서 달려드는 빨간 머리 난쟁이를 상대한 적이 있을까.

"대장장이의 이름으로! 자, 덤벼, 덤벼라! 햄버그스테이크로 만들어줄 테니!"

그레이 드래곤 중 하나가 무심코 파프니르를 향해 발을 내밀어주기만 하면 '햄버그스테이크'라는 표현이 무슨 뜻인지 확실히 깨닫게 해줄 텐데. 현란한 손놀림으로 도끼를 돌리는 파프니르는 성난 믹서 같았다.

드래곤들은 마비시키는 마법으로 난쟁이를 제압했다. 그러나 마비가 된 상태에서도 파프니르는 아주 조심해서 다뤄야 할 다이너마이트 같았다.

그러나 불행히도 그레이 드래곤들의 마법은 나라의 친구들보다 훨씬 강했다. 어린 마법사들과 크산디아르가 최선을 다해 대응하고 있지만 열세에 놓인 것이 분명했다.

자신들을 향해 돌진하는 드래곤들을 보며 무아노는 공포와 아드레날린의 증가로 인해 자신의 몸이 변신하는 걸 억제할 수 없었다. 사실 무아노는 이 현상이 점점 더 자주 일어나는 것이 불안했다. 그래서 가능한 변신하지 않으려고 애를 썼지만 몸을 뚫고 나오려는 야수를 당해내지 못하고 있었다.

  야수로 변신하는 능력을 히든카드로 남겨두고 싶은 무아노는 마법으로 싸우다가 드래곤들에게 힘없이 무너지는 친구들과 크산디아르를 보면서 어쩔 도리 없이 항복했다.

  "브라보! 브라보!" 레드 드래곤은 부하 드래곤들이 침입자들을 제압했을 때 박수를 쳤다. "이렇게 하찮은 대륙에 손님이 무더기로 찾아오다니! 경비들! 이놈들의 목에서 웃기지도 않는 가짜를 벗기고 진짜 목걸이를 걸어주어라!"

  아, 가짜 목걸이였구나! 타라는 이제 상황이 이해가 되었다.

  그때까지 숨어 있던 늑대인간들이 뛰어 들어왔다. 머리끝에서 발끝까지 온통 빨간 제복 차림의 늑대인간들이 드래곤 형상의 검은 크리스털을 가슴에 달고 있었다. 저건…… 금지된 대륙의 장벽을 여는 열쇠 모양이잖아? 그걸 보는 순간 타라는 가슴이 오그라드는 것 같았다.

  목걸이를 잡던 경비가 으악! 비명을 질렀다.

  "무슨 일인가?" 레드 드래곤이 물었다.

그레이 드래곤 중 하나가 늑대인간을 살펴보면서 대수롭지 않게 말했다.

"화상을 입었습니다. 이방인들이 은을 사용해서 목걸이를 만들었습니다."

갑자기 불안한 기색이 역력해진 레드 드래곤이 그레이 드래곤에게 붙잡혀 있는 엘레아노라 앞에 가서 섰다.

"어린 인간아, 은을 사용해야 한다는 걸 어떻게 알았느냐? 늑대인간들에게 은을 사용해야 한다는 걸 어떻게 알았어?"

엘레아노라가 대답하지 않고 뚫어져라 쳐다봤다.

레드 드래곤이 비웃음을 흘렸다.

"아! 복종하지 않는 인간들은 지겹게 말을 안 듣는다는 걸 깜빡 잊었군."

느닷없이 날아오는 발길질에 뺨을 얻어맞은 엘레아노라가 뒷걸음쳤는데 얼굴에 피가 얼룩져 있었다. 레드 드래곤의 비늘이 곤두서 있는 것으로 보아 엄청 화가 난 모양이었다.

미친 듯이 몸부림을 치다가 드래곤 둘에게 붙잡혀 있는 칼과 달리 얼굴이 피투성이가 된 엘레아노라는 의연했다.

레드 드래곤이 붉은 혀로 송곳니를 핥았다.

"감히 내 권위에 도전하다니!" 레드 드래곤이 늑대인간 중 한 명에게 엘레아노라를 가리키면서 명했다. "팔을 뽑아버려!"

늑대인간이 다가서서 엘레아노라의 팔을 잡아당겼다.

이번에는 엘레아노라가 비명을 질렀다.

"멈춰요! 은을 사용한 이유를 내가 알려줄 테니까!"

모든 눈길이 방금 소리친 빨간 머리 난쟁이에게 고정되었다. 드래곤을 좋아하지 않는 파프니르가 도저히 참지 못하고 나선 것이다. 친구가 고문을 당하고 있는데 어떻게 가만히 구경만 하고 있단 말인가. 늑대인간이 레드 드래곤을 힐끔 쳐다봤다. 레드 드래곤이 머리를 끄덕였다. 늑대인간이 팔을 놓아주자 엘레아노라가 땅바닥에 쓰러졌다.

"가진 게 은과 금으로 만든 못밖에 없었어요. 금목걸이를 만들려고 했는데 금이 부족해서 은을 사용했을 뿐이에요. 우리는 당신의 털짐승에 대해 아무것도 몰라요."

레드 드래곤이 잠시 난쟁이를 유심히 살폈다. 눈싸움을 하듯 뚫어져라 쳐다보는 초록빛 눈이 설득력이 있었나?

"베티?" 레드 드래곤이 머리를 돌리면서 불렀다.

지구소녀가 즉시 주인의 발치에 무릎을 꿇었다.

"네, 여왕님." 베티가 눈을 내리깔고 대답했다.

또 시작인가? 타라를 곤경에 빠뜨리기 위해서 즉흥적으로 꾸며낸 저주가 틀림없었다. 보스나 여제, 여왕과 부딪치지 않고서는 아무것도 할 수 없단 말인가?

"우리가 손님을 어떻게 환영하는지 네 친구에게 보여줘라!"

"알겠습니다, 여왕님."

베티가 날렵하게 일어나더니 타라 앞에 와서 섰다. 타라는 목걸이의 힘을 시험해보면서 제압할 수 있기를 바랐다. 타라는 하나밖에 없는 친구의 눈을 응시하면서 메시지를 전하려고 애를 썼다. 그러나 베티는 알아채지 못했다.

"우리 대륙에 온 걸 환영해, 타라." 얼굴에 화상을 입은 베티가 차분하게 말했다.

이어서 베티가 창을 세우더니 타라의 머리를 가차 없이 내리쳤다. 엄청난 충격이었다. 친구에게 맞았다는 충격과 머리가 터지는 것 같은 극심한 통증 때문에 타라는 그대로 의식을 잃었다.

그리고 어둠 속에 잠겼다.

16
파브리스

고성능 기구를 사용할 때는
지상 200미터 위에서 작동하는 것이 더 낫다

*

처음에는 모든 것이 순조로웠다. 칼 일행은 타라가 드래곤들의 주의를 흩뜨리는 동안 장벽을 넘었다. 상황이 복잡해진 것은 타라를 태운 샤름과 엘프들을 태운 드래곤들이 갑자기 미친 듯이 내달리기 시작했을 때였다.

레비투스 Inc®는 엄청난 속도를 낼 수 없기 때문에 그들은 엘프들을 쫓아갈 수 없었다. 셈 선생님이 엘프들을 잘 살피라고 했는데…….

타라의 머리 위에 떠 있던 무아노가 재빨리 크리스털 볼(카메라 기능이 있었다)에 마지스터가 보낸 지도를 저장했기 때문에 다행히 드래곤들이 어디로 갈지 알고 있었다. 10분쯤 지났을 때였다. 레비투스 벨트에서 불길한 소리가 났기 때문에 칼이 착륙하기로 결정했다.

칼은 친구들에게 착륙하겠다고 알리면서(그들은 서로 보이지 않기 때문에 누가 어디 있는지 알 수 없었다) 카무플루스를 꿰뚫어볼 수 있는 특수안경을 챙겨오지 않은 것을 정말 아쉬워했다. 파브리스와 엘레아노라가 격렬하게 충돌한 뒤로 그들은 나무나 바위 같은 장애물이 있을 때는 서로에게 알려주었다. 유형화된 칼이 보이자 모두 따라 착륙했다.

"휴, 살 것 같다." 땅에 내려온 것이 기쁜 파프니르가 말했다. "드래곤들이 미친 거 아냐? 왜 저렇게 뛰는 거야?"

"모르지, 뭐." 칼이 대답했다. "어쨌든 계속 따라가자. 지금은 도망치기 바쁘니까 드래곤들이 타라에게 주문을 날리지 않을 거야. 그리고 살루도 페어플레이를 할 것 같아, 적어도 지금은. 해변에서도 절호의 기회가 있었는데 그냥 넘어갔잖아."

갑자기 무아노가 사방을 둘러봤다.

"파브리스는? 파브리스는 어디 있어?"

"어? 내 옆에 있었는데." 엘레아노라가 말했다. "생각해보니까 충돌한 뒤로는 파브리스의 소리가 들리지 않아서 좀 이상하긴 했어. 혹시 충돌했을 때 벨트가 망가진 거 아닐까?"

공포에 사로잡힌 무아노가 야수로 변하더니 이리저리 뛰어다니면서 킁킁 냄새를 맡았다. 그러나 예민한 후각으로 흙더미와 바위, 심지어는 나무와 수풀 속까지 샅샅이 뒤졌지만 아무런 흔적이 없는 것으로 보아 파브리스는 착륙하지 않은 것 같았다.

일행 모두 부근을 찾아다녔지만…… 땅으로 꺼졌나, 하늘로 솟았나, 파브리스는 어디에도 없었다.

파브리스는 드래곤들을 따라가면서 또다시 엘레아노라와 충돌하지 않으려고 조심하고 있었다. 부딪쳤을 때 얼마나 고통스러웠는지 그런 일은 두 번 다시 겪고 싶지 않았다. 내가 아니라 칼이었다면 꽤나 좋아했을 텐데…… 하고 생각하자 파브리스는 피식 웃음이 나왔다.

친구들이 들판 상공을 날고 있을 때 갑자기 부는 돌풍에 밀려서 파브리스가 무리에서 벗어났다. 레비투스 벨트가 깜박거리더니 예고도 없이 수십 미터 위로 몸이 쑥 올라갔다.

"어어, 이게 어떻게 된 거야……."

파브리스는 벨트에 이상이 있는 건지 생각할 겨를이 없었다.

친구들이 자신의 비명 소리를 들었으면 좋겠지만, 파브리스는 칼이 카무플루스 완장에 프로그램을 입력할 때 자신이 거절했던 것이 얼마나 큰 잘못이었는지 실감했다. 완장의 기능을 잘 알지도 못하면서 잘난 척만 하지 않았더라도 친구들이 비명 소리를 듣고 구해줬을 텐데.

엄청난 속도로 가까워지는 땅바닥을 보면서 이제 죽는구나, 하며 공포에 사로잡히는 순간 레비투스 벨트가 요요 놀이를 하듯 파브리스를 공중으로 내던졌다.

아더월드에서 지낸 시간이 많지 않아서일까, 파브리스는 마법을 사용해야겠다는 생각을 전혀 못하고 있었다. 아니, 더 정확하게 말하면 그럴 겨를이 없었다. 우선 머리가 거꾸로 된 상태라서 구토가 심했고, 벨트에서 나던 불길한 소리가 창고 같은 곳 바로 위에서 갑자기 멈췄기 때문이었다.

다행히 창고 위로 추락한 파브리스는 지붕을 뚫고 거대한 건초 더미로 떨어졌다가 데굴데굴 바닥으로 굴렀고, 화들짝 놀란 것들이 요란법석을 떨면서 구름처럼 일어난 바람에 털이 사방으로 날렸다.

절반은 건초를 쌓아놓고, 절반은 스파슈 우리가 있는 헛간이라서 요란한 착륙 때문에 질겁한 스파슈들이 혼비백산했다.

땅바닥에 부딪히면서 카무플루스의 작동이 밈췄다는 걸 파브리스는 알아차리지 못했다.

파브리스의 첫 번째 반응은 어디 다친 데가 없는지 몸을 만져

보는 것이었다. 놀랍게도 멍이 좀 들거나 가벼운 타박상을 입은 것 말고는 이상이 없었다. 레비투스 벨트가 충격을 완화시킨 것이 틀림없었다. 일어나는데 다리가 후들거렸다.

"제기랄! 그래도 운이 좋았네, 부러지진 않았으니까."

파브리스가 벨트를 째려봤다.

"빌어먹을 기구! 다음에 이걸 또 내가 사용하나 봐라! 근데 다른 애들은 괜찮아 보이는데 왜 나만 이런 일이 일어나는 거야!"

숨넘어가는 신음 소리에 소스라치게 놀란 파브리스가 배낭에서 후닥닥 바룬을 넣어둔 새장을 꺼냈다.

추락 때문에 바룬이 몹시 놀란 상태였지만 다행히 무사했다. 파브리스가 안도의 숨을 내쉬면서 배낭에 도로 집어넣었다.

절뚝거리면서 나가려고 하던 파브리스가 그대로 멈춰 섰다. 스파슌 우리의 창살문을 통해 밖이 내다보였다.

시끄러운 소리를 듣고 달려온 커다란 개가 문 앞에서 으르렁거리고 있었다. 파브리스는 뒷걸음쳤다.

"카무플루스 때문에 저 개가 나를 볼 수도, 내 냄새를 맡을 수도 없을 텐데…… 뭐가 잘못됐나? 이제 어떡할까, 바룬? 마비 주문을 걸거나 무슨 방법을 찾아야 하는데 타라가 마법을 도로 가져갔기 때문에 개를 옴짝달싹 못하게 할 수 있을지 자신이 없어."

패밀리어가 짜증스러운 감정을 전했다. 개가 아무리 커도 매머드보다 크겠어? 정상으로 되돌려주면 그까짓 개쯤이야 한 발로 으스러뜨릴 텐데…….

그 말에 웃음이 나오면서 파브리스는 긴장이 좀 풀렸다.

"그게…… 말이야. 파란 매머드가 마당에 나타나면 대번에 의심을 살 거야. 그러니까 너는 모습을 드러내지 않는 게 좋아."

밖을 내다보니 개가 엎드린 자세로 커다란 뼈다귀를 갉아 먹고 있었다. 하긴 건드릴 권한도 없는 스파슈보다 마음 놓고 먹을 수 있는 것에 신경을 쓰는 편이 더 낫겠지.

두툼한 뼈다귀에 앞발을 올려놓고 알뜰하게 살을 갉아 먹던 개가 이제 발을 핥고 있었다. 파브리스는 불안해졌다. 저건 식사를 끝냈다는 표시인데…… 그래도 제발 부탁인데 나한테는 관심 갖지 말아주라.

"문을 열어놓고 스파슈들을 풀어주면 어떻게 될까? 아마 저 녀석은 스파슈들을 쫓아가느라고 정신없을 거야. 그래, 그때 조용히 빠져나가면 되겠다."

파브리스가 문을 약간 열었다. 개가 귀를 쫑긋 세웠지만 일어나지는 않았다. 파브리스가 스파슈 우리를 향해 돌아서자 안쪽 구석에 몰려 있는 스파슈들이 경계를 하듯 쳐다봤다.

"얘들아. 나가서 개하고 신나게 놀아봐."

파브리스가 팔을 마구 흔들면서 스파슈들을 향해 뛰어들었다.

질겁해서 튀어나간 스파슌들이 사방으로 흩어졌다. 파브리스도 뛰어나갔다.

파브리스는 그제야 확실히 깨달았다.

팔을 흔들었을 때 스파슌들이 겁을 먹었다는 것은 내가 보인다는 거잖아!

그리고 개도 나에게 눈길을 고정한 채 으르렁거렸어! 파브리스가 헛간으로 도로 뛰어들어가자 개가 쏜살같이 쫓아왔다.

"레비투스의 이름으로 내가 지체 없이 날아오르게 하라!" 파브리스가 주문을 읊었다.

떨어질 때 어쩌다 운 좋게 지붕 위로 내동댕이쳐졌다고…… 나갈 때까지 그런 행운을? 지붕에 난 구멍으로 빠져나가는 것은 불가능했다.

밑에서 개가 멍하니 쳐다보고 있는데 저 인간은 아주 별짓을 다하네, 하는 얼굴이었다. 개가 가볍게 건초 더미로 뛰어올랐지만 소년을 따라가기에는 천장이 너무 높았다.

소년이 놀아주러 내려올 생각이 없다는 걸 알아차린 개가 짖어 대기 시작했는데 소리가 어찌나 큰지 온 동네 사람이 달려올 것 같았다.

파브리스가 들보를 움켜잡고 말했다.

"쉿! 쉿! 착하지, 개야, 착하지? 앉아!"

순순히 복종하는 개를 보면서 파브리스는 깜짝 놀랐다. 그러나 파브리스가 움직이기가 무섭게 개가 일어나서 다시 짖어댔다.

집주인이 귀가 먹었거나, 아니면 모두 밭에 나가서 집이 비었나? 그것도 아니면 이 집이 외딴 데에 있어서 개 짖는 소리를 못 듣는 것일 수도 있었다.

파브리스는 더 이상 꾸물거리고 있을 수 없었다. 가능한 빨리 빠져나가야 했다. 위를 쳐다보니 천창이 있었다. 거기까지만 날아오르면 창문을 열고 공중 부양으로 나갈 수 있으니 개와 맞닥뜨릴 필요가 없었다.

마법이 말썽을 부리기 전에 운에 맡기기로 하고 허공으로 한 발짝 내딛는 순간…… 파브리스는 곧장 밑에 있는 개 위로 떨어졌다.

파브리스나 개나 놀라기는 마찬가지였다. 파브리스가 천창에만 너무 정신을 집중했던 탓일까? 파브리스와 개가 건초 더미에서 데굴데굴 굴러 떨어졌다. 느닷없이 쳐들어와서 괴롭힌 침입자가 추락하는 것을 본 스파슌들이 이번에는 놀라기는커녕 쌤통이다! 하는 얼굴로 지켜보고 있었다.

파브리스에게는 행운이었지만, 밑에 깔린 개에게는 불행이었다. 떨어지는 파브리스와 충돌했을 때 폐 속의 공기가 빠지면서 개가 그만 까무러치고 말았으니…….

찰과상을 입은 파브리스는 일어나 헛간의 문을 향해 절뚝절뚝 걸어갔다.

문이 가까워질수록 점점 속도를 내기 시작한 파브리스가 밖으로 뛰쳐나갔다.

그 순간 으악! 하는 비명 소리와 함께 파브리스가 물컹한 것에 부딪히면서 세 번째로 넘어지고 말았다. 이번에는 위에서 떨어진 건 아니지만.

으악! 비명을 지른 주인공이 나타났다. 파브리스는 배를 움켜잡고 있는 칼을 보면서 안도의 숨을 내쉬었다.

"파브리스? 어떻게 된 거…….""

"문 닫아!" 파브리스가 팔을 마구 흔들면서 소리쳤다. "빨리 문 닫아!"

칼은 헛간을 들여다보다가 거품을 물고 돌진하는 개를 봤고, 개가 덤벼드는 순간 아슬아슬하게 문을 쾅! 닫았다.

쿵! 깨갱! 이어서 침묵.

칼이 파브리스를 일으켰다.

"어떻게 된 거야?"

파브리스가 잠시 부르르 떨다가 내뱉었다.

"이 빌어먹을 레비투스 벨트가 고장 나서 떨어졌어! 지붕을 뚫고 떨어지다가 내가 버튼을 잘못 눌렀는지 카무플루스도 멈췄던 모양이야. 그걸 모르고 있다가 저 개한테 물어뜯길 뻔했다고!"

그렇게 말하고 나서 성난 파브리스가 절룩거리면서 앞으로 걸어갔다. 개 짖는 소리가 들리기에는 멀리, 아주 멀리 떨어진 데에 농가가 보였다.

"잠깐!" 칼이 외쳤다. "네 벨트 좀 보자! 고칠 수 있는지 보고 빨리 숨어야겠어. 저긴 스파슌을 가두는 곳인데 개가 저 안에 오래 있을지 모르겠거든. 개가 너한테 엄청 성질이 나 있는 것 같던데."

겁이 많은 파브리스가 얼른 벨트를 풀어서 내밀었다.

"이거 시장에서 파는 싸구려 아냐?"

칼이 주머니에서 드라이버를 꺼내서 버클을 풀었다.

"괜찮아? 물리진 않았어?"

"응, 그럴 시간이 없었어. 찰과상을 좀 입었고, 온몸이 아파."

"다행이다. 아, 내가 이럴 줄 알았다니까!" 칼이 기구를 구성하는 여러 가지 색깔의 선과 석영을 들여다보면서 중얼거렸다. "접속이 끊어져 있었어. 자, 이제 됐어."

칼이 버클을 채워주고 드라이버를 배낭에 집어넣은 다음 이번에는 파브리스의 완장을 살폈다.

"그럼 그렇지, 이제야 네가 하는 말이 안 들린 이유를 알겠어. 네가 버튼을 잘못 누른 거야. 카무플루스를 작동할 때는 이걸, 그전에는 옆에 있는 이 버튼을 눌러야 해."

칼이 버튼을 누르자마자 친구들이 애타게 찾는 소리가 들렸다.

"나 괜찮아!" 파브리스가 대답했다. "칼을 만났어. 농가 근처에 있는데 금방 갈게."

친구들에게 그렇게 알리고 나서 파브리스가 칼에게 물었다.

"나를 어떻게 찾았어?"

"모두 흩어져서 너를 찾으러 다녔어. 지나온 길을 되돌아가면서 살피고 있는데 창고에서 스파슈이 난리법석을 치면서 뛰쳐나오잖아. 그래서 혹시 네가 있을지도 모른다는 생각이 들어서 와 봤어."

"고마워!" 파브리스가 마지못해서 말했다. "이젠 이상 없는 거지?"

"응, 다 확인했고, 완장에 프로그램을 다시 입력해놨어. 이 검정 버튼을 누르면 카무플루스가 작동돼. 벨트도 마찬가지고. 선 두 개가 접속되지 않았기 때문에 엘레아노라와 충돌했던 거야."

파브리스가 조심스럽게 벨트를 시험해보고 나서 카무플루스를 작동했다. 아무 이상이 없는 것 같았다.

파브리스가 심호흡을 하면서 공중 부양할 준비를 하고 있을 때였다. 기뻐서 제정신이 아닌 야수가 갑자기 달려들어서 파브리스를 덥석 들어올렸다.

평소에 파브리스는 야수가 그러는 것을 끔찍하게 싫어했다. 그러나 눈물까지 글썽이며 기뻐서 어쩔 줄 모르는 미소(비록 송곳니를 드러내고 있지만 그것이 야수로서는 기뻐하는 표시니까)를 보는 순간 마음이 가라앉은 파브리스는 키가 3미터나 되는 털북숭이를 엉거주춤 안아주었다.

그제야 야수로 변신해 있다는 걸 알아차린 무아노가 얼른 인간의 모습으로 돌아와서 파브리스를 꼭 끌어안았다.

무아노를 뒤따라온 엘레아노라와 파프니르가 정말 눈뜨고는 못 봐주겠다는 얼굴로 동시에 하늘을 쳐다봤다.

"이제 가자!" 칼이 어떻게 된 일인지 궁금해하는 친구들을 보면서 말했다. "가면서 들어. 빨리 드래곤들을 찾아야지."

얼마 후, 그들은 타라 일행을 발견했다. 도시의 드래곤이 동족을 잡아먹는 끔찍한 살육 현장을 떠나면서 타라가 샤름에게 따지듯 질문하고 있을 때였다. 칼 일행은 아연실색했다. 뭐……? 염소 떼를 지키던 드래곤이 어떻게 됐다고? 그럼 식인종처럼…… 드래곤이 동족을 잡아먹는단 말이야?

마침내 드래곤들이 멈춰 섰다. 칼은 살루가 도시의 방어 체계에 대해 하는 말을 듣고 불안했다.

"가자!" 칼이 친구들에게 말했다. "다른 문을 찾아봐야겠어. 드래곤과 엘프들에게 발각되면 안 되는데 이제는 카무플루스를 사용할 수 없게 됐으니. 살루의 말대로 성벽에 레벨루스 주문이 걸려 있다면 문턱을 넘는 순간 들통이 날 거야. 공중 부양도 마찬가지고."

"그럼 파프니르와 나는 문제가 될 거야." 로빈이 말했다. "엘프나 하프엘프도 없고, 난쟁이도 안 보여."

파프니르가 근육질의 팔을 가슴에 대고 교차시켰다.

"그렇다고 돌아갈 수는 없어! 칼, 엘레아노라! 너희는 면허 받은 도둑이잖아. 그러니까 방법을 찾아봐, 빨리!"

"데텍투스 주문이 걸려 있으면 안 되는데……." 칼이 생각에 잠겨 있다가 말했다.

"안 되지." 엘레아노라가 고개를 끄덕였다. "데텍투스 주문이 걸려 있다면 가능성이 전혀 없어."

"하지만 레벨루스라면……."

"그럼 두 개가 있으면 되네. 한 개를 먼저 사용하고, 그다음에 또 한 개를 사용하면……."

칼과 엘레아노라가 동시에 미소를 지었다.

"무슨 말이 그래? 너희 둘만 아는 말로 하면 어떡해? 우리도 알아듣게 말해야지." 무아노가 궁금한 얼굴로 말했다.

칼과 엘레아노라가 돌아보는데 회색 눈빛에 검은색 머리가 똑같아서 꼭 남매 같았다.

"엘레아노라, 네가 설명해줘."

"우리는 걸어서 도시로 들어갈 거니까 카무플루스가 필요 없어. 우리의 것 두 개를 로빈과 파프니르에게 줄게. 데텍투스 주문이 걸려 있으면 대번에 발각될 거야. 그러나 레벨루스 주문이 걸려 있다면 좀 다르지. 문을 넘어설 때 첫 번째 카무플루스가 깨지는 느낌이 드는 순간 두 번째 카무플루스를 작동하고 잽싸게 뛰어. 그러면 무사히 통과할 수 있을 거야. 레벨루스 마법에 대해서는 내가 잘 아는데 에너지 소비가 많기 때문에 그 마력이 미치는 범위가 넓지 않거든. 내 생각에는 1미터를 넘지 못할 거야."

"잘못 생각한 거면?" 이제껏 거의 참견을 하지 않고 죽은 듯이 지켜보기만 하던 제레미가 물었다. 게다가 제레미는 엘레아노라를 잘 모르고 있었다.

엘레아노라가 소년을 차갑게 노려보면서 양쪽 허리에 찬 단도를 잡았다.

"아니, 난 잘못 생각하지 않아."

제레미가 입을 열려는 순간 무아노가 팔꿈치로 옆구리를 쳤다.

성문이 가까워지고 있을 때 칼과 엘레아노라가 동시에 멈췄다.

"잠깐, 문제가 생겼어!" 둘이 합창으로 외쳤다.

둘이 당황한 얼굴로 쳐다보다가 또다시 동시에 말했다.

"모두 목걸이를 걸고 있어!"

"너희 진짜 웃긴다. 동시에 말하는 거 연습이라도 했나 보지?" 파브리스가 놀렸다.

"돌발 상황이 발생했을 때 복창하는 것이 우리의 습관이거든." 칼이 점잖게 대답했다. "그러니까 우리가 동시에 지적하는 것은 당연한 거야."

"그렇다고 해도 같은 순간에 생각이 일치한다는 거 쉽지 않은 일인데 정말 인상적이다, 너희." 무아노가 미소를 지었다.

"그래 맞다." 엘프의 예리한 눈을 지닌 로빈이 보행자들을 살펴보면서 끼어들었다. "모두 빨간 목걸이를 하고 있어."

"우리도 똑같은 목걸이가 있어야 돼."

"어떡하지?" 파브리스가 걱정스런 얼굴로 말했다. "우리가 목걸이를 감쪽같이 만든다고 해도 우리가 지나가는 순간 레벨루스 때문에 보초 드래곤들이 알아차릴 거야."

"우리에게 필요한 걸 내가 갖고 있는 것 같은데……." 파프니르가 말했다.

난쟁이가 몸에 딱 붙는 타이츠 주머니에서 빨간 가죽 원피스를 꺼냈다. 마법을 싫어하면서도 난쟁이의 주머니는 마법복 주머니처럼 온갖 잡동사니를 넣어둘 수 있었다.

"설마 그 옷을 망가뜨리려는 건 아니지?" 무아노가 놀라서 물었다. "예쁜 옷인데!"

파프니르가 어깨를 으쓱했다.

"상관없어. 타라의 생일날 입었던 건데 그때 소스를 뒤집어썼잖아. 그래서 세탁소에 맡겼는데 자국이 그대로 있더라고. 혹시 방법이 있을까 해서 갖고 다녔는데 지금 빨간 가죽이 필요하니까 사용해야겠어."

무아노가 미처 말릴 사이도 없이 파프니르가 원피스의 가죽을 끈처럼 길게 싹둑싹둑 잘랐다.

로빈이 가죽 끈으로 목걸이의 골격을 만들자 파프니르가 은제 못을 꺼내서 박은 다음 은제 핀으로 고정해서 버클을 만들었다.

그렇게 해서 빨간 가죽 목걸이를 만들었는데 타라와 블랙 드래곤이 이미 도시 안으로 들어갔기 때문에 그들은 서둘러야 했다.

"파프니르, 로빈, 그럼 이따 보자." 모든 준비가 끝났을 때 칼이 말했다.

"정말 싫다 싫어!" 파프니르가 마지못해서 레비투스 벨트를 작동했다. "공중이 아니라 지상에서 하면 좋겠는데."

파프니르가 사라지자 로빈이 미소를 지었다.

"나는 날아다니는 것이 정말 좋은데."

그리고 나서 로빈이 패밀리어와 정신적으로 교감할 때 나타나는 특유의 눈빛으로 배낭을 열었다.

"괜찮아? 어지럽지 않지?" 로빈이 배낭 안을 들여다보면서 말했다. "그래, 알았어, 너무 오르락내리락하지 않도록 노력할게. 산소가 부족하지 않게 배낭을 좀 열어놓을 건데 소리 내면 안 돼, 알았지? 캑! 꺄악! 어떤 소리도! 오케이?"

소우르브는 파프니르와 마찬가지로 날아다니는 걸 질색하고 있었다. 재미있어 죽겠다는 듯 쳐다보는 칼의 눈빛을 본 로빈이 한숨을 내쉬면서 사라졌다.

보초 드래곤들은 그들을 거들떠보지도 않았다. 레벨루스 주문에 걸릴까 겁을 먹었지만 파프니르와 로빈도 무사히 통과했다.

엘레아노라는 아무 말도 하지 않고 제레미에게 승리의 미소를 보내면서 흥얼거렸다. "나~나나나~나나 나나나~!"

친구들의 머리 위에서 보이지 않는 상태로 전진하던 빨간 머리 난쟁이와 하프엘프도 도시에서 일어나는 어이없는 광경에 충격을 받았다. 드래곤들과 인간들이 다른 행성에서는 전혀 볼 수 없는 주종 관계를 보이고 있었다. 타라의 친구들도 타라와 마찬가지로 마지스터가 방법은 비열했지만 이곳의 끔찍한 상황을 고발한 것은 옳은 판단이었다는 생각이 들기 시작했다.

파프니르가 쓰레기통에 부딪히는 순간까지는 모든 것이 작전대로 진행되고 있었다.

이상한 도시와 주민들을 쳐다보는 데 정신이 팔려 있던 파프니르가 자신이 날고 있다는 걸 깜빡 잊고 움직일 때였다. 때마침 한 드래곤이 컨테이너에다 쓰레기를 비운 뒤에 집으로 보내기 위해 쓰레기통을 공중 부양으로 날려 보냈다.

그 순간 파프니르와 충돌한 쓰레기통이 빙그르르 돌다가 난쟁이를 집어삼켰다. 쓰레기통에 갇힌 난쟁이는 방향감각을 잃고 벽에 부딪히고 말았다.

주인은 발광한 토끼처럼 깡충깡충 뛰는 쓰레기통을 보면서 어안이 벙벙했다.

이성을 잃은 난쟁이가 고함을 질렀다.

"으으으윽, 살려줘!"

파프니르를 향해 급강하하던 로빈은 갑자기 하늘을 향해 날아오르는 쓰레기통을 아슬아슬하게 피했다. 전력 질주로 따라잡은 로빈이 현란한 공중회전을 하면서 난쟁이를 쓰레기통에서 빼내는 데 성공했다.

그제야 보이지 않는 무언가가 쓰레기통을 조종하고 있다는 걸 알아차린 주인이 경비에게 고함을 지르려고 입을 여는 순간이었다. 로빈은 그걸 막을 방법이 한 가지밖에 없었다.

로빈이 쓰레기통을 떨어뜨렸고, 이번에는 주인이 쓰레기통을 뒤집어썼다.

그 틈을 타서 도망친 로빈과 난쟁이가 부르는 소리를 듣고 친구들이 따라왔다.

로빈과 난쟁이가 숨을 헐떡이면서 멈췄을 때 무아노가 말했다.

"맙소사! 얼마나 놀랐는지 몰라. 괜찮아, 파프니르?"

"음냐, 음냐, 음냐……." 허공 속에서 잠꼬대 같은 소리가 들렸다.

"뭐라고?"

"멍청한 드래곤! 예고도 없이 쓰레기통을 공중 부양시키다니! 그건 정말 금지시켜야 해!"

"휴!" 칼이 한숨을 내쉬었다. "이제 이 도시의 주민들에게 우리가 왔다는 걸 알렸으니 타라를 찾을 수 있을지 모르겠다."

칼의 지적에 침묵이 흘렀다.

칼, 엘레아노라, 무아노, 파브리스, 제레미는 베티가 있을 것으로 추정되는 집 부근에서 카무플루스를 작동했다.

작은 광장 상공을 날던 그들은 초인종을 누르는 블랙 드래곤을 발견했다.

레드 드래곤 주위를 맴도는 살루를 보면서 로빈이 외쳤다.

"뭐 하는 거지?"

"너랑 타라하고 똑같네, 뭐." 칼이 놀렸다. "환심을 사려는 거잖아."

"난 저러지는 않았어!" 로빈이 볼멘소리로 말했다. "게다가 나는 타라를 포기한다고 공개적으로 선언했잖아!"

"내 눈을 속이려고? 내 눈에 네가 정말로 타라를 포기한 걸로 보이는 줄 알아? 흥!"

칼의 말에 놀란 로빈은 자신의 입에서 신음 소리가 새어 나갔다는 걸 깨닫지 못하고 있었다. 그러나 상황을 알아차렸을 때 로빈의 입에서 튀어나온 소리는 활의 정령 릴란드릴에게서 전달받은 욕설이었다.

갑자기 그레이 드래곤들과 병사들이 작은 광장을 가득 메우고 있었고…… 그들의 카무플루스도 정지되었으니!

17
미친 여왕

*수적으로 열세일 때는
성질을 돋우지 말아야 하는데……*

*

의식이 돌아오면서 고통이 엄습했다. 너무 고통스러웠다. 망치로 때리는 것처럼 머릿속이 쿵쿵 울리고 있었다. 내가 어디에 있는 거지? 이 통증이 과연 가라앉고 완전히 사라지긴 할까?

타라가 살며시 눈을 떠봤다.

좋은 소식, 살아 있구나.

나쁜 소식, 감방에 갇혀 있네, 또!

이 행성에서는 사람을 감금하는 게 취미군! 타라는 아더월드의 감옥 가이드북이라도 쓸 수 있을 것 같았다. '감방의 등급은 별 하나에서 별 셋까지 나뉘며, 습기가 차지 않는 아늑한 감방에서부터 최고 시설을 갖춘 감방까지 입맛대로 즐길 수 있습니다.'

일어서기로 한 것이 잘못된 생각일까? 감방이 빙글빙글 돌아서 타라는 도로 누웠다.

잘한다, 잘해! 일어나지도 못하면서 세상을 구하겠다고? 너무 자만했던 것이 아닐까?

아더월드의 장점은 마법으로 타박상이나 상처를 쉽게 치료할 수 있다는 것이다. 그런데 왜 굴착기가 뇌에 구멍을 뚫는 것처럼 머릿속이 쿵쾅쿵쾅 울리고 지끈지끈 쑤시는 걸까?

손에 말라붙은 피가 비늘처럼 벗겨졌다. 타라가 눈을 번쩍 떴다.

내가 얼마 동안이나 의식을 잃고 있었던 거지?

그래, 전반적인 상태 점검 시작.

첫째, 빨간 가죽 목걸이만 달랑 걸고 알몸 상태로 까끌까끌한 담요를 덮고 있다. 둘째, 체인지라인을 빼앗겼다. 최신 유행 의상, 구두, 액세서리 제조 공장 역할뿐만 아니라 일종의 무기, 아니 그보다는 미사일과 로켓포까지 고루 갖춘 무기고라고 해도 과언이 아닌데, 그런 체인지라인을 그냥 놔뒀을 리가 없지. 목덜미에서 통증이 느껴지는 것으로 보아 공생관계인 체인지라인을 거칠게 떼어 간 것이 틀림없었다.

셋째, 가장 신가한 상황. 갈랑과 살아있는 돌이 보이시 않고, 머릿속에서도 느껴지지 않는다. 타라는 한숨을 내쉬었다. 그럼 친구들과 패밀리어들은 어떻게 된 거지? 아니, 지금은 내 코가 석

자니까 우선 내 상태부터 확인해야 해.

타라는 천천히 다리 쪽으로 눈길을 옮겼다. 두통 못지않게 소변이 보고 싶어서 죽을 지경이라는 것은 그렇게 누워 있은 지가 적어도 이틀쯤 되었다는 신호인가?

화장실을 찾아가는 길은 길고 복잡했다. 타라는 여섯 번쯤 넘어질 뻔했고, 술에 취한 것처럼 걸음걸이가 비틀비틀했지만 화장실에 이르렀고, 물 뿌려주기를 좋아하는 물의 원소 덕분에 샤워를 하고 피범벅이 된 머리를 감을 수 있었다. 이어서 공기의 원소가 몸을 말려주었다. 치약과 칫솔도 있어서 타라는 일단 아주 개운하게 세수를 할 수 있었다.

드래곤의 포로가 되어 좋은 점은 거대한 파충류를 가두기 위해 만든 것이라서 열네댓 살 소녀에게는 감방이 아주 넓다는 점이었다. 타라가 조금만 더 날씬했으면 창살 사이로 빠져나올 수도 있을 것 같았다.

타라는 로마의 토가처럼 담요로 몸을 감싸고 머리가 흔들리지 않게 조심하면서 창살을 향해 걸어갔다.

다른 감방을 보면서 타라는 엘프 전사들도 갇혀 있음을 알아차렸다.

엘프 군단의 지휘관 발라는 한쪽 눈을 뜨고 있었기 때문에 금방 시선을 느끼고 재빠르게 무릎을 꿇었다. 발라도 목걸이를 걸고 있는데 역시 빨간색은 보랏빛과 별로 어울리지 않았다.

"깨어났네요, 마마. 많이 걱정했습니다."

그렇게 말하면서 발라가 가슴에 두 팔을 교차시키면서 분하다는 듯이 고백했다.

"우리가 당했습니다. 치열한 전투를 벌였지만 우리의 아까운 전사 셋을 잃었습니다. 드래곤 30에 인간으로 보이는 전사 200, 적의 수가 압도적으로 많아서 수적 열세를 극복하지 못했습니다. 모든 책임은 저에게 있으니 제구루드릴을 허락해주십시오."

"제구루드릴이요? 의례적인 자살을 말하는 건가요? 제정신 아니죠? 티그족 크산디아르도 지난해에 똑같은 말로 나를 놀라게 하더니! 무슨 일을 실패할 때마다 자살하면 엘프 종족이 남아 있을까 걱정이네요. 발라, 어떻게 된 건지 설명해주세요."

발라가 입을 열려는 순간 타라는 엘프가 한두 시간 정도 무훈시(무용담을 노래하는 시-옮긴이)를 읊을 것 같은 예감이 들었다.

"짤막하게 부탁합니다."

엘프가 입을 도로 다물면서 떨떠름한 표정을 지었다.

"우리가 어리석었습니다. 우리가 침투한 지 30분도 되지 않아서 그레이 드래곤들과 맹목적으로 복종하는 늑대인간들이 날려 들었어요. 마마는 이 도시에 늑대인간들이 우글거린다는 걸 아셨습니까?"

"네, 알아차렸어요." 타라가 두려움을 억누르면서 대답했다.

"놈들은 우리가 어디 있는지, 몇 명인지 정확하게 알고 있었습니다. 내 부하들은 놈들을 많이 죽이고 장렬하게 전사했습니다. 일단 항복하는 것으로 물러섰다가 기회를 엿봐야 했는데 어리석은 짓을 했습니다."

타라가 놀란 얼굴로 쳐다봤다.

"네? 전투는 엘프들이 살아가는 이유인 걸로 알고 있는데요."

"네, 싸우는 걸 좋아하지요. 그러나 우리는 맹목적이지 않습니다. 전략을 짜고, 그물을 쳐서 적을 포위하고 숨통을 조인 다음 우리가 파놓은 함정에 빠졌다는 걸 적들이 깨달아야 진정 통쾌한 승리가 됩니다. 그런데 그저께의 전투는 우리의 참패였습니다."

엘프가 심호흡을 하고 나서 덧붙였다.

"그 빌어먹을 놈들이 어떻게 우리의 위치를 포착했는지 정말 알 수가 없습니다."

그저께? 이틀쯤 됐을 것 같던 직감이 틀리지 않았어. 타라는 소름이 끼쳤다.

"네? 그저께라고요? 그럼 열쇠는? 장벽은 어떻게 됐……."

"열쇠에 대해서는 걱정하지 않아도 돼. 우리가 필요한 조치를 취했으니까. 깨어난 걸 보니 기쁘구나. 몇 시간 더 기다려봤다가 레파루스로 깨우려고 했더니. 어쨌든 포로들이 나에게 대항하면 어떻게 되는지 깨닫게 해주는 것이 나는 좋아."

타라가 감미로운 목소리를 향해 고개를 돌렸다. 물론 레드 드래곤이었다. 넓은 복도의 어둠 속에 그림자처럼 베티가 꼼짝 않고 서 있지만, 타라는 알아차리지 못하고 있었다. 엘프의 뛰어난 시력을 지닌 발라도 너무 긴장한 탓인지 알아채지 못하고 감방 안쪽으로 조용히 뒷걸음쳤다.

레드 드래곤이 미소를 지었다. 이유는 알 수 없지만 타라는 레드 드래곤의 미소가 마지스터의 고함 소리보다 훨씬 더 섬뜩하게 느껴졌다.

"네 친구들을 데리고 접견실로 가야겠다. 이야기는 거기서 나누자."

레드 드래곤이 버튼을 누르자 감방의 문 몇 개가 스르르 열렸다. 레드 드래곤은 바이올렛 엘프들을 풀어주지 않았다.

로빈, 제레미, 파프니르, 엘레아노라, 칼, 파브리스, 크산디아르에 이어 무아노가 경계를 하면서 나왔다. 무아노가 타라에게 달려와서 숨이 막히도록 꼭 끌어안았다.

"창으로 네 머리를 내리치는 소리를 듣고⋯⋯" 무아노가 베티를 노려보면서 말했다. "뇌진탕이라는 걸 알았지만 저들이 너를 치료하지 못하게 했어."

"마법을 사용했다면," 베티가 쏘아붙였다. "목걸이 때문에 너희는 이렇게 살아 있지 못했을 거야. 여왕님의 허락 없이는 마법을 사용할 수 없어."

붉은 여왕이 고개를 끄덕이다가 갑자기 따귀를 갈겼는데 어찌나 거친지 베티가 나가동그라지면서 벽에 부딪혔다. 파브리스가 달려가서 일으켜주려고 했지만 베티가 뿌리치면서 혼자 일어났다.

"너에게 그런 걸 알려주라고 허락한 적 없다." 붉은 여왕이 언제 폭력을 행사했느냐는 듯 다정한 어조로 말했다. "목걸이의 효력 때문에 괴로워하는 꼴을 보고 싶었는데. 이틀이나 참고 기다려온 기쁨을 한순간에 날려버리다니! 또다시 쓸데없이 입을 놀렸다간 이빨로 네 머리를 물어뜯어 줄 테다, 알았니?"

베티가 입에서 흐르는 피를 닦으면서 허리를 굽혔다.

"알겠습니다, 여왕님. 친절하게 알려주셔서 고맙습니다."

거친 말을 어쩌면 저렇게 다정한 어조로 할 수 있지? 어이없어하는 타라의 눈초리를 보면서 붉은 여왕이 말했다.

"나는 실수를 용서해주는 일이 거의 없지." 붉은 여왕이 설명했다. "따라서 내가 자기를 죽이고 다른 노예를 하녀로 들이는 대신 경고 정도로 그친 것에 대해 베티가 고마워하는 것은 당연하지."

뭐? 베티가 이 정신병자의 하녀라고? 베티가 어떻게 이 지경까지 되었을까?

좋아! 일단 친구를 구한 다음에 물어보자.

마법을 사용할 수 없다면 너무 위험한데…… 타라는 선택의 여지가 없었다.

"베티는 독에 감염되어 있어요." 타라가 말했다. "그래서 내가 구하러 온 거예요. 내 피 속에 해독제가 있으니까요. 빨리 수혈하지 않으면 베티는 죽을 겁니다."

붉은 여왕이 유심히 살폈다.

"흠, 나에게 베티를 선물로 주었던 자가 어쩐지 조심하는 것 같더니……. 손을 내밀어라, 베티."

새파랗게 질린 베티가 손을 내밀었다. 붉은 여왕이 갈퀴발톱으로 베티의 손바닥을 할퀴자 피가 흘렀다. 고통에도 불구하고 베티는 꼿꼿한 자세로 꿈쩍도 하지 않았다.

붉은 여왕이 몸을 숙이고 피 냄새를 맡고 나서 두 갈래로 갈라진 혀로 피를 핥더니 탁 뱉어냈다.

"하르퓌아의 독이잖아!"

타라의 얼굴이 일그러졌다. 마지스터가 하르퓌아의 독을 사용했을지도 모른다고 짐작은 했지만…… 휴! 사실이었구나. 하르퓌아에게 물려서 죽어가고 있을 때 칼이 마지스터가 갖고 있는 해독제를 훔쳐서 타라에게 먹였었다. 그 뒤로 로빈과 브주아 지롱 백작, 타라는 하르퓌아의 독에 감염되고도 살아남은 이들로 이뤄진 클럽을 결성했고, 그들의 피를 해독제로 사용하고 있었다.

"이런, 빌어먹을!" 붉은 여왕이 으르렁거렸다. "좋다! 나는 새 하녀를 들이고 싶은 마음이 전혀 없어. 둘 다 팔을 내밀어!"

타라와 베티가 복종했다. 붉은 여왕이 주문을 읊자 타라의 피가 베티의 혈관을 타고 들어갔다. 마법의 피가 몸속으로 들어오는 순간 베티가 눈살을 찌푸렸다.

아직 기력을 회복하지 못한 타라가 갑자기 현기증을 느끼며 비틀거렸다.

로빈이 재빠르게 타라를 부축했다. 로빈이 멋진 크리스털 눈으로 타라를 뚫어져라 쳐다봤다.

"괜찮아?" 로빈이 다정하게 물었다.

"괜찮아지겠지." 정말 위로를 받고 싶었던 타라는 로빈의 든든한 어깨(와! 완전 근육질이네! 오무아에서는 알아채지 못했는데)에 의지하면서 행복을 느꼈다.

타라가 로빈에게 미소를 지어 보였다.

로빈도 미소를 지었다.

그리고 타라는 다시 정신을 잃었다.

의식이 돌아왔는데…… 이번에는 타라가 감방에 갇혀 있지 않았다. 타라는 어깨와 등이 푹신한 걸 느꼈다. 눈을 뜨자 많은 얼굴이 걱정스럽게 지켜보고 있었다.

"와!" 칼이 꾸며낸 듯 어색한 어조로 외쳤다. "로빈이 너에게 이런 효과를 줄지 정말 몰랐다! 나는 쳐다보는 것만으로 여자를 기절시킨 적이 없는데. 여자들은 미꾸라지처럼 달아나는 경향이 있잖아."

기력이 없는 타라가 엷은 미소를 지었다. 갑자기 커다란 그림자가 드리워지더니 붉은 여왕이 몸을 숙였다.

"걸핏하면 기절하는 너희 인간들의 버릇에 이젠 진저리가 난다. 이렇게 허약한 인간이 어떻게 림보의 악마들을 물리칠 수 있었을까? 도무지 이해할 수가 없어."

타라는 붉은 여왕이 놀랄 만한 이유가 있다는 걸 보여주기로 작정을 했다.

타라는 자신의 몸 안에 있는 물을 붉은 여왕의 비늘 덮인 발 위로 다 토해내는 괴력을 발휘했다. 그러고는 흡족한 얼굴로 다시 기절했다.

세 번째 깨어났을 때는 상황이 달라져 있었다. 붉은 여왕이 마침내 부상당한 인간은 이용할 가치가 없다고 생각했는지 레파루스 주문으로 타라를 치료했다. 타라는 충분히 기력을 되찾았음을 느꼈다.

주위엔 여전히 사람이 많았지만, 그중에서 낙담한 것 같은 크산디아르를 제외한 친구들이 역시 넌 기대를 저버리지 않았어, 하고 말하듯 웃음기 가득한 눈으로 쳐다보는 반면에 베티와 붉은 여왕의 병사들은 공포에 질려 있는 것 같았다.

타라는 빨간 벨벳을 씌운 긴 의자에 누워 있었는데 비행기, 아니 드래곤 착륙용 활주로로 사용할 수 있을 만큼 방이 넓었다. 붉은 여왕의 위업을 찬양하는 태피스트리가 사방에 걸려 있었다. 타라는 자세히 살펴보다가 후회했다. 웩! 여왕은 살아서 꿈틀거리는 창자나 뇌, 다양한 손이나 발…… 같은 걸 뽑아버리기를 특히 좋아하는 것 같았다.

게다가 붉은 여왕의 문장을 발견했을 때는 등골이 쭈뼛 섰다. 빨간 바탕에 죽은 드래곤의 머리와 대퇴골들을 교차시킨 문양, 너무 끔찍하지 않은가.

"바닥을 더럽히는 짓은 이제 끝난 거겠지?" 붉은 여왕이 역겨울 정도로 감미로운 목소리로 말했다.

그렇게 원한다면 한 번 더 토해줄 수도 있고! 하는 투로 타라가 입을 벌리려는 순간 베티가 강제로 일으켜서 등을 떠밀었다.

타라가 항의하려고 하자 베티가 속삭였다.

"말대꾸하지 마. 여왕님은 식은 죽 먹듯 다 죽일 수 있어. 여왕님은 네가 필요하지만 네 일행이나 나는 아니란 말이야. 그러니까 입 다물고 얌전히 굴어. 아니면 당하는 건 우리니까."

베티는 절대로 이런 식으로 말하지 않는데……. 게다가 납치된 적도, 정신병자 드래곤의 노예가 된 적도 없는 것처럼 행동하고 있었다. 타라는 베티의 말대로 잠자코 있기로 했다. 칼이 입을 열려는 순간, 인간의 모습으로 돌아와 있지만 야수의 뛰어난 청각을 유지하고 있던 무아노가 팔꿈치로 옆구리를 치는 것으로 모두를 죽음으로 몰아넣을지도 모를 농담을 막았다. 무아노는 자꾸 상처 자국을 긁는 베티를 보았다. 버릇인가?

타라가 앞으로 걸어갔다. 거대한 몸에 금빛 실크를 걸친 여왕이 옥좌에 앉아 거드름을 피우면서 승리를 만끽하고 있었다. 살루, 셈, 샤름, 레드 드래곤 말고리, 쌍둥이 그린 드래곤 산트라와 산비까지 모두 붉은 여왕 앞에 집결해 있는데 묵직한 사슬에 묶여 있고 목걸이도 걸고 있었다. 살루를 제외하고 모두 상처투성이인 걸 보면 저항했던 것이 틀림없었다.

붉은 여왕이 비늘 덮인 주머니에서 크리스털 열쇠를 꺼내자 살루가 소스라쳤다. 붉은 여왕이 그 반응을 보면서 비아냥거렸다.

"오, 실망스럽게도 이건 여덟 시간이 지나면 저절로 파괴되는 것이 아니다! 꼭 그렇게 될지는 아무도 모르지만. 쯧! 쯧! 쯧!"

여왕의 비웃음을 느낀 살루가 송곳니를 어찌나 꽉 깨물었는지 이빨 갈리는 소리가 났다.

"어떻게 그럴 수가?"

붉은 여왕이 눈을 반짝이면서 일어났다.

"우리를 아주 싫어하는 한 인간 덕분이다. 그 인간은 우리가 이 행성을 떠나서 드래곤들의 행성 드란보우글리스펜쉬르로 돌아가길 바라고 있지. 우리끼리니까 하는 말인데 나도 그러고 싶은 마음 간절하고. 그건 그렇고, 그 인간은 드란보우글리스펜쉬르에서 열쇠를 훔쳐 어린 인간을 이 땅에 가둬놓고 오무아의 후계자가 구하러 오게 만들었지. 나는 그때 열쇠를 빼앗을 수도 있었지만, 내 수하의 기술자들이 그 열쇠는 짧은 시간 내에 폭발하게 맞춰놓은 것이라고 알려주었다. 공간이동의 문 덕분에 드래곤들이 드란보우글리스펜쉬르에서 이 대륙으로 오는 데 20분밖에 걸리지 않기 때문이라면서(이 말을 하는 목소리에 독기 같은 것이 서려 있었다). 그 열쇠는 2시간 후에 저절로 파괴되도록 시간이 맞춰져 있었다. 2시간으로는 내가 군대를 출동시킬 수가 없기 때문에 준비가 되어 있지 않았지. 그래서 나는 좀 더 기다리기로 했던 것이다. 당신들이 지구소녀의 위치를 파악해서 여기서 데리고 나가려면 최소한 8시간이 걸려야 하지만 나의 기술자들이 5시간으로 다시 맞춰놨지. 따라서 나는 때가 되면 언제든 장벽을 열 수 있다."

살루가 몸을 떨었다.

"어떻게 할 생각이오?"

"해마다 당신들은 우리에게 약품, 기술, 생존에 필요한 도구를 가져와서 우리의 알과 교환했고(타라가 알아차렸다. 아하! 해마다 치른다는 의식이라는 게 이거구나), 나는 당신들이 데려온 본국의 드래곤들을 통해 아더월드에서 무슨 일이 일어나고 있는지 소식을 알고 있다."

살루가 두 갈래로 갈라진 혀로 주둥이를 핥았는데 그 행동은 엄청나게 긴장하고 있다는 표시였다.

"예를 들어서 여섯 달 후에 드란보우글리스펜쉬르에서 드래곤 선거회의가 열린다는 것도 우리는 알고 있다. 그 기간에는 세계의 모든 드래곤이 그 의식에 참여할 것이기 때문에 아더월드에는 드래곤이 전혀 없게 된다는 것도 알고 있다. 물론 우리만 제외하고."

붉은 여왕이 살루를 향해 몸을 숙이면서 덧붙였다.

"이제 당신들은 그 선거회의에 우리를 초대하지 않았던 걸 후회하게 될 것이다!"

살루가 어찌나 크게 침을 꼴깍 삼키는지 거의 비명 소리처럼 들렸다.

"그래서…… 아더월드를 침략하겠다는 겁니까?"

"브라보!" 여왕이 박수를 쳤다. "역시 대단한 추리력! 정확하게 맞혔군. 500년 전부터 우리는 이 대륙에 있는 모든 인간을 감염시켜서 가공할 늑대인간 군단으로 만들었다. 늑대인간들은 나에게 무조건 복종하지. 아직은 정복해야 할 지역이 남아 있어서 준비가 좀 덜 되긴 했지만 이 대륙을 지배하는 힘은 나날이 커지고 있다. 당신이 우리를 해방시켜줄 열쇠를 가져왔으니 이제 작전을 시작해야겠어." 이어서 붉은 여왕이 목소리를 높였다. "타라?"

타라가 깜짝 놀라서 앞으로 나아갔다.

"네, 마마!" 타라가 정중하게 말했다.

"아하! 예의가 바른 아이로구나. 아주 좋아. 너는 더 오래 살아남을 수 있겠어. 그런 점에서 자세히 알려주겠다. 네 목에 그 목걸이를 걸어놓은 것은 너의 마법을 억제하기 위해서야. 너에 대한 보고서에 따르면 조심하라고 되어 있더군. 목걸이를 걸었을 때 윙윙거리는 소리를 들었을 텐데?"

타라는 귀가 번쩍 뜨였다. 붉은 여왕의 말을 들으니까 윙윙거리는 소리가 더 명확하게 느껴졌다. 게다가 보고서라고? 무슨 보고서? 누가 보냈다는 거지?

타라는 거북해서 어찌할 바를 모르는 말고리의 모습을 눈여겨보고 있었다. 열쇠가 사라진 날 당번이었다고 했지? 그래서 이 일에 자원했다고 했는데……. 그리고 여왕과 같은 빨간색 비늘이잖아.

타라의 머릿속이 빠르게 회전하고 있다는 걸 눈치 채지 못한 여왕이 말을 이었다.

"너를 위해 특수 제작한 것이라서 목걸이를 걸고 있는 한 마법을 사용할 수 없지. 마법을 사용하려고 하면 머리통이 뽑히는 느낌이 들 거다. 어떻게 되는지 알고 싶으면 한번 해보든가!"

"잘 알겠습니다, 마마." 타라가 침착하게 대답했다.

정상적인 상태였다면 당연히 함정이라는 걸 느꼈을 텐데……. 그래서 광장에서 알아채지 못한 거였어! 그래서 살아있는 돌도 갈랑도 느끼지 못한 거였고! 감쪽같이 속았구나!

"목걸이를 풀었을 경우 무슨 일이 일어나는지 보여주겠다. 너, 그리고 너!" 붉은 여왕이 손가락으로 가리키자 지목받은 늑대인간 병사 둘이 파랗게 질렸다. "이리 나와!"

늑대인간 둘이 붉은 여왕 앞에 무릎을 꿇었다.

"일어나라. 그리고 너는 네 동료의 목걸이를 풀어라."

그 순간 베티가 말했다.

"그러면 둘 다 죽을 겁니다."

"그래 네 말이 맞아, 베티. 그러니까 베티 네가 누구를 죽일지 선택해라."

"잘 알아들었습니다!" 타라가 얼른 앞으로 나갔다. "목걸이를 풀면 꽥 하고 죽는다는 거잖아요! 아무 짓도 안 할 테니 걱정하지 마십시오."

붉은 여왕은 타라를 쳐다보지도 않았다.

"베티?"

"너!" 베티가 굳은 얼굴로 둘 중 한 늑대인간을 가리켰다. "여왕님에게 복종하고 네 목걸이를 풀어!"

"안 돼요!" 타라가 외쳤다. "내가 알아들었으니까 그럴 필요 없잖아요!"

타라가 여왕에게 다가가려고 했지만 베티의 손짓에 따라 병사 둘이 타라를 강제로 잡아끌었다.

사형선고를 받은 늑대인간 1이 붉은 여왕을 향해 증오의 눈길을 던졌다.

동료 늑대인간 2가 늑대인간 1을 짧게 포옹하고 무슨 말인가 속삭이더니 아주 멀리 뒷걸음쳤다. 잠시 후 늑대인간 1이 목걸이를 푸는 순간 폭음이 울리면서 머리가 폭발했다. 죽음 같은 정적 속에서 시신의 일부가 후드득 떨어졌다. 타라는 늑대인간 2가 왜 그렇게 멀리 뒷걸음쳤는지 이해할 수 있었다. 동료 가까이 있었다면 그 역시 함께 폭발하는 거였어! 여왕은 주도면밀하게 힘의 장막으로 방어하고 있었다. 불덩어리가 꽤 커서 모든 걸 잿더미로 만들 수 있기 때문이었다.

그 결과가 너무나 흡족한지 송곳니를 다 드러내고 있는 붉은 여왕을 응시하면서 타라는 이 대륙에서 무슨 일이 일어나고 있는지 알아차렸다. 붉은 여왕이 동족 드래곤들에게 무슨 짓을 저질렀는지 알아차렸다. 타라는 공포에 질린 살루와 재빠르게 눈길을 주고받았다.

붉은 여왕이 웃음을 터뜨렸다.

"하! 하! 하! 표정이 너무 웃기는구나! 이제 감방은 필요 없을 것 같군. 베티, 노예 수용소에 모두 데려다 놓고 내일까지 쉬게 해 줘. 그다음에 복종하는 법을 가르쳐야겠다. 그리고 너는 타라를 감시하여라."

붉은 여왕이 타라의 복장을 쳐다보더니 주머니를 뒤져서 뭔가를 던져주었다. 타라가 잽싸게 받고 보니 체인지라인이었다.

"그것도 돌려주겠다." 여왕이 거만하게 말했다. "무기 기능은 정지시켜놨지만 옷은 만들어줄 수 있다. 이제 베티를 따라가거라. 허튼 수작 부리지 말고 얌전히 있어!"

체인지라인의 무기 기능을 작동할 수 없다는 것이 유감스러운 타라는 이를 악물었다. 아무리 냉혈한 여왕이라도 로켓포나 미사일 앞에서는 이렇게 비웃음을 흘릴 수 없을 텐데…….

이어서 붉은 여왕이 살루에게 관심을 집중하면서 덧붙였다.

"당신에게 질문이 있는데 거짓말은 하지 않는 게 좋을 것이다.

당신의 대답을 확인하는 데 필요한 모든 정보를 갖고 있으니까. 그리고 임무에 아주 성실한 사형집행인에 대해서도."

살루가 아가리를 벌리다가…… 도로 다물고 머리를 숙였다.

타라는 친구들과 함께 멀어져 가면서 살루의 표정을 살폈다. 살루의 눈빛에서 비겁한 두려움을 읽는 순간 타라는 등골이 오싹해졌다. 셈과 샤름이 절망적인 눈빛으로 서로를 응시하면서 바짝 붙어서 있는 모습을 보면 화해한 것이 틀림없었다.

타라 일행은 접견실을 나갈 때까지 한마디도 나누지 않았다. 그들이 입을 열었을 때 베티가 개의치 않았기 때문에 얘기는 해도 된다는 결론을 내렸다.

"내 조상들이시여!" 파프니르가 중얼거렸다. "완전히 미친 드래곤이야!"

"불행히도 이 대륙에는 저 드래곤만 미친 게 아냐." 타라가 목에 있는 체인지라인을 응시하면서 말했다.

눈치를 챈 체인지라인이 즉시 타라를 청바지에 셔츠와 운동화 차림으로 바꿔주었다. 토가처럼 두르고 있던 담요가 바닥에 떨어져 있었다. 타라가 담요를 집어서 복도에 놓인 의자에 걸쳐놓자 의자가 재빨리 세탁소로 날려 보냈다.

"나도 그런 생각이 들어." 무아노가 심각한 얼굴로 고개를 끄덕였다. "모두 다 미쳤다고 생각해?"

"여기서 태어났지만 기술을 받는 대가로 교환되었던 드래곤을 빼놓고는 아마 전부 다 그럴 거야."

"타라와 무아노, 너희는 알겠나 본데 설명 좀 해줘. 난 뭐가 뭔지 도무지 모르겠어." 파브리스가 투덜거렸다.

"지구인은 너잖아!" 상황을 재빠르게 분석하고 있던 칼이 끼어들었다. "〈뻐꾸기 둥지 위로 날아간 새〉나 〈고티카〉 같은 영화를 보면 정신병동이 나오던데 그것도 몰라? 우리의 샤먼들은 정신적인 병이든 신체적인 병이든 치료할 수 있기 때문에 아더월드에서는 정신병자를 보기 힘들어."

파브리스가 걸음을 멈췄다.

"네 말은 그럼 이 대륙이……."

"그래, 거대한 정신병동이라는 거지!"

18
드래곤들의 정신병동
지옥에 비하면 웃음거리

*

마치 드래곤이 미친다는 것은 말도 안 된다는 듯 파브리스가 충격을 받은 표정이었다.

"셈 선생님이 미친 드래곤들에 대해서 했던 말 기억 안 나?" 타라가 상기시켰다. "드래곤에게 가장 끔찍한 적 중 하나는 권태라면서 5000년 전 악마들과 전쟁할 때 미친 드래곤들이 지구에서 인간을 포함하여 움직이는 모든 것을 공격했던 기억 때문에 드래곤에 대한 평판이 나쁘다고 했잖아."

"하지만 마법으로 치료하면……."

"천만에!" 무아노가 말을 잘랐다. "타라의 말이 맞아. 미친 드래곤들을 어떻게 해야 할지 몰라서 아더월드 어딘가에 가뒀다고 했어. 너무 끔찍해!"

"격리하는 것도 방법이긴 하지." 파브리스가 응수했다. "지구에서도 똑같이 하지 않나?"

파브리스의 말이 틀린 것은 아니었다.

"그래도 우리는 환자의 고통을 가라앉히고 치료하려고 노력은 하지. 하지만 드래곤들은 수용소 같은 데에 가둬놓고 잊어버린다는 게 다른 점이야." 타라가 말했다. "기술과 드래곤의 알을 교환한다는 것은 건강한 새끼 드래곤을 구한다는 구실을 삼아 개체 수를 조절하려는 핑계일 뿐이야. 그래서 나는 비록 미쳤지만 여기 갇혀 있는 드래곤들의 분노를 이해해."

"왜 미쳤을까?" 제레미가 불안한 얼굴로 물었다. "내가 보기에는 관리가 잘되어 있는 도시이고, 비록 여왕이 살생을 즐기는 드래곤이지만 솔직히 말해서 지구의 폭군 칼리굴라나 네로보다 심하지도 않은 것 같은데!"

동족을 잡아먹는 참혹한 현장을 보지 않았기 때문에 제레미는 사태 파악을 못하고 있었다. 타라는 그 장면을 세세하게 설명해 주었다.

"그러니까 여기서는 살루와 함께 온 다른 드래곤들도 아연실색할 정도로 아주 놀라운 일이 일어나고 있는 거야. 그들도 이렇게 많은 인간을 보게 될 거라고는, 미친 드래곤들의 분노를 조종하는 체계적인 조직을 보게 될 거라고는 전혀 예상하지 못한 눈치였어. 동족을 잡아먹는 드래곤이 공격할까 봐 두려워하며 나를 날지 못하게 했어. 그리고 미친 드래곤들이 마법에 민감하기 때문에 마법을 사용하지 못하게 했어."

타라 일행과 티그족 크산디아르가 멈춰 서 있는 걸 느꼈는지 베티가 홱 돌아섰다.

"꾸물거리지 말고 따라와!" 베티가 기계적으로 상처를 문지르며 퉁명스레 소리쳤다. "나는 빨리 내 여왕에게 돌아가야 하니까."

타라는 지나치게 복종하는 베티의 태도가 신경에 거슬렸다.

"레드 드래곤은 너의 여왕이 아냐. 너는 프랑스에서 태어났고, 마지막 절대군주는 파리 시민들이 바스티유 감옥을 습격한 지 2년 후인 1793년 단두대에서 처형되었어. 그러니까 그런 식으로 우리를 대하지 마, 우리는 너의 적이 아냐. 우리는 너를 구하려고 여기까지 온 거란 말이야."

"어이구 그렇게 대단하셔?" 베티가 입을 비죽거리며 비웃음을 흘렸다. "그렇다면 나의 여왕님에게 붙잡힌 것도 다 작전이겠네?"

아연실색하는 타라를 보면서 베티가 덧붙였다.

"너희 얼굴을 보면 작전 B도, 작전 C도 없는 게 뻔하네. 어쨌든 당분간은 여왕님이 너희를 살려둘 거야. 타라는 오무아의 후계자이기 때문이고, 글로리아는 랑코비트의 왕족이기 때문이고, 로빈은 랑코비트 정보국장의 아들이기 때문에. 쓸모가 많은 인질이기 때문이지. 그러나 나를 포함해서 칼리반, 제레미, 엘레아노라, 파브리스, 크산디아르(그들이 감옥에 있을 때 베티가 그들의 이름을 물어봤었다)는 아무런 가치가 없어. 전 왕의 딸인 샤름을 제외한 다른 드래곤들과 엘프들도 마찬가지고. 그래서 알려주는데 너희가 개입하는 바람에 이 행성에서 수많은 사람이 죽게 될 거야. 우리도 마찬가지고."

파브리스가 베티 앞에 버티고 서서 검은 눈으로 밤색 눈을 뚫어져라 쳐다봤다.

"그렇게 착하고, 비관이라는 말을 모르는 것처럼 명랑하던 애가 어떻게 된 거야?"

"그 아이는 내 얼굴과 함께 죽었어." 더 듣고 싶지 않다는 듯 베티가 쏘아붙였다.

그리고는 베티가 휙 돌아서서 노예들의 숙소로 향했다.

마법사가 되기 전까지만 해도 가장 친하던 소꿉친구가 그렇게 나올 줄이야, 파브리스의 얼굴이 하얗게 질렸다가 빨개졌다.

"내버려둬." 타라가 말했다. "난 이해해. 너무 고통스러워서 드래곤들처럼 미치지 않고서는 버틸 수 없었을 거야."

"굉장히 매정하네……." 유심히 지켜보고 있던 무아노가 한마디 했다. "이제 어떡하지?"

"방법은 있기 마련이지." 크산디아르가 집게손가락으로 코끝을 톡톡 치면서 눈을 굴렸다.

"아, 그래요?" 칼이 물었다. "뭔데요?"

"그런 게 있어." 크산디아르는 사팔눈이 될 정도로 연거푸 사방을 힐끔거렸다.

"눈에 먼지 들어갔어요?" 크산디아르의 눈짓이 자꾸 신경이 쓰이는 무아노가 물었다.

베티가 돌아보면서 빨리 오라는 손짓을 하자 친위대장이 얼른 눈짓을 멈췄다.

"따라가자." 크산디아르가 또다시 코를 톡톡 치면서 말했다.

"크산디아르?" 타라가 불렀다.

"네, 마마."

"하나 더 추가되었어요? 귀 만지기와 눈썹 찡그리기는 알겠는데 코는……."

"아, 미안합니다, 마마." 크산디아르가 당황했다. "그게…… 귀-눈썹은 옛날 방식이라서……."

그러고 나서 빠른 손놀림으로 얼굴에서 무릎, 팔꿈치를 건드렸다. 왜 저러나? 벼룩 떼의 공격을 받는 것 같기도 하고, 작전 지시를 내리는 야구 감독의 움직임 같기도 하고…….

"설마!" 타라가 외쳤다. "믿을 수 없어요! 정말 그렇다면 나야 기쁘지만."

이윽고 크산디아르의 손짓이 멈췄다. 타라와 크산디아르는 미소를 주고받았지만 친구들에게는 아무 설명도 해주지 않고 베티를 따라갔다.

"타라?" 칼이 불렀다.

"응?"

"우리에게 설명해주는 게 그렇게 귀찮아……?"

"응, 아주 많이. 그러니까 제발 질문하지 마."

"그름믈렐름, 그름므믈를, 그름믈를." 칼이 투덜거리는데 트롤의 언어 같았다.

"뭐라고 하는 거야?" 무아노가 놀란 얼굴을 했다.

"나이를 먹으면서 타라가 점점 재미없어진다고. 비밀이 있는 사람은 나 진짜 싫은데."

"칼, 네가 모르는 걸 다른 사람이 아는 게 싫다고 말해야 하는 거 아니냐?" 파브리스가 빈정거렸다. "난 누구든 이 함정을 빠져나갈 수 있는 멋진 작전이 있기를 바랄 뿐이야. 여긴 정말 심각한 문제가 있는 곳이니까!"

"없어!" 심통이 난 칼이 내뱉었다.

"뭐가 없어?"

"아무 계획이 없다고. 드래곤이 모두 힘을 합했는데도 안에서 장벽을 부수지 못했다면 마법을 사용할 수 없는 타라도 마찬가지야. 그리고 열쇠는 붉은 여왕이 갖고 있잖아."

"하지만 넌 도둑이잖아? 열쇠 하나 훔치는 것쯤이야 너한테는 식은 죽 먹기 아냐?"

"물론 열쇠를 훔치는 건 어려울 것 없지. 하지만 열쇠를 갖고 어떻게 도망치느냐 그게 문제야. 늑대인간이 우글거리는 도시에서 마법을 쓸 수 없는 조건에서는 미션을 해본 적이 없어. 따라서 지금으로서는 아무 계획이 없어."

"그래서 도전은 항상 스릴이 넘치지." 엘레아노라가 눈을 반짝이면서 말했다. "나도 이렇게 어려운 시험에는 도전해본 적이 없어. 우리가 해내면 상당히 높은 보너스 점수를 받을 거야."

칼과 엘레아노라가 의미심장한 미소를 주고받자 제레미가 어이없다는 얼굴을 했다. 아더월드 인간들은 완전히 미쳤어! 이런 심각한 상황에 점수 타령을 하다니!

"로빈, 너는 뭐 좋은 생각 없어?" 칼이 물었다.

"으응?"

로빈의 관심은 온통 타라에게 쏠려 있었다.

"말해야겠어." 로빈이 결심한 듯 말했다.

그리고 나서 발걸음을 재촉하자 칼이 막아섰다.

"자꾸 그렇게 내 질문을 씹으면 정말 기분 나쁘지!" 칼이 으르렁거렸다.

베티가 아름다운 꽃무늬를 그린 아치형 대문 앞에서 멈춰 섰다. 문이 열려 있어서 안쪽에 줄지어 늘어선 다양한 색깔의 방들이 보였다.

"방은 많으니까 원하는 대로 골라. 물의 원소, 불의 원소 등 필수적인 원소들이 시중을 들어줄 거야. 그리고 여왕은 특히 후각이 아주 예민해서 냄새가 나는 사람을 싫어해. 그러니까 기회가 있을 때마다 씻는 게 좋을 거야."

베티가 천장 모서리에 꼼짝 않고 있는 스쿠프를 가리켰다.

"여왕은 너희를 지켜보고 있고, 도청하고 있어. 스물여섯 시간 감시하고 있지. 궁전 곳곳에 스쿠프들이 숨어 있으니까 피해봐야 소용없어. 어둠 속에서도 작동하기 때문에 허튼 짓 하지 마. 아, 또 하나! 비명 소리나 고함 소리가 들려도 절대 나오지 마, 죽고 싶지 않으면."

그렇게 말하고 나서 질문할 겨를도 주지 않고 베티가 잰걸음으로 멀어져 갔다.

방으로 들어가자 푹신한 소파가 여기저기 놓여 있었다. 그들은 털썩 주저앉았다.

"마지스터의 잿빛 요새도 이 정도로 힘들지는 않았는데……."
파프니르가 투덜거렸다. "난쟁이들이 갇혀 있는 것만은 두려워한다고 내가 말했지?"

"엄밀하게 말하면 갇혀 있는 건 아니지." 무아노가 부드럽게 말했다. "이 대륙 안에서는 마음대로 돌아다녀도 되니까."

"내가 싫은 게 바로 그거야. 돔 안에 미친 드래곤들과 함께 갇혀 있는 거잖아. 그뿐인가? 늑대인간들도 있고, 스물여섯 시간 스쿠프들의 감시를 받으면서 목걸이까지 걸고 있는데. 이게 갇혀 있는 게 아니고 뭐야?"

"듣고 보니까 네 말이 맞다." 무아노가 한숨을 쉬었다.

"난 우리 쪽 드래곤들이 걱정이야." 타라는 셈 선생님과 샤름이 걱정되었다. "여왕이 그들에게 물어볼 것이 있다고 말할 때 표정이 심상치 않았는데……."

무아노가 피곤에 지쳐서 초췌해진 친구들을 둘러봤다. 모두가 이틀 동안 감방에 갇혀 있으면서 타라와 앞으로 닥칠 운명이 너무 불안해서 거의 잠을 자지 못했다.

"일단 좀 쉬는 게 낫지 않을까?" 무아노가 귀여운 눈을 비비면서 말했다. "난 졸려서 아무 생각도 할 수가 없어. 여길 빠져나갈 계획은 내일 하자."

흥분한 제레미가 벌떡 일어났다.

"너희도 돌았구나! 우리는 미친 드래곤과 늑대인간들에게 당해서 언제 죽을지 몰라. 게다가 너희 행성을 침략할 음모를 꾸미고 있는 곳에 갇혀서 노예 신세가 되었는데 졸린다는 말이 나와?"

"너 말 잘했다!" 칼이 말했다. "그럼 너는 지금 당장 우리가 뭘 하길 바라는데?"

"나야 모르지!" 제레미가 머리를 헝클어뜨리면서 소리쳤다. "뭐든 해봐야지!"

"나는 이 소년의 말에 찬성이야." 엘레아노라가 이틀이 지났는데도 아직 통증이 가시지 않은 팔을 주무르면서 한마디 했다. "레드 드래곤과 나는 결판낼 일이 있거든."

"나는 소년이 아냐!" 제레미가 내뱉었다.

무슨 말을 하려고 입을 벌리던 타라가 하품을 하고 말았다. 하품은 전염된다고 하더니…… 줄줄이 하품을 했다.

"어, 미안해, 제레미. 근데 지금은 너무 피곤해서……."

"많이 피곤해?" 로빈이 불안한 얼굴로 물었다.

"아니, 아니! 마법을 너무 많이 사용했을 때처럼은 아냐! 그냥 정상적인 피로야. 걱정하지 마, 난 폭발하지 않을 거니까."

"그래서 어떡하자고?" 제레미가 진정이 된 어조로 물었다.

"대책을 세우지 않고 무조건 싸움을 벌일 수는 없다는 거지." 타라가 대답했다.

"우리가 금지된 대륙으로 들어올 때처럼 하면 되잖아?"

"그래, 틀린 말은 아닌데 지금은 아냐. 그리고 너를 이 일에 끌어들여서 미안하게 생각해."

제레미가 털썩 주저앉으며 자신이 흥분한 진짜 이유를 밝혔다.

"이 빌어먹을 목걸이 때문에 부모님을 찾을 수가 없잖아. 그래서 화가 났어."

제레미가 천장에 매달린 스쿠프를 노려봤다.

"마음을 가라앉히고 이성적으로 생각해." 타라가 다정하게 말했다. "내일 아침에 상황을 좀 더 지켜보자."

"어느 방에서 잘래?" 하고 물으면서 로빈이 그 대화를 잘랐다.

"글쎄, 아무 방이나, 왜?"

"따라가려고. 너한테 할 말이 있어."

그렇게 말하면서 로빈이 휙 돌아서더니 농담을 하려고 이미 입을 벌리는 칼에게 협박조로 내뱉었다.

"무슨 말이라도 해서 우리를 방해만 해봐! 너를 지렁이로 만들어줄 테니까, 알았어?"

"그렇게는 안 될걸? 여기서는 마법을 사용할 수 없으니까." 칼이 느긋하게 받아쳤다.

"하지만 네 숨통을 조를 수는 있지." 로빈이 응수했다. "때려눕히거나 아니면 마비시키거나……. 하여튼 고통스러우면서 자극적인 방법으로 의식을 잃게 만들 수는 있지. 가자, 타라!"

타라가 얼굴이 빨개져서 로빈을 따라갔다. 장밋빛 방으로 들어간 로빈이 친구들의 웃는 얼굴을 보면서 문을 꽝, 닫았다. 깔깔대는 칼의 웃음소리가 들렸다.

"너……."

로빈과 타라가 동시에 말을 시작했다가 어색한 얼굴로 입을 다물었다.

로빈이 장밋빛 소파에 타라를 앉힌 다음 옆에 앉았다. 그리고는 멋진 크리스털 눈으로 타라의 쪽빛 눈을 뚫어져라 쳐다보면서 두 손을 잡았다.

"어디서부터 시작해야 될지 모르겠어. 너한테 그렇게 말했던 것이 엘프 여왕의 위협 때문이었다는 것부터 말해야 할지, 나를 좋아하지 않는 네 고모의 위협 때문이었다는 것부터 말해야 할지, 아버지와 어머니를 죽이려고 하는 에레의 위협 때문이었다는 것부터 말해야 할지……."

타라는 이런 말을 듣게 될 줄은 전혀 예상하지 못하고 있었다. 로빈을 미워하는 사람이 그렇게 많다니! 타라는 눈살을 찌푸리면서 물었다.

"에레? 그 바이올렛 엘프?"

"그래, 맞아. 나 같은 하프엘프의 존재를 못마땅해하는 이방인 혐오증이 있는 엘프거든. 우리는 에레가 셈샤나쉬를 도와서 나를 포함한 엘프 전사들을 납치했던 거라고 생각하고 있어. 하지만 그걸 증명하려면 시간이 좀 걸릴 거야. 내가 궁정에서 너에 대한 사랑을 포기한다고 선언했던 것은 에레 때문이었어. 너까지 충격과 고통을 받는 것이 싫어서 알려주고 싶지 않았거든."

타라가 손을 뺐다.

"그러니까 그게 연기였단 말이지?"

맙소사! 이게 아닌데……. 타라의 목소리에 분노가 담겨 있었다.

"미…… 미안해." 로빈이 어물어물 말했다. "그 장면이 촬영되고 있다는 걸 알았고, 엘프들은 인간이 거짓말하는 걸 금방 알아채거든. 엘프들이 셈샤나쉬를 잘 잡는 것도 그런 이유고."

"꼭 그런 건 아닌 것 같은데. 칼이 무슨 얘기를 하면 너는 깜빡 속잖아."

로빈이 얼굴을 찌푸렸다.

"칼은 면허 받은 도둑이라서 경우가 좀 달라. 타라, 내가 그렇게 했던 것은 나를 위해서가 아니라 내 가족을 위해서였어. 미친 드래곤의 포로가 되어 있는 상황이지만 이 말은 꼭 해야겠어. 나…… 나는 여전히 너를 사랑하고 있어."

로빈이 거의 애원하는 얼굴로 타라의 반응을 기다렸다. 타라는 간청을 하거나 애원할 때 매몰차게 뿌리치는 성격이 아니었다.

"나도 정말 네가 많이 보고 싶었어." 타라가 고백했다. "네가 왜 전화를 안 해주는지, 왜 사라졌는지 이해할 수 없었고…… 그래서 네가 정말 미웠어. 하지만 네가 고문당한 비디오를 봤을 때 내 가슴이 찢어지는 것 같더라고. 게다가 네가 많은 사람 앞에서 우리의 사랑을 포기한다고 했을 때는 어둡고 추운 세상에 빠지는 느낌이 들었어."

"그럼 너도 여전히 나를 사랑해, 타라?" 로빈이 자신 없는 목소리로 물었다.

타라가 공기를 한 모금 마시면서 미소를 지었다.

"응, 사랑해."

이번에는 타라가 사랑한다고 말했는데 땅바닥이 갈라지지도, 천둥소리도 나지 않았다. 특별한 일은 일어나지 않았다. 거의 이상할 정도로 고요했다.

로빈이 무릎을 꿇고 떨리는 목소리로 낭송했다.

슬릴 엠브리 샬 바리.

슬릴 제옴실리 멜 샬란드리.

살 슬리 스스 에오불. 록 에샬 테옴 에샬 마릴.

슬릴 볼 엠 테오울 에릴 샨미, 솔루 에샬 빌라오울,

슬릴 슈우 엠 드레크 울 술빌.

그레에 울 브르리 엠 불르 므루 슬롤, 흐르릅므 에슈 이이르비 울 보우룰.

이어서 로빈이 번역해주었다.

너의 아름다움은 내 영혼을 삼켜버리는 부드러운 액체.
너의 정신은 내 피의 잉크에 잠겨 있는 깃털 펜.
너 없는 나는 그림자. 네 눈물은 내가 빠지는 우물.
네 목소리는 내 가슴을 사로잡는 새의 노래,
네 힘은 내 가슴을 불사르고 정화시키는 불과 같은 것.
너 없는 세상은 춥고 메마른 불모지, 나는 한 줌의 재가 되어 사라지리.

아더월드에 있는 대도시들과 마찬가지로 붉은 여왕의 궁전도 통역 주문이 작동되고 있었다. 게다가 오무아 궁전의 감옥에서 칼이 탈옥했을 때 무아노가 엘프 언어를 가르쳐주지 않았던가. 따라서 타라는 번역해주지 않아도 오무아 언어로 그 시를 이해하고 있었다. 그러나 타라는 로빈에게 아무 말도 하지 않았다. 로맨틱한 순간을 깨뜨릴 필요는 없지.

"로빈! 너무 아름다워!"

"너보다는 아름답지 않지!" 로빈이 말했다.

그리고 로빈이 타라를 향해 몸을 숙였다. 타라는 로빈과 처음으로 입맞춤할 때를 떠올리면서 이번에는 눈을 뜨고 있었다. 또

다시 어떤 공격을 받는 건 아닌지…… 살피고 있다가 반격할 준비를 해야 했다.

타라의 주의가 산만해 있음을 느낀 로빈이 몸을 뺐다.

"타라? 괜찮아?"

타라의 얼굴이 빨개졌다.

"미, 미안해. 우리가 입맞춤을 할 때마다 무슨 일이 일어났던 걸 너도 알잖아. 첫 번째는 제레미를 사랑하지 않으면 안 되는 주문에 걸렸었고, 두 번째는 고모가 나타나서 선전포고를 했잖아. 그래서……."

"그래서 경계하고 있다고? 그래, 이해해." 로빈이 대꾸했다. "하지만 지금은 아무 일 없잖아."

타라가 긴장을 풀었다.

"네 말이 맞아. 바보 같은 짓이지."

타라가 로빈을 향해 몸을 숙였다.

아무도 그들을 방해하러 오지 않았고, 궁전도 무너지지 않았다. 그때 갑자기 로빈이 옷을 벗기 시작했다. 타라는 후닥닥 자세를 바로 했다.

"너 지금 뭐 하는 거야?"

로빈이 소스라쳤다.

"옷 벗고 있는데…… 왜? 옷을 입고 있으면 불편하잖아."

타라는 숨이 막힐 뻔했다.

"뭐?"

겁먹은 사슴처럼 소파에서 벌떡 일어난 타라가 2미터쯤 뒷걸음쳤다.

타라의 공포에 민감한 체인지라인이 재빠르게 갑옷 차림으로 바꿔주었다.

공격자가 있다고 생각한 로빈이 홱 돌아섰다. 그러나 뒤에는 아무도 없었다.

"타라?" 로빈이 탄식하는 목소리로 물었다. "무슨 일이야?"

로빈이 다가서자 타라가 그만큼 더 뒤로 물러서다 갑옷이 벽에 부딪히면서 쇠붙이 소리가 났다. 당황한 로빈이 굳어버렸다.

"왜 도망치는데?"

눈이 동그래진 타라가 갑옷의 단단한 깃을 두 손으로 움켜잡고 소리쳤다.

"로빈! 너 도대체 무슨 짓이야?"

"그럼 어떻게 해야 하는데? 네가 좋아하는 건 뭔데?"

"아니, 없어! 그런 뜻이 아냐!" 타라가 얼굴을 붉히면서 말했다. "엘프들은 이런 식이야?"

로빈이 도무지 영문을 모르겠다는 얼굴로 타라를 쳐다봤다.

"응, 옷을 벗은 다음에······." 로빈이 두 살배기 아이처럼 순진하게 설명했다.

새파랗게 질린 타라가 말을 잘랐다.

"더 이상 말할 필요 없어! 그러니까……."

갑자기 타라는 로빈이 무슨 말을 하려고 하는지 깨달았다.

"그럼 너…… 이미 경험이 있다는 뜻이야?"

"물론이지!" 로빈이 너무나 태연하게 대답했다. "엘프들이 인사를 키스로 하는 것은 일상적인 일이야. 왜? 너는 안 그래?"

타라가 침을 꼴깍 삼켰다. 로빈이 완전한 인간이 아니라는 것과 두 살 더 많다는 걸 까맣게 잊고 있었던 것이다.

"아니, 결코! 나는 열다섯 살도 안 됐어!"

로빈이 미소를 지었다.

"나랑 나이가 같으면 더 좋겠지만 그건 문제가 안 돼."

타라의 눈이 가늘어졌다.

"그게 어떻게 문제가 안 돼?"

로빈은 타라가 말하는 뜻을 제대로 이해하지 못한 것 같았다.

"내가 기다리면 되니까. 그리고 어머니에게도 말했고……."

타라의 목소리가 얼음장같이 차가웠다.

"뭐라고 말했는데?"

로빈은 아직도 타라가 돌변한 이유를 알아채지 못하고 있었다.

"너희 인간들은 엘프보다 허약하잖아. 그래서 어머니에게 어떻게 해야 하는지 물어봤어. 그리고 인체에 관한 생물학 공부를 했어. 인간 여성의 신체 구조는 정말 복잡했고……."

"로빈?"

"응?"

"내 방에서 나가!"

"뭐라고?"

"완전히 미친 것뿐만 아니라 귀까지 먹었어?" 타라가 매몰차게 비난했다. "내 방에서 썩 나가! 난 엘프가 아냐. 너와 사귀고 싶지만 네 어머니한테 배웠다는 핑계를 대면서 토끼처럼 구는 건 정말 못 참겠어. 그리고 너 알아……?"

"뭘?"

"인간 여자는 질투심이 많아. 네가 엘프 여성이든 누구든 이미…… 그랬다는 생각만 해도 끔찍하고 싫어."

그렇게 말하고 나서 반박할 겨를도 주지 않고 타라가 하프엘프의 팔을 잡아서 밖으로 떠밀어버리고 문을 쾅, 닫았다.

타라가 벽에 걸린 긴 거울 앞에 서서 어이없는 웃음을 터뜨렸다. 문화적 차이가 이렇게 다를 줄이야! 눈물까지 흘리면서 웃던 타라가 바닥에 주저앉자 체인지라인이 얼른 갑옷을 사라지게 했다.

타라가 눈물을 닦으면서 마침내 한숨을 내쉬었다. 그러고는 중얼거렸다.

"맙소사, 로빈과는 정말 쉽지 않겠어."

'타라?'

일어나려고 하던 타라가 그대로 멈췄다. 이건 머릿속에서 울리는 목소리……?

'그러고 있으면 안 돼. 빨리 일어나서 침대에 눕고 불을 꺼. 그리고 큰 소리로 말하지 마. 어서!'

타라는 머뭇거렸지만 목소리가 적대적으로 느껴지지 않았다. 목소리의 주인공이 누구인지 전혀 알 수가 없지만 타라는 하라는 대로 일어나서 체인지라인에게 잠옷으로 바꾸라고 명하고 방을 어둠에 잠기게 했다.

'잘했어. 지금은 네가 보이지 않지만 완전히 어두워지면 스쿠프가 적외선 탐지기로 바뀌니까 너무 많이 움직이지 마. 아, 됐어! 네가 다시 보여. 그리고 아무 대답도 하지 마. 목걸이가 마법 행위로 여기면 대가를 치르게 될 거야. 알아들었다는 표시를 할 때는 눈을 비벼.'

타라가 하품을 하면서 눈을 비볐다.

'고마워. 이제부터 설명할게. 나는 여왕의 거처에 있어.'

티리는 숨이 막혔지만, 목소리기 계속했다.

'여기가 유일하게 스쿠프가 없는 곳이고, 네 방을 포함해서 궁전 전체에서 일어나는 일을 볼 수 있는 곳이야. 너를 거칠게 대해

서 미안하지만 달리 방법이 없었어. 여왕이 내가 너를 미워한다고 믿어야 하니까.'

그 순간 타라가 알아차렸다. 목소리의 주인공은 베티였다! 타라는 자신도 모르게 벌떡 일어날 뻔했지만 가까스로 참았다.

'너의 페가수스는 잘 있어. 여왕이 아름다운 것을 아주 좋아하기 때문에 우리 안에 가둬놨어. 네 친구들의 축소한 패밀리어들도 무사해. 그리고 나는 너의 살아있는 돌을 통해 말하는 거야. 여왕이 너와 교감할 수 없게 하려고 밀폐된 곳에 넣어뒀지만 내가 잠시 꺼냈거든.'

'예쁜 타라?' 타라의 머릿속에서 돌의 목소리가 울렸다. '타라는 대답할 수 없어.' 베티가 말했다. '위험하기 때문에 말할 수 없지만 네가 무사하다는 걸 알고 타라가 기뻐할 거라고 확신해.'

'예쁜 타라, 미친 드래곤 여왕을 제거할까? 밀폐된 곳이 싫어. 거의 단절되어 있어.'

어둠 속에서 타라가 미소를 지었다. 물론 살아있는 돌과 힘을 합쳐서 붉은 여왕을 제압하고 싶지.

'타라, 우리가 반드시 탈출할 수 있게 도와줄게.' 베티의 목소리가 말했다. '여왕은 나를 믿어. 그래서 내가 여왕의 거처를 자유롭게 드나들 수 있는 거야. 따라서 나는 장벽의 열쇠를 손에 넣을 수 있어. 우리 중 누군가가 장벽의 문을 열고, 미치지 않은 드래곤들이 여왕을 제압하게 하려면 믿을 만한 늑대인간들과 손을 잡고 가능한 시간을 끌면서 교란작전을 펴야 해. 그런 영향력을 행사할 수 있는 정치적 인물은 너밖에 없어. 타라, 너는 죽으면 안 돼. 우리의 모든 희망이 너에게 달려 있으니까!'

죽을 생각이 전혀 없는 타라는 속으로 말했다. 그렇게만 된다면 다 해결할 수 있지.

'나를 납치한 마지스터가 여왕과 협상하는 동안 나를 들판에 내버려뒀어. 그런데 불행히도 미친 드래곤이 습격해서 나를 지키던 자들을 모조리 죽였어. 나는 의식을 잃었다가 한밤중에 깨어났는데 미친 드래곤이 나를 발견하고 달려들었지. 그때 여왕의 병사들이 나를 구해줬어.'

아, 그래서 얼굴에 끔찍한 화상을 입었구나. 타라는 소름이 끼쳤다.

'여왕은 네가 오기를 기다리면서 나를 하녀로 삼았어. 그리고 마지스터에게 너를 데려오기 전에 시간을 좀 달라고 했지. 이 대륙 전체를 아직 장악하지 못한 상태였거든. 그 때문에 나는 한 달 전부터 억류되어 있는 거야. 여왕은 나를 좋아하지만 시간이 흐를수록 초조해지면서 자제력을 잃고 있어. 내가 여기 있는 것이 네 잘못이라면 나를 구출하기 위해 목숨을 걸고 여기까지 찾아온 것으로 너는 그 빚을 갚은 거야.'

타라는 이 구렁텅이에서 친구를 구해냈을 때에야 비로소 빚을 청산했다고 생각할 것이었다.

'오랫동안 말할 수가 없어.' 베티가 말했다. '내일 아침에는 나에게 화가 난 것처럼 행동하고 가능한 나를 모른 척해. 그리고 여왕에게 무조건 복종해야 돼. 여왕은 네가 죽는 걸 원치 않지만 정신이 온전치 않기 때문에 무슨 짓을 할지 몰라. 정말 조심해야 돼, 알았지?'

타라가 눈을 비볐다. 그래, 무슨 말인지 알았어.

'그럼 됐어. 내일 아침에 보자. 7시에 깨우러 갈게. 우리가 방금 나눈 얘기를 친구들에게도 하지 마. 속삭이는 소리도 즉시 포착되니까. 그럼 잘 자.'

살아있는 돌이 인사하는 소리가 메아리처럼 들리다가 고요해졌다.

침대에 누운 타라가 한숨을 쉬었다. 언제나 친구들과 정보를 함께 나눴는데…… 시치미를 뚝 떼고 있다가 상황이 복잡해지면 난처해질 텐데.

타라는 이 닦는 걸 잊었기 때문에 일어나서 욕실로 갔다. 빗, 여러 종류의 비누, 목욕용 오일이 가지런히 놓여 있었다. 여왕의 후각이 예민하다고 한 베티의 말이 기억난 타라는 꼼꼼하게 씻었다. 뜨거운 물줄기에 긴장이 풀린 타라는 샤워를 하다 깜빡 잠들

뻔했다. 공기의 원소가 몸에 남은 물기를 뽀송뽀송하게 말려주자 타라는 이불 속으로 들어갔다.

얼마나 지났을까, 베티의 손이 거칠게 몸을 흔들었고, 타라는 몇 분밖에 자지 못한 느낌이 들었다.

"일어나!" 베티가 명령했다. "샤워하고 옷 갈아입어. 식당에서 기다리고 있을게. 길잡이가 안내해줄 거야. 10분 동안 끝내야 해."

타라의 대답을 기다리지도 않고 베티가 방을 나갔다.

스쿠프가 신경이 쓰이는 타라는 얼굴을 찌푸리다가 일어났고, 후닥닥 준비를 끝냈다. 그러고 나서 체인지라인에게 베티의 복장을 흉내 내라고 지시했다.

타라가 거울 앞에 섰다. 음! 그럴듯해. 튜닉이 좀 짧지만, 로마에 가면 로마법을 따르라고 했는데…… 이 정도 노력은 해줘야 여왕이 복종하는 것으로 믿지 않겠어?

길잡이는 키가 1미터에 이르는 커다란 청개구리였는데 머리에 방향을 가리키는 화살표 같은 게 달려 있었다. 마법의 지도를 사용하면서부터 아더월드에서는 방향감각이 뛰어난 청개구리 길잡이들을 거의 이용하지 않고 있었다. 타라는 붉은 여왕의 궁전에서 시대에 뒤떨어진 시설물을 많이 발견했다. 건강한 드래곤들이 미친 드래곤들에게 제공한다는 기술도 최첨단이 아니었다.

식당은 인간으로 둔갑한 드래곤들과 늑대인간들로 가득했다.

그러나 타라가 지나갈 때 그들은 마치 맛있는 냄새가 난다는 듯 코를 킁킁거렸지만 길거리에서 타라에게 달려들었던 늑대인간보다는 훈련이 잘되어 있는지 심호흡을 하면서 뚫어져라 쳐다보는 것으로 만족했다. 아침 식사를 끝낸 베티가 타라에게 가까이 오라고 명령했다.

타라의 친구들에 이어서 로빈이 식당에 들어오자 아나자시족의 얼굴이 일제히 굳어졌다.

"다오이네 시드헤, 다오이네 시드헤!"

아나자시족이 중얼거렸다.

타라는 가능한 베티에게 말을 걸지 말아야 한다는 걸 알지만 그냥 모른 척 넘길 수가 없었다.

"뭐라고 하는 거야?" 타라가 물었다.

베티가 냉랭한 눈길을 던지고 나서 고맙게도 대답해주었다.

"다오이네 시드헤는 엘프를 두고 하는 말이야. 공포와 경이를 동시에 주는 엘프들이란 뜻이지. 여왕은 엘프들을 가장 위험한 적으로 생각하고 있어. 드래곤들보다도, 인간 군대보다도 훨씬 두려워해야 할 상대라고 말했거든. 늑대인간들은 엘프를 두려워하지만 한편으로는 엘프의 손에 죽는 것을 영광으로 생각하고 있어."

그러나 바이올렛 엘프들이 들어오자 표현이 바뀌었다. 여왕이 그들을 풀어준 걸 보면 바이올렛 엘프들이 위험하지 않다고 판단한 모양이었다. 늑대인간들이 입을 실룩거리면서 중얼거렸다.

"슬루아그 시드헤들이다!"

타라의 의아한 눈길에 베티가 대답했다.

"슬루아그 시드헤는 위험한 정신을 가진 엘프, 엘프 중에서 가장 잔인한 정신을 지닌 사악한 엘프란 뜻이야. 우리의 늑대인간들은 바이올렛 엘프를 알아보는 훈련을 받았어. 검문을 받을 때 바이올렛 엘프들이 늑대인간 몇 명을 죽인 것도 한몫을 했지."

모욕적 표현에 발끈한 발라가 위협적으로 벌떡 일어나자 아나자시족이 흠칫했다. 공격적인 늑대인간 몇이 둔갑하기 시작했다.

"정지!" 베티가 성난 목소리로 외쳤다. "음식을 앞에 두고 싸움은 안 돼! 여왕님의 명령이다. 불복하는 자는 모두 징계를 받는다. 그러니까 정신 똑바로 차려!"

심상치 않은 분위기에 타라는 몸이 떨렸다.

늑대인간들이 마지못해서 식탁에 다시 앉았고, 늑대 주둥이가 인간의 얼굴로 돌아왔다. 일촉즉발의 상황이 진정되자 발라도 자리에 앉았다. 타라와 친구들이 커다란 식탁에 둘러앉았다.

"너희는 괜찮았어, 어젯밤에?" 칼이 물었다.

"나는 아주 잘 잤어. 고마워, 칼." 타라가 로빈의 눈길을 피하면서 대답했다. "너는?"

"그렇게 노닥거릴 시간 없어!" 베티가 쏘아붙였다. "15분 안에 식사를 끝내고 일할 준비를 해야 하니까! 감독관 엔도라가 지시를 내릴 거야."

베티가 늘 갖고 다니는 창끝으로 아나자시족의 주위를 돌고 있는 빨간 머리 키다리 여자를 가리켰다.

"암컷늑대 알파라고 하는데 여왕의 참모 중 한 명이야. 따라서 알파의 기분을 상하게 한다는 것은 곧 여왕의 기분을 상하게 하는 거니까 특히 조심……."

베티는 더 이상 덧붙일 필요가 없었다. 파프니르가 암컷늑대든 뭐든 성가시게 굴면 당장 숨통을 끊어버리겠다고 중얼거리면서 두 손으로 허리춤을 더듬었다. 그제야 무기를 압수해갔던 것이 기억난 파프니르가 한숨을 내쉬면서 빵과 치즈 한 조각을 접시에 담고, 발분 젖 한 잔을 따랐다.

평소에 난쟁이와 사이가 좋은 편이 아닌 크산디아르가 찬성한다는 뜻으로 고개를 끄덕였다. 그러면서 크산디아르가 암암리에 보내는 신호를 보면서 타라는 눈이 동그래졌다.

친위대장이 제안하는 것은 아주 위험했다. 타라는 친위대장이 뭘 하겠다는 건지 제대로 알고 있기를 바랐다.

검은 눈의 갈색 머리 소녀가 초콜릿과 차, 커피를 가져왔다. 제레미가 미소를 지어 보이자 소녀도 미소로 화답했다. 소녀는 더 어리지만 당당해 보였다.

"안녕!" 제레미가 전형적인 지구 스타일로 인사했다.

소녀가 놀란 얼굴을 하다, "너의 마법이 빛나기를!"이라며 상냥하게 인사했다.

"아, 그래. 저기, 마법이 에워싸…… 그게 아니라…… 마법이 세상을 지켜주기를! 너, 이름이 뭐야?"

"캐서린, 하지만 모두 캣이라고 불러. 너는?"

영국에서 자란 제레미는 '캣'이란 이름에서 순간적으로 고양이를 떠올렸다. 개, 아니 늑대만 우글거리는 데서 고양이는 좀 어울리지 않는 이름인데……. 그러나 내색하지는 않았다.

"나는 제레미야. 근데 넌 이 도시 주민들과는 좀 다른 것 같아."

캐서린의 얼굴이 어두워졌다.

"알아. 우리는 아나자시족이 아니니까. 여기서는 우리를 좋게 받아들이지 않기 때문에 여왕도 우리에게는 늑대로 변신하는 걸 금지했어. 그래서 우리는 왕따야."

세상에, 늑대인간이 되고 싶어 하는 사람이 있다니! 제레미가 도저히 믿을 수가 없다는 얼굴로 소녀를 쳐다봤다.

"농담하는 거지?" 제레미가 큰 소리로 외쳤다. "네 발로 걸어 다니는 털북숭이가 되고 싶은 사람이 어디 있어?"

등 뒤에서 늑대인간들이 내는 항의성의 소리가 들려서 제레미는 정신이 번쩍 들었다.

"아니, 내 말은 그게 아니라 날카롭고 하얀 이빨을 가진 늑대로 변하고 싶으냐는 뜻이야." 제레미가 재빨리 말을 수정했다.

캐서린이 미소를 감추려고 한 손으로 입을 가렸다.

소녀가 식탁에 흘린 밥분의 젖을 닦으면서 제레미를 뚫어져라 쳐다봤다.

"말조심해. 늑대인간들은 청각이 예민하니까. 어쨌든 궁전에 처음 온 거니까 한 번은 봐줄게. 너를 알게 돼서 기뻐."

제레미는 얘기를 더 하고 싶었지만, 캐서린은 누군가 부르는 소리에 환한 미소를 지어 보이면서 멀어져 갔다. 제레미는 속이 뒤틀리는 느낌이 들었다. 무섭게 째려보는 칼의 입에서 욕설이 튀어나올 줄 알았는데 아무 말도 안 하자 제레미가 안도의 숨을 내쉬었다.

그들은 서둘러 아침 식사를 끝내야 했다. 늑대인간들이 어찌나 빨리 먹는지 엘프나 인간은 그 속도를 따라가기 힘들었다. 15분 내에 식사를 끝내라고 하더니, 벌써 몇 분은 지났고……, 그 짧은 시간 동안 먹으면서 동시에 말할 수가 없으니 음모를 꾸미지 못하게 막는 가장 좋은 방법이 아닌가.

감독관 엔도라가 날카로운 초록빛 눈으로 타라 일행을 훑어봤다. 감독관이 파브리스와 로빈에게는 육체적으로 힘든 일을 시켰다. 아나자시족이 늑대로 둔갑하면 안 될 경우에는 말을 타고 다니기 때문에 티그족 크산디아르에게는 마구간 청소하는 일이 떨어졌다. 무아노, 제레미, 칼, 엘레아노라, 파프니르는 부엌에 배치되었다. 마지못해서 친구들과 헤어진 타라는 베티를 따라갔다.

붉은 여왕의 거처에서는 많은 사람이 분주하게 움직이고 있었다. 베티와 타라가 허리를 굽혀 절을 했을 때 여왕은 탈루디에 녹화된 것을 보는 중이었다. 눈이 세 개인 흰색 모자 모양의 작은 동물 탈루디가 보통 것보다 훨씬 큰 것으로 보아 드래곤을 위해 특별하게 사육한 것이 틀림없었다.

"마침내 생포했구나!" 여왕이 흡족한 얼굴로 외쳤다. "아휴, 미꾸라지처럼 그렇게 잘도 빠져나가더니! 100년이 걸려서 결국 잡았으니 놈을 본보기로 삼아야겠다."

여왕이 탈루디를 옆에 내려놓고 노트에 뭔가를 적었다. 이윽고 타라를 쳐다보면서 미소를 지었다.

드래곤이 미소를 짓는답시고 무시무시한 송곳니들을 드러낼 때마다 타라는 등골이 쭈뼛해지면서 자연의 섭리는 정말 묘하다는 생각이 들었다.

"어린 인간아, 나의 왕국에서 보낸 진정한 의미의 첫날 밤이 어땠느냐?" 붉은 여왕이 다정하게 물었다.

"처음 이틀보다는 훨씬 좋았습니다, 고맙습니다, 마마." 타라가 정중하게 대답했다.

"좋아."

거대한 몸집이 기지개를 켰다.

"목욕이나 좀 하면서 등을 문질러달라고 해야겠어. 엄청난 계획을 세우느라고 간밤에 내가 일을 좀 많이 했거든. 그런데도 완벽해지려면 아직 해결할 일이 남아 있구나."

타라는 잠자코 있었다. 질문할 필요는 없었다. 여왕이 말을 많이 할수록 정보를 수집할 수 있으니까……

"아주 오랜 옛날부터 나 못지않게 강력한 적이 있었어. 그자도 나와 마찬가지로 여기 사는 드래곤들을 치료할 수 있는 묘약을 발견했지."

"그럼 드래곤들의 병을 치료할 수 있단 말씀이세요?"

옆에 서 있는 베티가 슬쩍 휘파람을 불자 타라가 얼른 입을 다물었다. 천만다행으로 기분이 좋은 여왕은 화를 내지 않고 설명해주었다.

"그래, 여긴 칼리르라는 식물이 있거든. 칼리르 꽃으로 묘약을 만들 수 있는데 그걸 꾸준히 먹이면 광기를 치료할 수 있지. 그 꽃을 섭취한 동물을 잡아먹다가 우연히 신비한 효능을 발견했거든."

칼리르 꽃? 타라는 귀가 번쩍 뜨였다. 아버지를 소생시킬 수 있는 꽃을 드래곤들이 갖고 있다니!

붉은 여왕이 타라의 관심을 눈치 채지 못해서 다행이었다.

"해마다 이곳으로 와서 우리에게 적선하듯 기술을 제공하는 드래곤들에게 왜 아무 말도 하지 않았는지 이유가 궁금하겠지? 하지만 나는 말했어! 그들이 내 말을 믿지 않은 거지. 계략이라고 의심하면서 감찰관도 보내지 않았으니까. 완고한 자들을 제외한 다른 드래곤들은 동조해주었어. 그들이 지지해준 덕분에 나는 이 행성을 파괴하기로 결정했지. 더 구체적으로 말하면 다른 종족들을 노예로 만들고 늑대인간들을 드란보우글리스펜쉬르에 진격시켜서 드래곤들을 괴멸하고, 아더월드를 나의 왕국으로 만들기로 결정했다. 드래곤들은 수명이 아주 길기 때문에 수가 그리 많지 않아서 드란보우글리스펜쉬르의 드래곤들을 전멸시키는 것은 어려운 일이 아니거든."

타라는 그 목소리에서 위험한 징후 같은 것을 느꼈지만 그게 뭔지 명확하게 알 수가 없었다. 그때 문득 머리에 떠오른 의문이 있었다.

"그럼 배반한 드래곤이 이 대륙으로 추방한 아나자시족을 노예로 만들기 전에는 어떻게 살았죠?"

"우리가 살아남으려면 너희 인간들이 필요할 거라고 생각하니? 그것이야말로 어리석고 오만한 생각이다."

타라는 축하의 말이라도 건네고 싶은 걸 꾹 참았다. 붉은 여왕이 갈퀴발톱으로 딱딱 치는 소리를 냈다.

"내가 오기 전부터 있던 드래곤들은 미쳤지만 무력하지 않아. 그들은 여전히 마법 능력이 있기 때문에 이 대륙에 우글거리는 동물들을 사냥하면서 살아왔으니까. 그리고 아나자시족의 등장은 엄청난 혜택이었지. 내가 그들을 드래곤들도 두려워하는 전사로 만들었으니까."

"하지만 오랜 세월 드래곤들은 우리 인간에게 의존하고 있어요." 타라가 큰 소리로 말하면서 질겁하는 베티를 못 본 체했다.

그러나 기분이 좋은 붉은 여왕이 콧김을 내뿜으면서 대꾸했다.

"그래, 너희 종족이 많은 도시를 건설했지. 하지만 우리도 도시를 세울 수 있어. 우리가 이 행성에 뭘 만들어놨는지 알아? 우주선이야. 우리가 그걸 어떻게 만들었는지 알아?"

타라가 눈을 동그랗게 떴다.

"여기에…… 우주선이 있어요?"

"그래, 우주선 덕분에 우리는 공간이동의 문에 의존할 필요가 없어. 악마들로부터 지구를 지키기 위해 우리는 우주선을 타고 지구로 갔지. 너희 행성에 걸어놓은 민투스와 아메모루스 주문에도 불구하고 우리가 착륙했던 흔적들이 남아 있지. 예를 들어 인도에 가면 확인할 수 있을 것이다."

타라가 그 놀라운 정보들을 열심히 머릿속에 저장하고 있을 때 붉은 여왕이 또다시 기지개를 켜면서 하품이라도 하는 듯 아가리를 실룩거리자 등에서 뼈마디가 뚝뚝 꺾이는 소리가 났다. 무언의 명령을 알아차린 베티가 거대한 욕실로 뛰어갔다.

잠시 후, 붉은 여왕이 콧노래를 흥얼거리는 동안 소녀 둘이 거대한 몸집을 씻겨주고 비늘을 반들반들하게 닦았다.

타라는 두 소녀가 여왕의 갈퀴발톱을 깎고 있을 때 발가락 중 하나에 낀 검은색 철 반지를 발견했다. 이상하게 낯익다고 생각했지만 베티의 경고 때문에 타라는 관심 없는 체해야 했다.

세슈스 주문으로 물기가 완전히 마르는 동안 타라는 여왕의 붉은 갈기를 땋는 임무를 이행했다.

"음, 기분이 아주 상쾌하구나." 여왕이 말했다. "이제 점심을 먹기 전에 식욕을 위해 잠시 쉬어야겠다."

타라는 팔뚝에 박힌 인식 패스(신분증과 비슷한 것으로 인식 패스가 있어야 오무아 황궁과 다른 궁전을 돌아다닐 수 있다. 마법의 힘으로 살 속에 박혀 있기 때문에 도난을 당하거나 잃어버릴 위험이 없다)로 시간을 봤다. 믿을 수 없어! 벌써 두 시간이 흘렀다니! 녹초가 된 타라는 베티 옆에서 대기하고 있다가 붉은 여왕을 따라나갔다.

그들이 온실 앞을 지나가는데 꽃향기가 진동했다. 타라는 즉시 알아차렸다. 칼리르 꽃! 타라가 멈춰 섰다.

붉은 여왕이 타라를 곁눈질로 살피고 있었는지 걸음을 멈췄다.

"꽃향기가 굉장히 좋아요!" 타라가 순진한 얼굴로 냄새를 맡았다. "무슨 꽃이에요? 아더월드에서는 한 번도 본 적이 없어요."

"이게 바로 미친병을 치료하는 칼리르 꽃이야. 금지된 대륙에서만 자라는 식물이니까 당연히 본 적이 없겠지. 하지만 다른 용도로도 쓰인다는 걸 나중에 알게 될 거다."

"꽃다발을 만들어서 제 방에 가져가도 되겠습니까, 마마? 향기가 어찌나 좋은지…… 그런 병을 치료하는 효과가 있을 것 같지 않습니다."

여왕이 인간의 몸짓을 흉내 내듯 어깨를 으쓱했다.

"내가 향기 때문에 이 식물을 재배하는 건 아니지만 몇 송이만 꺾어서 꽃다발을 만드는 것은 허락하겠다."

"고맙습니다, 마마."

"나는 괴물이 아냐. 나에게 복종하고 공손하게 굴면 너와 나는 잘 통할 수 있어."

아더월드를 침략하지 못하게 막으려면 붉은 여왕을 당장에라도 핸드백으로 만들어야 하지만 타라는 행복해하는 얼굴로 역겨움을 감추었다.

그들은 타라가 처음 보는 곳에 이르렀다. 한가운데를 모래로 두텁게 쌓은 거대한 노천 경기장이 있었다. 그 순간 타라는 여러 가지 생각이 뇌리를 스쳤다.

2000년 전 지구의 로마인들, 고대 로마의 원형경기장……!

검투사들이나 곰과 사자, 표범과 맞서 싸우다 처절하게 죽어간 희생자들…….

그러나 늑대인간들의 경우는 달랐다. 늑대인간들은 단순히 맹수가 아니라 의식을 지닌 영리한 존재, 납치되었다가 억울하게 금지된 대륙으로 추방된 아나자시족이었다.

그런데 드래곤들을 상대로 싸워야 한다면…….

사슬에 묶인 드래곤이 그레이 드래곤들에게 끌려오면서 포효하고 있었다. 광기 어린 눈빛으로 거품을 물면서 알아들을 수 없는 저주를 퍼붓고 있었다. 염소들을 지켜주려고 애쓰던 동족 드래곤을 잡아먹은 푸르스름한 빛의 드래곤……? 타라는 속이 뒤집어지면서 토할 것만 같았다.

"오래전부터 쫓고 있던 놈이지." 여왕이 설명했다. "묘약을 먹이는 데 실패하는 바람에 놈이 나의 드래곤을 수없이 죽였어. 어찌나 영악하고 눈치가 빠른지 함정을 놓아도 번번이 실패로 돌아갔지. 그래서 이번에는 약을 먹인 드래곤에게 혼자서 염소 떼를 지키게 했더니 영락없이 걸려든 거야. 놈이 그 드래곤을 잡아먹으면서 중독이 되는 바람에 마침내 생포하는 데 성공했지."

소름이 끼친 타라는 여왕을 쳐다보면서 속으로 말했다. 그 약은 당신이 먹어야 하는 것 아냐? 미친 드래곤을 붙잡기 위해 어떻게 동족을 그렇게 처참하게 희생시킬 수 있단 말인가!

그렇지만 여왕으로서는 그것이 준엄한 법을 지키기 위한 방법일 수도 있었다. 그것이 이곳의 법이라면······.

초대를 받은 늑대인간들이 차츰 관중석을 채우기 시작했다. 그런데 늑대인간 다섯 명이 경기장 모래밭을 밟아 다지고 있는 모습이 보였다. 로인클로스로 아랫도리만 가린 알몸이라서 근육질 체격이 드러나 있었고 목걸이는 걸지 않고 있었다. 남자 넷과 여자 한 명이었다. 날씨는 덥고, 수많은 늑대인간이 풍기는 사향 냄새가 진동했다. 타라는 이마에 흐르는 땀을 닦았다. 은은한 초록빛 모래와 드래곤들의 비늘이 햇빛을 받아 반짝거렸고, 경기장이 흥분으로 술렁거리기 시작했다.

붉은 여왕이 일어나자 경의를 표하는 함성이 일었다. 늑대인간들이 군주를 찬양하고 있었다. 많은 늑대인간이 정말로 여왕을 좋아하는 것 같은 모습에 타라는 놀랐다. 타라의 눈과 마주친 베티가 천천히 고개를 숙였다. 대다수의 늑대인간이 미친 여왕에게 충성하고 있다면 베티가 꾸미고 있는 작전이 쉽지 않을 텐데······.

타라는 늑대인간들의 마음을 이해할 수 있을 것 같았다. 어쨌든 늑대인간들의 입장에서는 여왕이 고맙지 않겠는가. 방어할 수 있는 늑대로 변신하기 전에 미친 드래곤들에게 잡아먹힐 수도 있었는데 여왕이 동족인 드래곤을 희생시키면서까지 미친 드래곤을 처결하고 있지 않은가. 언제 잡아먹힐지 모르는 공포 속에서 살 것인가, 안전을 보장받는 노예로 살 것인가? 둘 중 한 가지를 고르라면 무엇을 선택하겠는가!

타라와 베티가 무슨 생각을 하고 있는지 전혀 모르는 여왕이 발을 들더니 쇠사슬에 묶인 드래곤을 향해 붉은 광선을 발사했다. 드래곤은 목걸이를 걸고 있지 않지만 마법을 사용하려고 애쓰지 않았다. 머리를 흔들며 맹수처럼 으르렁거리고 포효하면서 이빨을 딱딱 마주치고 있었다. 이윽고 놈이 기다리고 있는 작은 먹이들을 향해 전진했다. 모래밭을 다지고 있던 늑대인간 다섯 명이 잖아? 시간이 너무 촉박해서였을까, 늑대인간들 중에는 완전한 늑대로 변신한 것도 있고, 모습은 털북숭이 동물인데 다리는 두 개밖에 없는 것도 있었다. 그런데 생김새만 늑대일 뿐 덩치가 훨씬 크고, 훨씬 날쌔고, 이빨도 훨씬 많아서 무시무시해 보였다.

그렇다고 해도 무엇이든 갈가리 찢어발기고 짓뭉개버릴 수 있는 드래곤에 비할 수 있으랴. 온몸에 덮인 가공할 비늘로 늑대들의 공격을 가볍게 막아낸 드래곤이 달려드는 늑대를 단숨에 쓰러뜨렸다. 우지끈거리는 소리가 나더니 늑대가 비명을 질렀다. 자기가 사지리고 착각한 듯 드래곤이 먹이를 물고 흔들어대자 나머지 늑대들이 공격했다. 드래곤이 뒷발의 힘줄을 겨냥하는(상대를 꼼짝 못하게 하는 늑대들의 전형적인 수법이었다) 송곳니들을 피하더니 비늘 덮인 꼬리로 늑대 한 마리를 돌돌 말아서 날려버렸다. 돌벽에 부딪힌 늑대가 그대로 널브러졌다. 그 사이에 부분적으로만 변신한 늑대인간이 드래곤의 꼬리를 잡고 매달렸다. 엄청난 충격에도 불구하고 필사적으로 매달려 있던 늑대인간이 꼬리를 물어뜯자 비늘이 떨어지고 있었다. 이번에는 드래곤이 비명을 질렀다. 드래곤이 물고 있던 늑대를 내려놓는 순간 타라는 가까스로 구토를 억눌렀다. 늑대가 거의 두 동강이 나 있었으니…….

드래곤이 드디어 불을 뿜어내기 시작했다. 그러나 불을 두려워하는 늑대들이 어찌나 빠르게 움직이는지 드래곤은 불을 조준할 수 없었다.

붉은 여왕이 이글거리는 눈빛으로 몸을 숙였다. 그 순간 타라는 드래곤들이 왜 그렇게 늑대인간을 두려워하는지 깨달았다. 드래곤이 널브러진 먹이를 향해 돌아섰는데 거의 다 죽어가고 있던 늑대가 믿을 수 없는 속도로 새살이 돋으면서 되살아나고 있는 것이 아닌가.

성난 드래곤이 송곳니들을 딱딱 마주쳤고, 이번에는 가차 없이 해치웠다. 늑대는 머리가 잘린 채 숨이 끊어져 있었다.

그걸 본 늑대들이 마치 피 냄새를 맡은 짐승이 날뛰는 것처럼 광분했다(물론 늑대로 변신해 있지만 원래는 인간이 아닌가). 지칠 대로 지친 드래곤이 뒷걸음칠 때까지 그들은 계속 공격하면서 집요하게 달려들었다. 드래곤이 불을 내뿜는 속도가 점점 느려졌고, 움직임도 둔해지고 있었다.

드래곤은 날아가고 싶었지만 늑대인간들이 예상하고 있었다는 듯 자이언트 거미줄 그물을 펼치고 있었다. 경기장 한쪽은 이미 강철 그물망에 막혀 있었다. 눈 깜짝할 사이에 그물에 걸린 드래곤이 그물을 불태우려고 필사적으로 애를 썼지만(그물이 불연성이라는 걸 몰랐을까?) 땅으로 끌려 내려왔다.

늑대 중 하나가 드래곤의 뒷발을 물어뜯었고, 그것으로 종말을 고했다. 부상당한 드래곤이 늑대만큼 빠르게 움직일 수 없게 되자 늑대인간들이 아가리에서 피를 뚝뚝 흘리면서 승리의 환호성을 질렀다. 동정심이라곤 없는 붉은 여왕이 사형선고를 내렸다. 늑대인간들은 동족의 열광적인 환호를 받으며 경기장에서 질질 끌려나가는 드래곤을 따라 퇴장했다. 붉은 여왕이 미소 지었다.

"좋아, 아주 좋아! 그다음! 훨씬 주도면밀한 상대와는 어떤 결과가 나는지 이제 구경 좀 할까……."

여왕이 손짓하자 경기장 모래밭으로 파란빛과 은빛 비늘의 드래곤이 걸어왔다. 타라는 아연실색했다. 아니 저 드래곤은……?

솀나샤오비로다인트라쉬부, 솀 선생님이었다!

19
뱀파이어

*심하게 물리는 것에 비하면
최면에 걸린 것쯤이야……*

*

지치지도 않는지 경비병이 방 앞을 계속 왔다갔다하고 있었다. 침대에 누운 파브리스는 발소리에 귀를 기울이고 있었다. 원-투-쓰리-포, 빙그르르 회전, 원-투-쓰리-포, 빙그르르 회전. 거의 최면술이나 다름없었다.

이상한 대륙에서 노예 신분으로 보낸 첫날을 돌이켜보던 파브리스는 눈이 스르르 감겼다. 오전 내내 죽도록 일을 시키더니 한 마디 설명도 없이 방으로 몰아넣고 가두었다. 파브리스는 친구들, 특히 무아노와 떨어져 있는 것이 싫었다. 그토록 강력한 마법을 찬양하던 파브리스가 붉은 여왕의 마법에 두려움을 느끼면서 몸서리치고 있었다.

파브리스가 벌떡 일어났다.

원-투, 더 이상 발소리가 들리지 않았다. 무언가가 경비병의 걸음을 가로막고 있다는 뜻인데……. 갑자기 엄청나게 큰 밀크셰이크를 빨대로 힘차게 빨아들이는 것 같은 이상한 소리가 났다. 이어서 문이 열리고 경비병이 들어왔다. 파브리스가 후닥닥 침대에서 뛰어내렸다. 경비병이 아무 말 없이 앞뒤로 비틀거리면서 머리를 축 늘어뜨리고 있는데…… 모습이 꼭 죽은 것 같았다.

경비병이 발치에 푹 쓰러졌을 때 파브리스는 소스라쳤다. 그 순간 보이지 않는 무언가가 감시카메라를 떼어내서 발로 짓밟아버렸다. 파브리스는 박살이 난 스쿠프 조각을 멍한 얼굴로 내려다보았다.

고개를 들던 파브리스가 공포에 질려서 굳어버렸다.

여전히 고혹적이며, 핏기라곤 없이 창백하고, 냉혹한 사냥꾼 뱀파이어 셀렌바가 서 있는 것이 아닌가.

뱀파이어가 포식한 고양이처럼 입을 닦았다.

"으음……." 셀렌바가 말했다. "늑대인간의 피는 처음 먹어봤는데 그 맛이 인간의 피보다 훨씬 진하고…… 아주 자극적이야. 딱 하나 단점은 죽이기가 아주 힘들다는 점이지. 복종하게 만들고 싶었는데 불가능하더군! 늑대인간의 피는 나의 최면술이 통하지 않았어. 그래서 안됐지만 간식 삼아 놈의 피를 좀 빨아 먹었지."

"무슨 일로……."

"무슨 일로 왔냐고? 내 보스가 애지중지하는 타라를 보호하러 왔지(셀렌바의 얼굴이 비웃음으로 일그러졌다). 그런데 다행히 너희가 아주 미숙하게 행동했단 말이지! 내가 아니면 그 계집애는 영원히 여기서 지내게 생겼으니."

"그런데…… 어떻게……."

"어떻게 이 대륙에 들어왔냐고? 너희와 마찬가지로 카무플루스를 사용했지. 나는 발각되지 않았어. 박쥐로 둔갑했더니 레벨루스가 알아채지 못해서 너무 싱겁게 끝났지. 붉은 여왕이 너희에게 비열한 장난을 치라라는 걸 알고 있었기 때문에 한 집에 숨어 있었는데 역시 예상이 빗나가지 않더군. 너희는 쉽게 믿었지만! 이제 나는 너희를 여기서 구해내고, 붉은 여왕이 아더월드를 침략할 수 있게 도와줄 거야. 인간들은 드래곤들을 추방해야 해. 피비린내 나는 전쟁이 끝나고 나면 나의 보스가 이 행성의 수장이 되는 거지. 아주 마음에 들어. 드래곤들이 영원히 돌아버릴 테니까!"

"근데 왜…… 왜……."

"왜 네 방에 들어와서 내 존재를 드러내느냐고? 절호의 기회거든. 여왕이 경기장에서 살생을 즐기고 있는 중이라서 아무도 스쿠프를 감시하지 않으니까. 그들은 네가 화가 나서 카메라를 부쉬버렸다고 생각하겠지. 그러면 너를 회초리로 때리거나 어쩌면 죽일지도 몰라. 나는 죽은 경비병을 감쪽같이 없앨 수 있지. 여기는 늑대인간들만 있는 게 아니거든. 수많은 포식동물이 맛있는 먹이를 발견하고 잔치를 벌일 테니까."

파브리스가 침을 꼴깍 삼켰다. 특히 '회초리'로 맞을 거란 말이 찜찜하게 귀에 걸렸다.

"그리고 또 다른 이유도 있지." 뱀파이어가 파브리스에게 다가서면서 말했다. "난 네가 필요하거든."

"나…… 나요?"

"그래, 네가 필요해. 반항하지 마라!" 뱀파이어가 즐거워하는 얼굴로 파브리스를 벽으로 밀어붙였다. "걱정 마, 거의 아무런 느낌도 없을 거야."

파브리스는 어찌나 겁이 나는지 심장이 터질 것 같은 느낌이 들었다. 파브리스는 정신을 바짝 차리면서 간신히 두려움을 이겨냈다. 이 끔찍한 여자에게 군말 없이 당해주면 좋겠지만…… 반전이라는 것이 있단 말씀이지! 파브리스가 있는 힘을 다해서 주먹을 날렸다. 뱀파이어가 정말로 예상하지 못한 모양이었다. 얼굴을 정통으로 얻어맞은 뱀피이어가 나가동그라지면서 망신스럽게도 엉덩방아를 찧었다.

파브리스가 고함을 지르면서 문 쪽으로 뛰어가려고 했지만, 뱀파이어가 더 빨랐다. 뱀파이어가 발을 잡아서 넘어뜨렸으니, 콰당! 그리고 순식간에 파브리스를 올라타고 앉은 뱀파이어가 두 손으로 꼼짝 못하게 제압했다. 얼굴에서 피가 흐르자 파브리스는 미친 듯이 발버둥 쳤다.

"음, 나쁘지 않아, 맛이 전혀 나쁘지 않아!" 뱀파이어가 몸부림치는 파브리스를 토닥이면서 속삭였다. "난 네가 그렇게 민첩하지도 그렇게 강하지도 않다는 걸 알고 있었지! 브라보! 하지만 이걸로는 부족하지. 너무 부족해."

파브리스가 방어할 겨를도 없이 뱀파이어가 목을 깨물었다.

뱀파이어의 말이 맞았다. 통증은 그리 심하지 않았다. 독성 있는 침 때문에 깨물린 상처의 통증이 가라앉으면서 파브리스는 더 이상 저항하지 않았다. 뱀파이어가 생명을 훔치는 동안 파브리스는 몸이 가벼워지는 느낌이 들었다.

마침내 일어난 뱀파이어가 한 손으로 파브리스를 잡아끌어서 소파에 앉혔다.

"이제부터 너는 나의 눈과 귀가 되는 거야. 네가 보거나 듣는 것은 무엇이든 나에게 보고하고, 내 말에 무조건 복종해야 돼, 알

왔니?"

"눈, 귀, 보거나 듣는 것, 복종. 네, 알겠습니다." 파브리스가 눈을 반쯤 감은 채로 힘없이 대답했다.

"푸하하하하." 뱀파이어가 만족스러운 얼굴로 웃었다. "어디 물린 자국 좀 보자. *레파루스의 이름으로 상처는 사라지고 피는 멈출지어다!*"

송곳니 자국 두 개가 사라졌다.

뱀파이어가 고개를 끄덕였다.

"좋아, 좋아! 파브리스, 소메이유스의 이름으로 네 영혼과 육신은 잠들지어다!"

그리고 칠흑 같은 어둠에 잠겼다.

잠에서 깼을 때 파브리스는 통증을 느꼈다. 그러나 오전 내내 중노동을 했던 걸 생각하면 놀랄 일은 아니라고 생각했다. 파브리스는 잠들었던 소파에서 일어나면서 눈이 휘둥그레졌다. 부서진 스쿠프 조각들이 바닥에 흩어져 있는 것이 아닌가.

그때 문이 벌컥 열리면서 경비병들이 들이닥쳤다. 그중에서 은발의 늑대인간이 파브리스를 거칠게 벽으로 밀어붙였다.

"이디 있이?" 늑대인간이 격분해서 소리쳤다.

"누구를 찾는데요?" 파브리스가 어리둥절한 얼굴로 물었다.

"허튼 수작 부리지 마! 네 방문 앞을 지키던 경비가 없어졌어.

다시 묻겠다. 어디 있어?"

파브리스가 눈살을 찌푸렸다. 늑대인간에게 떠밀려서 벽에 부딪혔을 때만 해도 순간적으로 뭔가 어렴풋이 생각날 듯했는데 금방 사라져버렸다.

"나는 아무것도 몰라요! 깜빡 잠이 들었다가 바닥에 떨어진 스쿠프를 발견하는 순간 당신들이 들이닥쳤어요. 내가 아는 건 그게 다예요! 나는 방에서 나가지 않았어요!"

"사실인 것 같습니다, 틸 장군님." 다른 한 명이 나섰다. "보십시오, 복도의 스쿠프에 방문 앞이 찍혀 있는데 질이 방으로 들어가는 장면만 보입니다."

틸 장군이 작은 카메라를 움켜잡더니 하얀 벽에 필름을 비추었다. 경비병이 멀어져 가다가 한순간 시야에서 사라지는데…… 방문은 닫혀 있다. 이어서 경비병이 비틀거리는 걸음으로 돌아온다.

"술에 취한 거야, 뭐야?" 틸 장군이 못마땅한 얼굴로 내뱉었다.

경비병이 방문을 열고 들어서자 문이 닫힌다. 잠시 후 다시 문이 열리고 경비병이 여전히 비틀거리는 걸음으로 나가서 복도를 따라 멀어져간다.

"경비가 근무지를 이탈하다니!" 틸 장군이 외쳤다. "루드, 빨리 찾아라! 저놈의 행동은 거론할 가치도 없다."

"스쿠프를 박살 낸 인간은 어떻게 할까요?"

"여왕에게 보고해야지. 어떤 벌을 내릴지는 여왕이 결정할 것이다."

그들이 방을 나갔고 문이 쾅, 닫혔다. 파브리스가 문을 다시 열었지만 늑대인간들이 가로막았다. 파브리스는 얼이 빠진 얼굴로 침대에 주저앉았다. 뭔가 생각이 날 듯 날 듯했지만 도무지 기억할 수가 없었다.

하지만 스쿠프를 건드리지 않았던 것은 확실했다. 의자에 올라섰다고 해도 키가 작아서 손이 닿을 수 없는데……. 강한 의문이 들었다. 스쿠프를 누가 박살 냈을까? 도대체 무슨 이유로?

파브리스가 의문의 사건 때문에 머리를 쥐어짜고 있는 동안, 감방에 갇힌 드래곤들이 목걸이를 시험해보고 있었다.

"말고리셀란쉬부, 감옥 안이 너무 더운데 시원하게 좀 해보게." 살루가 지시를 내렸다. "마법이 바깥으로 나가지 않게 범위를 감방 안으로 제한해서."

젊은 드래곤 말고리가 질겁했다.

"하지만…… 목걸이 때문에 위험합니다!"

"말고리가 그런 위험을 무릅쓰겠어요?" 덩치가 작은 그린 드래곤 산트라미빈크라트린쉬바가 빈정거렸다. "얼마나 겁이 많은데! 나한테 맡기세요, 살루."

그린 드래곤 산트라가 정신을 집중했다. 목걸이가 즉시 반응했고, 산트라가 고통의 신음 소리를 내면서 주저앉았다.

"빌어먹을, 초고감도로 반응하는군!" 산트라가 중얼거렸다. "살루, 마법을 사용하면 안 되겠어요."

그린 드래곤이 상스러운 소리를 내뱉는 걸 보면 정말 고통스러운 것이 틀림없었다.

기회를 잡았다는 듯 레드 드래곤 말고리가 쏘아붙였다.

"그러니까 나를 그렇게 함부로 모욕하면 안 되는 거요, 산트라. 나는 어리석은 것이 아니라 현실적인 거니까! 그 여왕은 주도면밀해요. 이제 마법을 사용하면 어떻게 되는지 똑똑히 알았소?"

"그만큼 혼이 났으면 이젠 그 오만함을 버렸을 거라고 생각했더니…… 아직 한참 멀었군요." 산트라가 말고리를 향해 기분 나쁜 미소를 흘리면서 말했다.

레드 드래곤 말고리가 으르렁거리면서 달려들려고 하자 살루가 가볍게 제압했다.

"둘이 바보 같은 싸움을 굳이 보태주지 않아도 지금 사태가 심각하다고 생각하지 않나? 끝장날 때까지 치고받는 것은 자네들 마음인데 여기서 나가기 전에는 안 돼! 알았나?"

"맞습니다." 산트라의 쌍둥이 드래곤 샨비트라미샤트린쉬부는 한숨 더 떴다. "지금은 붉은 여왕과 싸워야 할 때입니다. 그래서 말인데요, 누구 좋은 계획 없습니까?"

살루가 놓아주자 의기소침해진 말고리가 짚자리에 털썩 주저앉았다.

"수천 년 동안 우리가 여기서 벌인 짓이 옳은 일이 아니라는 걸 우리는 알고 있었다. 만약 붉은 여왕이 금지된 대륙을 빠져나가면서 이 행성을 유혈의 도가니로 만들어버린다면 인간, 엘프, 뱀파이어, 난쟁이 종족과 우호적 관계를 맺어온 우리는 그 대가를 톡톡히 치르게 될 것이다."

"우리는 악마들로부터 그 모든 종족을 구해줬습니다." 레드 드래곤 말고리가 반박했다. "우리는 인간들에게 아무런 책임이 없습니다."

"나도 그렇게 생각한다." 블랙 드래곤 살루가 대꾸했다. "그리고 내 의무가 뭔지도 알고 있고."

"그래서 어떻게 하실 겁니까?" 말고리가 불안한 목소리로 물었다.

"5," 살루가 스쿠프를 쳐다보면서 대답했다. "18, 23, 14, 58, 82, 5, 33, 118."

"4!" 말고리가 외쳤다. "설마……?"

"22," 산트라도 합세했다. "16, 13, 33!"

"이제 됐다!" 살루가 딱 잘랐다. "이상 끝."

그러고는 동지들이 안중에도 없는 것처럼 살루가 눈을 감고 뭐라고 흥얼거리더니 명상에 잠겼다.

샤름과 셈은 멀찍이 떨어져서 그 광경을 지켜보고 있었다. 다른 포로들과 함께 붙잡혀왔지만 둘은 다른 감방에 갇혀 있었다.

"그런데 숫자는…… 수수께끼예요, 뭐예요?" 샤름이 스쿠프들이 들을까 셈의 귀에 대고 속삭였다.

"미친 드래곤들은 수학을 못하니까. 살루, 말고리, 산트라, 샨비 같은 진압군의 장교들은 자기들끼리 의사소통할 수 있는 암호를 사용하지요. 나는 혐의를 받고 있는 터라 껴주지 않아서 무슨 뜻인지 몰라요."

"하지만 나는 아니잖아요. 그런데 나한테도 알려주지 않다니!" 샤름이 분개했다.

"나도 그 이유는 몰라요." 셈이 몹시 난처한 얼굴로 말했다.

"샤름 당신도 군대에 소속된 장교 아니었소?"

"아니요, 왜요?"

"나를 제외한 지원자는 모두 군대나 드래곤 비밀정보국의 장교들이에요. 살루가 무슨 생각을 하는지 모르겠지만 다른 드래곤들은 그의 생각에 그리 동의하지 않는 것 같으니까 당신도 각오하고 있어요."

"뭘 각오해요?"

"무슨 일이 있을지 모르니까. 스쿠프들 때문에 결행하기 전에는 우리에게 작전을 말해주지 않을 거요."

머리를 끄덕이던 샤름이 셈에게 바짝 붙어 있었던 걸 깨닫고 얼른 물러앉았다.

"셈?"

"왜요?"

"아버지를 죽이지 말았어야 했어요. 그냥 꼼짝 못하게 마비시키는 것으로도 충분했는데······."

오, 드래곤들의 신이시여! 그 짐을 죽는 날까지 짊어져야 하는 겁니까?

머리를 흔드는 셈의 노란 눈빛이 지쳐 있었다.

"샤름, 당신의 아버지는 나보다 훨씬 강력한 드래곤이었어요. 나를 죽이려고 했고, 공격하지 않았다면 내가 죽었을 거예요. 그랬다면 당신 아버지가 만든 기계가 지구를 파괴하고 수많은 생명을 죽였을 겁니다. 맹세하는데 오로지 당신을 위한 일이었다면 죽이지 않았을 거요. 유니콘의 뿔은 당신 아버지의 신장을 하나만 찔렀던 게 틀림없는데······ 불행히도 극도로 흥분해서 몸부림치는 바람에 뿔이 너무 깊이 들어갔고 남은 심장까지 뚫린 겁니다. 그래서 내가 미처 손쓸 사이도 없이 숨이 끊어진 거예요. 그러나 그런 일이 또다시 일어난다고 해도 나는 똑같이 할 겁니다. 샤름, 당신의 아버지는 너무 엄청난 죄를 지었어요. 당신의 아버지가 꾸민 일, 그 무시무시한 기계를 만들기 위해 납치했던 아나자시족을 이 대륙에 몰아넣고 미친 드래곤들의 노예로 만든 사실이 알려졌다면 처형되었거나 이 대륙에서 생을 마쳤을 겁니다. 붉은 여왕이 자기를 이 대륙으로 추방했던 왕을 얼마나 오래 살려두었을 거라고 생각합니까? 끔찍하고 아주 비극적인 일이었지만 당신 아버지의 명예를 구하는 유일한 방법이기도 했어요. 그리고 맹세하겠소, 절대로 그 일을 폭로하지 않겠다고……."

샤름의 눈에 눈물이 글썽했다. 셈을 얼마나 사랑했던가! 사랑을 고백할 때의 서툰 행동에 즐거워하고, 용기에 감동하고, 뛰어난 능력에 그토록 탄복했는데! 샤름은 그 무엇보다도 셈이 열정적이면서 감수성이 예민하다는 걸 알고 있었다. 그러나 아버지의 끔찍한 죽음 때문에 깊은 상처를 입은 샤름은 셈을 증오하지 않을 수 없었다. 이제 여러 달이 흘렀고, 찢어지게 아프던 상처가 서서히 아물고 있었다.

"여길 빠져나갈 가능성이 전혀 없는 건 아니겠죠?"

"절대로 희망을 잃지 맙시다."

샤름이 눈물을 멈추고 다크 서클이 생긴 눈으로 셈을 뚫어지게 쳐다봤다.

"지금 우리가 죽는 거라면 나는 드라보울리로기르그(드래곤들의 천국을 뜻한다)에 가지 않아도 돼요."

샤름이 다정하게 셈을 끌어안으면서 주둥이를 포갰다.

셈이 스쿠프들을 힐끔 쳐다보고 나서 운명에 맡겼다. 지금은 글부일(드래곤들의 지옥을 뜻한다)에 떨어진다고 해도 점잔을 떨 때가 아냐. 붉은 여왕의 마음에 안 들어도 할 수 없지.

샤름이 뭐라고 속삭였기 때문에 셈이 머리를 숙였다. 그리고 무슨 말인지 이해했을 때 셈의 표정이 굳어졌다.

"당신과 마지스터가 무슨 관계예요? 타라의 말로는, 당신이 마지스터에게 엄청난 실수를 저질렀지만 믿을 만한 드래곤이라고 했어요. 나도 알아야겠어요, 셈, 혹시 내 아버지와 관계되는 일이라면……."

셈이 입술을 깨물었다. 그 흉악한 마지스터를 훈련시킨 것이 자신이라고 어떻게 고백한단 말인가! 더구나 붉은 여왕이 그 비밀을 도청해서 이용할지도 모르는데 어떻게 여기서 그 말을 한단 말인가. 샤름이 뚫어져라 쳐다보다가 더 세게 끌어안았다.

갑자기 들리는 요란한 발소리와 철창 소리에 놀란 그들은 바짝 긴장했다.

늑대인간들과 그레이 드래곤들이 와서 그들을 끌어냈다.

그들 중 누구도 상대의 질문에 대답하지 않았다. 그러나 피 냄새가 점점 진동하자 셈은 어디로 끌려가는지 알아차렸다. 붙잡혀올 때 궁전 뒤쪽 피라미드 밑에서 언뜻 봤던 원형경기장으로 데려가는 것이 분명했다.

샤름이 경기장에서 벌어지는 격투 장면을 보면서 공포의 비명을 질렀다. 드래곤 하나와 늑대 다섯이 대결하고 있었다. 저건……? 동족을 잡아먹던 드래곤이 아닌가! 샤름이 금방 알아봤다.

"싸우는 방식을 잘 살펴봐요." 셈이 억지로 보게 하면서 샤름에게 속삭였다. "나중에 당신의 목숨을 구해줄지 모르니까."

"내 목숨을 구해줘요?" 충격을 받은 얼굴로 샤름이 말했다.

"그럼……."

숨이 턱 막힌 샤름은 더 이상 말을 이을 수 없었다.

"우리가 여길 그냥 구경이나 하러 끌려온 건 아닌 것 같으니까." 셈이 침울하게 말했다. "내 생각에는……."

셈의 예감이 적중했다. 늑대들의 승리로 격투가 끝난 지 몇 분 후 늑대인간들이 셈을 경기장으로 끌고 나갔다. 샤름이 셈을 붙잡으려고 했지만 목걸이가 숨이 막힐 정도로 목을 졸랐다. 샤름이 쓰러지기 전에 마지막으로 본 것은 셈이 모래밭으로 걸어나가기 전에 보내는 고통스러운 눈빛이었다.

셈이 눈을 찡그렸다. 어느새 오후 1시였고, 해들이 중천에 떠 있었다. 이윽고 눈이 빛에 익숙해졌을 때 셈은 관중석을 바라봤다. 자기들의 승리를 확신하는 수많은 늑대인간이 웃고 떠들어 대면서 고함을 지르고 있었다. 셈이 한숨을 쉬면서 붉은 여왕을 향해 걸어갔다. 여왕 옆에 타라와 베티가 나란히 서 있었다.

셈이 쇠사슬에 묶인 두 발을 쳐들면서 외쳤다.

"이렇게 족쇄를 채워둬야 할 정도로 내가 두려운가?"

"천만에." 붉은 여왕이 병사들에게 신호를 보냈다.

열쇠로 한 번 돌리자 쇠사슬이 풀렸고, 셈은 발목을 주물렀다.

"아더월드를 침략할 경우 당신은 우리를 상대로 마법 대 마법으로 싸워야 할 것이다. 당신의 늑대들은 물어뜯을 줄만 아는데 우리와 대적할 수 있다고 생각하는가? 아니면 늑대인간들에게 승리가 쉽다는 믿음을 심어주려는 건가?"

모욕을 당한 붉은 여왕이 소리쳤다.

"마법으로 싸우고 싶단 뜻인가? 그런다고 해도 문제될 것 없다."

놀랍게도 여왕이 셈의 목걸이를 풀어주라는 명을 내렸다. 목걸이가 없어지는 즉시 셈이 여왕을 향해 마법의 광선을 발사했는데…… 단단한 방패에 부딪혔다.

빌어먹을, 경기장 전체에 마법의 장벽을 작동시키고 있었군!

"아주 재미있겠어." 붉은 여왕이 혼잣말처럼 중얼거렸다.

여왕이 갈퀴발톱 하나를 쳐들자 늑대 다섯 마리가 조심스럽게 경기장으로 들어왔다.

셈이 돌아서서 늑대들을 유심히 살폈다. 움직임을 보면서 놈들도 여왕과 같은 보이지 않는 방패를 갖추고 있다고 확신했다. 여왕 쪽의 드래곤들도 지원해주고 있는 것이 틀림없었다. 마법으로 싸우는 것은 소용없는 일이었다. 그렇다면…… 뒤통수를 한 방 날려주지.

셈이 늑대인간으로 변신했다. 더 크고, 더 힘이 세고, 더 날렵한 늑대인간, 더 선명한 파란색이었다.

셈은 당황한 늑대인간들이 우왕좌왕하는 틈을 이용했다. 셈은 자신의 지구력과 힘, 민첩성이 오로지 마법의 힘이라는 걸 알고 있었던 것이다. 놈들을 재빠르게 제압하지 못하면 죽는 건데……. 셈은 파리를 잡듯 순식간에 늑대 한 마리를 낚아채서 빙빙 돌리다가 얼이 빠진 또 다른 한 놈을 잡았다. 그러고는 풍차 돌리기 기술로 두 놈을 함께 벽을 향해 내던졌다.

쿵, 콰당, 벽에 부딪힌 늑대 두 마리가 동시에 까무러쳤다. 남은 것은 세 마리. 셈은 두 놈이 기절해 있는 시간을 정확하게 계산하고 있었다. 승리하려면 불과 몇 분밖에 남아 있지 않았다.

셈이 냉정을 잃지 않고 다시 덤벼들었다. 이번에는 늑대가 기다리고 있었다는 듯 셈을 물고 늘어졌다. 셈은 소리를 내지 않으려고 이를 악문 채 공격했다. 당황한 늑대들이 어찌할 바를 모르고 있었다. 평소에 싸웠던 드래곤들은 비명을 지르거나 욕설을 내뱉으면서 무작정 흥분하기 때문에 차라리 상대하기가 쉬웠다. 그런데 파란색 늑대는 자기들과 같은 방식으로 움직이는 데다 물어뜯기면서도 끽소리도 내지 않기 때문에 상처를 입었는지 안 입었는지 종잡을 수가 없었다.

그중 한 마리가 선수를 치면서 달려들었다. 셈이 구르기로 날쌔게 공격을 피하는 것과 동시에 발을 날렸다. 방심하고 있던 또 한 놈이 난데없이 날아오는 발길질에 차여 나가동그라졌다.

1분도 채 안 되는 사이에 늑대가 두 마리만 남자 경기장이 찬물을 끼얹은 듯 조용해졌다. 붉은 여왕이 이빨을 부드득 갈고 있었다. 이렇게 영리한 드래곤이 있을 줄이야!

남은 두 마리는 제거하기가 만만치 않았다. 셈도 여러 군데 중상을 입었지만 처음에 쓰러뜨린 두 마리가 깨어나기 직전에 가까스로 해치웠다. 셈은 붉은 여왕의 발치에 널브러진 놈들을 끌어다 놓은 다음 다시 변신했다.

"내가 이겼는데 상금은 무엇인가? 나를 석방시켜주겠는가?"

붉은 여왕이 들은 척도 않고 명했다.

"이자에게 목걸이를 다시 채워라! 그리고 다른 드래곤들을 끌고 와!"

이번에는 챔피언 셈의 격투 장면을 유심히 지켜보고 있던 샤름과 살루, 산트라, 샨비, 말고리가 경기장으로 끌려나갔다. 드래곤들의 콧구멍이 벌렁벌렁 움직인다는 것은 두려워하고 있다는 표시였다.

블랙 드래곤 살루가 붉은 여왕을 향해 머리를 쳐들고 성큼 걸어나갔다.

"알려드릴 정보가 있는데 단둘이서만 말하고 싶습니다, 마마."

"배신자!" 말고리가 몸부림치면서 고함을 질렀다. "이럴 수는 없습니다!"

살루는 쳐다보지도 않았다. 붉은 여왕이 혀를 날름 내밀고 입술을 핥으면서 미소를 지었다.

"점점 흥미롭군, 데려와라."

병사들이 복종했고, 몇 분 후 살루가 붉은 여왕 앞에 섰다.

"협력하겠습니다. 하지만 조건이 있습니다."

"당연히 그러시겠지." 여왕이 비아냥거렸다. "말해보라!"

"우선 이 쇠사슬을 풀어주십시오. 참을 수가 없습니다."

붉은 여왕이 머리를 끄덕이자 그레이 드래곤들이 블랙 드래곤의 쇠사슬을 풀어주었다. 블랙 드래곤이 쇠사슬 때문에 생긴 자국을 문지르면서 신음 소리를 냈다.

"아더월드를 침략한 뒤에 곁에서 마마를 직접 섬기고 싶습니다. 다른 누군가에게 복종한다는 것은 있을 수 없는 일입니다."

"어림없는 소리!" 붉은 여왕이 말했다. "나는 이미 팀을 구성해놓았다. 원수, 장군, 사령관, 대장은 정하지 않았지만 당신의 충성심은 아직 검증되지 않았다. 따라서 지금으로서는 거절이다."

타라는 충격을 받았다. 너무나 태연하게 배신에 대해 말하는 살루를 보면서 소름이 돋았다.

"지금으로서는? 그럼 앞으로 생각을 바꿀 수도 있다는 뜻입니까?" 살루가 물었다.

"그건 나에게 협력해준다는 정보와 앞으로 몇 달 동안 보여주는 당신의 태도에 달려 있다. 전쟁을 하면 희생자가 있기 마련인데 당연히 공석이 생길 테니까."

"기억해두겠습니다. 그리고 내 동지들도 풀어주기 바랍니다."

"당신이 배신하면 죽이려고 할 텐데?"

"그들의 생각을 바꿀 방법이 있으니까 그건 걱정 마십시오. 노예가 넘쳐나는…… 이곳의 삶이 아주 멋지기 때문에."

붉은 여왕이 몸을 쭉 폈다가 숙이면서 발을 내밀었다.

"좋아, 그럼 협상을 해볼까?"

살루가 미소를 지으면서 붉은 여왕의 발을 잡고 악수를 하듯 꽉 쥐더니…… 자신의 목걸이를 홱 잡아 뜯었다.

20
엘프, 드래곤
비상구가 없는 악몽 속에서 어떻게 길을 찾을까

*

베티가 비명을 지르면서 타라와 함께 바닥에 엎드렸다. 그러고는 폭발을 기다렸는데…… 아무 일도 일어나지 않았다. 타라가 한쪽 눈을 가늘게 떴다. 그레이 드래곤들과 늑대인간 병사들도 바닥에 납작 엎드려 있거나 관중석 기둥 뒤에 숨어 있었다.

붉은 여왕도 아직 살아 있다는 것이 놀랍다는 표정이었다. 살루와 여왕이 박살이 나 있어야 되는데……?

그 순간 그린 드래곤 산트라가 나타났는데 리모컨 같은 것을 들고 있었다.

산트라가 미소를 지으면서 아연실색한 여왕에게 말했다.

"쯧! 쯧! 쯧! 좀 더 조심하시지 그랬어요……. 우리가 아니었으면 큰일 날 뻔했잖아요!"

살루가 고함을 지르면서 물어뜯으려고 했지만 여왕이 단번에 제압했다. 드래곤의 세계에서는 대체로 수컷보다 암컷의 몸집이 더 크고, 키가 클수록 아름다운 드래곤으로 여겼다. 그렇다면 붉은 여왕으로 불리는 것이 드래곤들이 정한 미의 기준 때문인가? 여왕은 얼마나 힘이 센지 뒤늦게 달려온 그레이 드래곤들에게 살루를 가볍게 내던지는 괴력을 발휘했다.

여왕은 격분해 있었다. 체면을 잃은 것은 물론 목숨까지 잃을 뻔했으니 화가 나 있는 것이 당연하지 않겠는가.

"정말 대단하시군." 여왕이 비아냥거렸다. "이걸 인간들이 뭐라고 하더라……? 잃을 것이 전혀 없는 자기 자신을 희생시키는 자살 공격을 가미카제라고 하지, 아마! 숭고한 죽음을 택하셨다? 산트라, 이리 오너라."

거리낌 없이 다가서던 그린 드래곤은 여왕이 답삭 들어올리자 몹시 당황했다.

"왜…… 왜 이러세요?" 산트라가 숨넘어가는 소리로 말했다.

"나를 이런 식으로 놀라게 하다니! 다시 한 번 이따위 장난을 하면 너한테도 진짜 목걸이를 걸어줄 거야! 알았니?"

"네, 알았어요!" 눈이 튀어나올 듯 동그래진 그린 드래곤이 숨을 쉬려고 발버둥 쳤다.

"좋아."

붉은 여왕이 마지막으로 또 한 번 숨통을 조르는 것으로 몹시 불쾌하다는 표시를 하고 내려놓자 산트라가 성난 눈길을 던졌다. 쌍둥이 샨비가 다가와서 산트라를 부축했다. 샨비가 볼멘소리를 했다.

"태어났을 때부터 걸어놓은 제아스 주문 때문에 우리는 복종할 수밖에 없어요, 어머니." 샨비가 성난 어조로 말했다. "그러니까 우리에게 창피를 줄 필요는 없다고요!"

어머니? 어떻게 어머니야? 타라만 깜짝 놀란 것이 아니었다. 살루는 아연실색해 있었다.

좀 전에 하마터면 친딸의 목을 조를 뻔했으면서 붉은 여왕이 내가 뭘 어쨌는데? 하는 얼굴로 다정하게 말했다.

"얘들아, 너희를 만나서 정말 기쁘구나. 결정적인 순간에 도와준 것도 정말 고맙고. 특히 산트라, 너는 정말 대단했어. 당직을 서는 젊은 레드 드래곤을 감쪽같이 속여서 열쇠를 훔치다니! 어쩜 이렇게 영리할까, 앙큼한 것 같으니라고!"

마법으로 증폭된 여왕의 목소리가 쩌렁쩌렁 울리고 있어서 경기장에 있는 말고리셀란쉬부의 귀에도 들렸다.

"내가 속았어!" 심한 충격을 받은 말고리가 으르렁거렸다. "순전히 나를 이용하기 위해 유혹한 거였어! 산트라, 추잡한 것! 더러운 것!"

그린 드래곤이 소스라치게 놀랐지만 대꾸하지 않았다.

"제아스가 무슨 뜻이야?" 타라가 베티에게 속삭였다.

베티가 입 다물라고 말할 겨를도 없이 붉은 여왕이 나서서 대답해주었다.

"알을 낳았을 때 나는 드란보우글리스펜쉬르 행성의 드래곤들에게 내 알들을 주기로 결정했지. 내 자식들은 자유롭게 자라게 하려고. 멍청한 드래곤들이 소위 광기라는 내 유전인자가 있는지 확인하기 위해 내 알들을 검사했지만 내가 마법을 사용했을 거란 의심은 전혀 하지 않더군. 내가 제아스 주문을 걸어놨기 때문에 내 자식들은 금지된 대륙으로 돌아와서 나를 구출하기 위해 무슨 짓이든 하지 않을 수 없지."

쌍둥이 그린 드래곤들도 같이 감옥에 갇혀 있었는데······. 타라는 불쌍한 쌍둥이를 동정해야 할지, 배신한 것에 대해 증오해야 할지 알 수가 없었다.

"우리는 열쇠에 접근하기 위해 군대에 들어갔죠." 샨비가 변명을 하는 건지, 우쭐해서 떠벌리는 건지 알 수 없게 설명했다. "그런 다음 미지스터와 접촉했고, 열쇠를 내어줄 테니 우리 어머니를 구출해서 아더월드를 나눠 갖자고 제안했어요. 마지스터는 악마들의 림보를 거쳐서 해변에 도착했고 우리가 준 열쇠 덕분에 베티를 어머니에게 맡겼지요. 어머니는 이 대륙의 패권을 놓고 싸우는 샤온비그리슈쉬부를 완전히 제압하기 전에는 아더월드를 침략하지 않겠다고 주장했어요. 그래서 한 달간의 유예를 얻었지요. 그리고 우리가 지원자로만 구성되는 드래곤 팀에 들어가는 것은 어렵지 않았어요. 미친 드래곤들이 이 대륙을 유혈의 도가니로 만들어놓았다고 생각하기 때문에 선뜻 나서려고 하는 드래곤이 없었으니까요."

"불행히도 나는 아직 샤온비그리슈쉬부와의 문제를 완전히 해결하지 못했다." 여왕이 한숨을 내쉬었다. "예상보다 시간이 좀 더 걸리고 있어. 그러나 이제는 시간문제지. 그자가 협상하지 않고는 못 배길 방법을 알고 있으니까."

여왕이 마침내 살루를 노려보면서 외쳤다.

"당신, 나를 모욕하면 어떤 대가를 치르게 되는지 보여주겠다. 이 블랙 드래곤을 꼼짝 못하게 붙잡아라!"

"나를 죽일 수는 있겠지!" 살루가 소리쳤다. "하지만 절대로 우리 드래곤들을 이길 수 없다! 미친 머리에서 나온 어리석은 계획은 절대로 성공하지 못해!"

"이런! 난 당신을 죽이고 싶지 않은데 어쩌나!" 여왕이 빈정거렸다. "칼리르 꽃에 아주 놀라운 특성이 있거든. 다량으로 복용하면 광기를 치료하기는커녕 우리의 신진대사에 뜻밖의 효과를 주지." 여왕이 병사들에게 명을 내렸다. "이 드래곤의 아가리를 벌려라!"

살루가 필사적으로 버텼지만 그레이 드래곤들이 꼼짝 못하게 하고 아가리를 벌렸다. 여왕이 까치발을 하고 병에 든 초록색 액체를 살루의 아가리에 들이부었다. 살루가 기를 쓰고 발버둥 쳤지만 붉은 여왕이 포도주 한 양동이를 콸콸 쏟아 부었기 때문에 삼키지 않을 수 없었다.

액체가 몸속으로 퍼지는 순간 살루가 비명을 질렀지만 힘을 쓸 수가 없었다. 부들부들 떨던 다리가 어찌나 심하게 경련을 일으키는지 그레이 드래곤들이 더는 붙잡고 있지 못할 정도였다. 이윽고 블랙 드래곤이 변하기 시작했다. 검은 비늘이 반짝거리다가 사라지더니 몸집이 점점 줄어들고, 날개가 작아지다가 흔적도 없이 사라졌다. 납작해지는 주둥이, 가늘어지는 발…… 그러고는 정말 눈 깜짝할 사이에 드래곤이 아니라 소년의 모습이 나타났다. 소년의 몸에 너무 큰 목걸이가 툭 떨어졌는데…… 폭발하지 않았다. 여왕이 리모컨으로 폭발 기능을 정지시켰던 것이다.

소년 모습의 살루가 일어났는데 눈은 여전히 파충류의 금빛이었다.

"나를 어떻게 한 것이냐?"

"변신하고 싶으면 해보시지!" 붉은 여왕이 외쳤다. "목걸이가 없으니 두려워할 것 없다."

엄청난 충격 때문에 얼이 빠진 살루/소년이 여왕을 노려보다가 정신을 집중했다. 아무리 집중해도 허사였다. 살루/소년이 그제야 깨닫고 털썩 주저앉았다.

"안 되애애애! 안 되애애애!" 살루가 절망적으로 울부짖었다. "변신할 수가 없어!"

"정답!" 여왕이 흡족한 어조로 말했다. "당신은 변신할 수 없다. 약을 먹었으니 돌이킬 수 없거든. 당신은 남은 삶을 연약한 소년의 모습으로 살아갈 것이고, 원래의 모습은 되찾을 수 없다. 그리고 내 법에 불복하는 드래곤은 누구든 똑같은 운명이 될 것이다. 베티?"

베티는 무표정한 얼굴이었지만, 타라는 눈물이 글썽한 눈에서 친구가 살루/소년에게 동정심을 느끼고 있음을 읽었다.

"키에 맞는 목걸이를 채우고, 노예 숙소로 데려가라. 그리고 내일부터는 일을 시켜."

"네, 마마."

"음, 이제 식욕이 나는구나. 점심을 먹어야겠다!" 기분이 좋아진 붉은 여왕이 발을 문지르면서 외쳤다.

쌍둥이 그린 드래곤, 산트라와 샨비의 호위를 받으며 붉은 여왕 일가족이 위압적인 모습으로 경기장을 떠났다.

베티가 반쯤 의식을 잃은 채 고통스러워하는 살루/소년을 놀라운 힘으로 일으켜 세우더니 부축하면서 걸어갔다.

셈, 샤름, 말고리는 감옥으로 다시 끌려갔다. 타라는 그들에게 아무 말도 못하는 것이 안타깝지만 내색하지 않고 식당으로 향했다. 타라는 식사 시중을 들면서 붉은 여왕이 공주와 후계자에게 설명하는 계획에 귀를 곤두세웠다. 어머니 붉은 여왕이 게걸스럽게 먹어치우면서 정복, 피, 약탈……에 대해 열심히 설명하는 반면에 쌍둥이 남매 산트라와 샨비는 부르르 떨면서 거의 아무것도 먹지 못하고 있었다.

타라는 어머니의 계획에 찬성하지 않는 것 같은 산트라와 샨비의 표정을 포함해서 모든 정보를 머릿속에 저장했다.

오후 시간은 어찌나 빠르게 지나가는지 친구들과 마주칠 기회가 없던 타라는 복도를 지나가다가 나란히 일하는 로빈과 발라를 발견했다. 로빈이 바이올렛 엘프 발라가 건네는 물을 받아 마시고 있었다. 로빈의 입에서 흘러내리는 물을 닦아주면서 다정하게 미소 짓는 발라의 모습에 타라는 눈살을 찌푸리면서 돌아섰다. 타라는 갑자기 끓어오르는 질투심을 억제하려고 애를 썼다. 로빈의 사랑을 의심하지 않지만, 젊은 엘프는 아름다운 데다 타라가 상상할 수도 없는 것들을 기꺼이 허락할 텐데……. 만약 로빈이 그 때문에 발라를 선택한다면? 타라는 눈앞이 빙빙 돌아서 벽에 기대고 서야 했다. 안 돼, 약해지면 안 돼. 흔들리지 말자.

타라에게는 즐거운 하루가 아니었다. 억류되어 있기 때문이 아니라 꼬리를 물고 이어지는 온갖 의문에 시달렸기 때문이었다. 타라는 숙소로 돌아가다가 여왕의 온실에 들렀고, 정원사 드래곤의 날카로운 눈길을 받으면서 칼리르 몇 포기를 뿌리째 뽑았다. 그러고는 화분에 옮겨 심어서 방으로 가져갔다. 그토록 소원하던, 아버지를 소생시키려는 목적에 성큼 다가선 것인가. 이제 이 대륙을 벗어나기만 하면 되는데…….

타라는 저녁 식사 시간에 친구들을 만났다. 베티는 여왕의 거처에서 먹고 자기 때문에 곧바로 식당을 나갔다.

악취가 심한 데다 관리 상태가 엉망인 마구간을 청소하느라고 팔 네 개를 쉴 새 없이 움직였던 크산디아르는 녹초가 되어 있었다. 감시 카메라 스쿠프를 의식해서 그들은 거의 말을 하지 않았다. 타라는 그날 일어난 여러 가지 사건을 빨리 친구들에게 알려 주고 싶어서 입이 근질근질했지만 친구들이 식사를 끝낼 때까지 기다렸다. 친구들이 실컷 먹고 났을 때 정작 타라의 입에서 제일 먼저 튀어나온 말은 경기장에서 봤던 장면이 아니라 너무 진부한 질문이었다.

"로빈, 너는 오늘 어땠어?"

하프엘프가 정체불명의 건더기가 둥둥 떠 있는 수프 그릇에서 눈을 들었다.

"발라와 나는 남쪽 복도를 청소했어. 먼지 차단 필터가 있는데도 드래곤들이 복도를 얼마나 더럽게 쓰는지 깨끗해지려면 며칠은 걸려야 할 것 같아. 너는?"

나? 나는 피 때문에 토할 뻔했고, 그다음에는 네가 발라와 웃던 모습이 자꾸 어른거려서 뭘 했는지도 모르겠어!

"경기장에서 늑대와 드래곤이 싸우는 걸 봤어." 타라가 덤덤하게 대답했다.

하프엘프가 불안한 얼굴로 스쿠프들을 가리켰다.

"근데 우리가 이런 얘기를 해도 되나?"

"베티에게 물어봤는데 괜찮다고 했어. 여왕에 관한 것을 포함해서 폭동, 반역, 탈주와 관련된 말만 안 하면 돼. 이 세 가지 낱말과 여왕에 관한 것은 스쿠프들이 예민하게 반응하니까 그것만 주의해."

정말로 카메라 세 대가 그들을 향해 움직이고 있었다. 타라는 스쿠프들을 향해 미소를 지으면서 손을 흔들어준 다음 로빈을 똑바로 쳐다봤다.

"그래서 뭘 봤는데?"

"친애하는 우리 셈 선생님도 늑대들과 격투를 벌였어."

"뭐?" 칼이 외쳤다. "배반한 드래곤······(칼이 스쿠프들을 힐끔 쳐다보고 나서 말을 이었다)과의 대적, 늑대인간들과의 대적, 이러다가 셈 선생님이 싸움꾼으로 소문나는 거 아냐? 별일 없는 거지? 다치시진 않았고?"

"부상을 좀 입긴 했지만 중상은 아냐. 늑대 다섯 마리가 공격하자 선생님도 늑대인간으로 변신했는데 훨씬 크고 날렵해서 모조리 쓰러뜨렸어."

"뛰어난 전술이야." 로빈이 높이 평가했다. "기억해뒀다가 우리가 마법을 쓸 수 있게 되었을 때 그 전술을 사용하자."

"배신자들이 누구인지도 알았어." 타라가 덧붙였다. "쌍둥이 그린 드래곤 산트라와 샨비는 붉은 여왕의 자식들이었어. 그들이 여왕에게 우리가 어디 있는지, 어떻게 할 건지 모두 알려줬던 거야."

"너는 그걸 어떻게 알았어?" 엘레아노라가 다시 한 번 감탄하면서 물었다. "붉은 여왕을 염탐이라도 한 거야?"

타라가 고개를 내저었다.

"아니, 나는 면허 받은 도둑 흉내를 낼 필요도 없었어. 살루가 여왕을 죽일 계산으로 코앞에서 목걸이를 홱 잡아 뜯었는데……, 목걸이가 폭발하면 근처에 있는 건 모두 죽는 거잖아. 그런데 산트라와 샨비가 목걸이의 기능을 조종하는 리모컨을 갖고 있어서 작전이 실패로 끝났어. 그 쌍둥이가 목걸이의 폭발 기능을 정지시켰거든."

깜짝 놀란 로빈이 타라의 손을 잡자 엘프들의 대장 발라가 얼굴을 찌푸렸다.

"맙소사! 타라! 살루가 미쳤구나. 네가 있는 데서 그런 위험한 짓을 하다니! 하마터면 네가 죽을 뻔했잖아!"

타라는 목숨이 위태로웠는데도 마치 남의 얘기를 듣는 것처럼 고개를 끄덕였다. 그리고는 손가락이 긴 로빈의 섬세한 손을 마주 잡으면서 보란 듯이 발라를 쳐다봤다.

"게다가 붉은 여왕이 살루에게 이상한 약을 먹여서 인간으로 변신시킨 뒤 원래의 모습으로는 돌아올 수 없게 만들었기 때문에 살루가 거의 정신이 나가버렸지. 소년의 모습이 된 살루는 지금 어느 방에선가 쉬고 있어. 나는 여왕이 집무를 보는 동안 거처를 청소한 뒤에 저녁 식사와 잠자는 시중을 들었어. 여왕이 한밤중까지 해야 할 일이 있다면서 베티와 나를 아나자시족 하녀들로 교체해주더라고. 인간이 늑대인간보다 약하다는 걸 아는 것이겠지. 베티는 붉은 여왕의 거처로 돌아갔고, 나는 여기로 온 거야."

"와! 하는 일 진짜 많다." 칼이 놀란 얼굴로 말했다. "우리랑 바꾸고 싶지 않아? 나는 긁어내고 청소하고, 청소하고 긁어내고, 똑같은 일만 반복하기 때문에 지겨워서 죽을 지경인데. 로빈의 말이 맞아. 파충류들은 정말 지저분해."

"아, 그거였어!" 무아노가 갑자기 소리치는 바람에 모두 깜짝 놀랐다. "내가 왜 그걸 생각하지 못했을까! 그들의 이름이 열쇠를 뜻하는 거였어!"

"누구의 이름?"

"산트라와 샨비! 산샨비가 드래곤의 언어로 열쇠를 가리키거든!"

모든 것이 명확해졌다. 번번이 그랬듯이 타라가 이번에도 키디코이의 경고를 너무 늦게 알아차렸다. 그러니까 배신할 거라는 열쇠는 사물이 아니라 쌍둥이 드래곤이었구나!

"그런데 우리는 아직 여왕의 이름이 뭔지 모르고 있어." 무아노가 말을 이었다.

"여왕은 이름으로 부르지 않아." 뒤에서 낭랑한 목소리가 말했다. "'마마'라고만 부르니까."

물과 커피를 가져온 캐서린이 말한 것이었다. 그런데 캐서린은 스쿠프에 개의치 않는 것 같았다. 여왕의 신임을 얻고 있어서인지 날아다니는 카메라들도 캐서린이 무슨 말을 하든 신경을 쓰지 않았다.

"우리 여왕은 자기 이름을 알려주지 않아." 캐서린이 말하면서 미소를 지어 보이자 제레미는 가슴이 콩닥콩닥 뛰었다. "이름에는 힘이 있다면서 그 반지를 끼면 누구든 본명을 알게 되어서 제압할 수 있다고 했어. 힘의 반지이기 때문에."

힘의 반지? 이게 무슨 밑도 끝도 없는 말이지? 〈반지의 제왕〉도 아니고……. 상상이 지나쳤나? 그 순간 호빗족 난쟁이가 들어오는 착각에 빠진 타라가 비명을 지를 뻔했다. 다행히 거대한 식당으로 들어온 것은 흔해빠진 평범한 늑대인간이었다. 타라가 한숨을 내쉬었다. 언제부터 늑대인간을 보면서 '흔해빠진'이라는 말이 떠올랐지? 늑대인간이라고는 태어나서 처음 보는데…… 이 대륙에 와서 날마다 보는 것이 늑대인간들이라서 그런가?

"그…… 반지가 어떤 건데?" 타라가 물었다.

"나도 몰라." 캐서린이 진지하게 대답했다. "그 반지 때문에 우리 여왕이 이 대륙으로 추방되었다는 것만 알아."

타라는 여왕이 발가락에 끼고 있는 반지와 2년 전 마지스터의 잿빛 요새에서 셈 선생님이 보여준 사물들의 리스트를 떠올리면서 몸이 뻣뻣해졌다. 악마의 힘을 지닌 13개의 사물과 섬세하게 묘사한 그림……. 그중 실루르의 옥좌와 저주받은 왕홀은 파괴했는데…… 이번에는 또 크라에토르비르의 반지라는 건가? 맞아, 바로 그 반지가 틀림없어! 맙소사! 절대 타협하지 않는 지킴이들이 철통같이 지키고 있는데 붉은 여왕이 어떻게 악마의 힘을 지닌 사물을 손에 넣었을까? 마지스터가 반지를 봤다면, 그렇지 않기를 바라지만, 반지를 빼앗기 위해 무슨 짓이든 할 텐데…….

타라는 주위를 둘러봤다. 지금 이 순간 마지스터가 금지된 대륙에 와 있을 수도 있었다. 하지만 마지스터가 어떻게 생겼는지 전혀 모르는데…….

이제 타라의 미션은 세 가지로 늘어났다. 첫째, 마지스터보다 먼저 반지를 빼앗는다. 둘째, 방에 확보해둔 칼리르 화분을 감쪽같이 갖고 나간다. 셋째, 친구들과 함께 이 대륙을 탈출한다. 아, 하나 더 추가. 로빈이 바이올렛 엘프의 품에 안기지 않게 막는다.

"근데 있잖아, 정말 이상한 일이 일어났어." 파브리스가 두 손을 흔들면서 말했다.

이런! 정말 할 얘기는 아직 꺼내지도 않았는데……. 친구들과 함께 의논해야 하는데…… 할 수 없지! 타라는 파브리스에게 일어난 사건을 들었다.

"내 방문 앞을 지키던 늑대인간 질이 아직 발견되지 않았어. 그래서 내가 도망이라도 칠까 봐 이제는 두 명이 지키고 있어. 스쿠프를 박살 낸 건 내가 아냐. 난 자고 있었거든."

무아노가 의아한 눈길로 쳐다봤다.

"자고 있었다고? 네가? 너 낮잠 자는 거 싫어하잖아. 낮잠을 자면 머리가 아프고, 또 한번 잠들면 일어나기가 너무 힘들다면서."

파브리스가 마치 심한 두통에 시달리는 듯이 이마를 문질렀다.

"응, 지금도 머리가 아파. 근데 이상한 건 잠들었던 기억이 전혀 안 난다는 거야. 붉은 여왕이 나를 무슨 일인가에 모르모트처럼 이용한 다음에 내 기억을 지워버린 거 아닐까?"

"뭐 때문에 그걸 감추겠어?" 칼이 지적했다. "여왕은 누가 보거나 말거나 우리에게 무슨 짓이든 할 수 있는데!"

타라가 얼굴 곳곳을 어찌나 정신없이 만지는지 얘기하던 칼은 신경에 거슬렸다.

"아닙니다." 크산디아르가 타라를 유심히 살핀 후 대답했다. "그건 아닙니다. 무슨 이유인지는 모르겠지만 마마의 친구를 납치한 자는 아닐 겁니다."

타라가 얼굴을 만지며 다시 손짓을 했다.

"네, 그렇게 하겠습니다." 크산디아르가 대답했다.

친구들이 어안이 벙벙한 얼굴로 쳐다봤지만 타라는 아무 말도 하지 않았다.

"타라?"

"왜, 칼?"

"다음에 나한테 또 미션을 맡길 생각이면 제발 부탁인데 이런 식으로 대놓고 비밀을 만들지 마! 이럴 때는 네가 정말 싫어."

"미안해, 정말 미안해."

식욕은 전혀 없지만 타라와 친구들은 대충 배를 채웠다. 그때 경비들에게 아랑곳없이 베티가 식당을 가로질러서 어떤 방으로 들어가는 것을 보고 그들은 깜짝 놀랐다. 호기심이 동한 그들도 따라갔다.

살루/소년이 침대에 누워 있는데 열이 심한지 베티가 물수건으로 펄펄 끓는 이마를 닦아주고 있었다. 인기척을 느낀 베티가 타라와 파브리스를 돌아보면서 속삭였다.

"여왕이 드래곤에게 벌을 내린 것이 처음은 아냐. 상태가 아주 나쁜 경우가 몇 번 있었는데 너희 드래곤도 그런 것 같아. 열 때문에 뇌가 손상되지 않게 몸을 차게 해줘야 해. 너희가 좀 해줄 수 있겠어? 난 밤이 되어야 돌아올 수 있는데."

"물론이지." 타라가 대답했다. "친구들이랑 내가 보살필게. 너는 가서 좀 쉬어."

타라에게 어색한 미소를 지어 보이고 나서 베티가 마지막으로 땀에 젖은 이마를 어루만진 다음 방을 나갔다.

"쟤…… 살루를 정말 좋아하나 봐." 파브리스의 '옛 여친'이 나가자 마음이 놓인 무아노가 말했다. 베티와 파브리스가 따로 만나는 건 아니지만 무아노는 둘이 잘 통한다는 것도, 우정과 사랑은 한 발짝 차이라는 것도 잘 알기 때문이었다.

파브리스가 어깨를 으쓱했다.

"정말 그랬으면 좋겠다. 여왕이 베티에게서 인정이라는 걸 없애버렸다는 생각이 들던 참인데. 원래 그런 애가 아니거든. 그런데…… 이곳에서는 찬바람이 어찌나 쌩쌩 부는지 가슴이 시려!"

자신들을 감시하는 스쿠프 때문에 파브리스에게 아무 말도 해 줄 수 없는 타라가 이를 악물었다.

살루/소년의 이마에 찬 수건을 올려놓던 타라가 갑자기 들리는 소리에 소스라치게 놀랐지만 내색하지 않으려고 입술을 꽉 깨물었다.

'타라, 베티야.' 머릿속에서 목소리가 말했다.

타라가 정신적으로 말했다. 네가 연락할 거라고 짐작하고 있었는데도 깜짝 놀랐어.

'오늘 밤, 여왕의 거처로 꼭 와야 해. 네 방문 앞을 지키는 경비는 너를 나가게 해줄 거야. 드래곤들에게 저항하는 반란군은 여왕이 생각하는 것보다 훨씬 광범위해. 작전을 짜야 하잖아. 그래서 너를 반란군 대장에게 소개할 생각이야. 찬성하면 기지개를 켜봐.'

물론 찬성이지! 타라는 일어나서 기지개를 켠 다음 침대 옆 의자에 도로 앉았다.

그들은 교대로 잠을 자면서 살루를 보살피기로 했고, 타라가 먼저 시작했다. 로빈이 타라에게 같이 있겠다고 제안하자 발라가 붉으락푸르락해진 얼굴로 방을 나갔다.

로빈은 잠시 아무 말도 하지 않은 채 살루/소년에게 정성을 기울이는 타라를 바라보고 있었다.

"원했던 것보다 내가 훨씬 엘프인 것 같아." 정적이 흐르는 방에서 로빈이 느닷없이 입을 열었다. "내가 인간의 감수성을 거스르는 행동을 할 거란 생각은 한순간도 해본 적이 없어. 내가 멍청했어. 용서해줘! 네가 토끼라는 말을 했을 때 그게 무슨 뜻인지도 몰랐어."

로빈이 한숨을 내쉬었다.

"토끼, 비둘기(「드래곤의 배반」에서 로빈은 타라에게 사랑을 고백할 때 비둘기처럼 구구, 구구구! 하고 속삭이라고 조언해준 파브리스의 말을 제대로 이해하지 못해서 낭패를 본 적이 있었다. 로빈은 바람둥이를 뜻하는 토끼도 무슨 뜻인지 알 수 없었다), 지구에서 사용하는 희한한 비유도 모르고……."

타라는 로빈을 돌아보면서 웃지 않을 수 없었다. 타라가 쪽빛 눈으로 로빈을 뚫어져라 쳐다보면서 말했다.

"너와 나, 우리의 관계는 나에게 아주 새로워. 뭐랄까, 미지의 세계를 탐험하는 기분이랄까. 네가 너무 앞서나가니까 나는 겁이 나. 이 행성에서는 하루도 불안해하지 않고 보내는 날이 없어."

"나는 용맹한 전사야. 너무 앞서가지 않도록 노력할게. 그리고 네가 원치 않는 일은 아무것도 하지 않을게."

로빈이 다정하게 포옹하면서 타라의 볼에 입맞춤을 했다. 무슨 일이 있어도 헤어지지 않겠다는 다짐이자 약속이었다.

살루의 신음 소리에 타라는 로빈에게서 재빨리 떨어졌다. 그 순간 다정하게 웃던 바이올렛 엘프와 로빈의 모습이 떠올라서 참을 수가 없었다.

"그럼 발라는 어떡하고?"

그때 방으로 들어서던 바이올렛 엘프가 자신의 이름을 듣고 멈춰 섰다가 얼른 몸을 숨겼다.

"발라?" 로빈이 놀란 얼굴로 쳐다봤다. "갑자기 그 엘프 얘기를 왜 하는데?"

"그 엘프는 성인이고, 너에게 관심이 있다는 거 나도 눈치 채고 있어."

하프엘프의 눈이 동그래졌다.

"발라? 친절한 엘프지. 그리고 너를 호위하는 엘프 군단의 지휘관이야. 따라서 손가락만 까딱하면 자기가 원하는 엘프를 얼마든지 가질 수 있어. 발라가 나를? 왜 그런 생각을 했어?"

"왜 내가 관심을 가지면 안 되나?"

등 뒤에서 나는 소리에 로빈이 깜짝 놀라서 돌아보자 발라가 불쑥 나타났다.

"후계자의 말대로 나는 다른 엘프들보다는 너에게 훨씬 관심이 많아. 네 몸속을 흐르는 인간의 피 때문인지 넌 아주 이국적이거든. 나는 이국적인 게 좋아."

엘프들은 얼굴을 붉히는 일이 거의 없지만 절반이 인간인 로빈의 얼굴이 새빨개졌다.

"아, 네, 그래요?"

타라가 일어나서 단호하게 말했다.

"로빈은 내 남자친구예요."

"아, 그런가요? 나는 로빈이 공개적으로 마마에 대한 사랑을 포기한 것으로 알고 있는데요. 이젠 아닌가 보죠?"

"내가 오무아의 후계자인 인간 여자를 사랑한다는 이유로 에레가 나와 부모님을 죽이겠다고 협박했어요. 그래서 내 가족의 안전을 위해 그런 척했을 뿐이에요."

"그거 재미있군." 발라가 중얼거렸다. "네가 속였다는 걸 알면 내 어머니가 굉장히 기뻐하시겠는걸."

로빈이 벌떡 일어났다.

"그럼 에레의 딸이란 말이에요?"

"그래, 맞아. 어머니는 너를 감시할 엘프가 필요하다고 생각했어. 그런데 어머니를 위해 꼭 성공했어야 하는 어떤 미션을 수행하다가 내가 실망시켰기 때문에 금지된 대륙으로 떠나는 호위대에 자원하라는 벌을 내리셨지. 어머니의 아들과 딸들 중에서 내가 가장 소용없는 자식이거든. 어머니는 내가 죽어도 아마 눈 하나 깜짝하지 않으실 거야."

바이올렛 엘프의 목소리가 갈라지더니 떠는 것 같았다. 매정한 할머니 때문에 애정 결핍을 경험했던 타라는 엘프의 심정을 충분히 이해할 수 있었다.

"그건 착각일 수도 있어요." 타라가 부드럽게 말했다. "애정 표현이 인색한 상대에게 그걸 기대하는 것은 고통과 낙담을 안겨주기 때문에 오히려 마음만 다칠 수 있어요. 그래서 난 이제 더 이상 그런 함정에 빠지지 않아요."

이런 얘기를 하는 것이 얼마 만이지? 셈 선생님 이후로 2년쯤 됐나?

어린 인간인데 생각보다는 예리하군, 하는 얼굴로 발라가 타라를 뚫어져라 쳐다봤다.

"마마, 어쨌든 나한테는 로빈에 대해 옵션이 있죠."

"나는 당신들의 규칙을 몰라요." 타라가 대답했다. "로빈, 옵션이 무슨 뜻이야?"

"엘프들의 세계에는 여성 엘프보다 남성 엘프의 수가 훨씬 더 많아. 그래서 불가피한 욕망을 해소해주기 위해 여성 엘프들은 배우자를 여러 명 가질 권리가 있어. 많게는 다섯 명쯤. 남성 엘프 한 명에 대해 옵션이 있다는 것은 발라가 1년이란 시간 동안 온갖 방법을 동원해서 나를 유혹할 권리가 있다는 뜻이야. 그리고 나는 그걸 거부할 수가 없고."

맙소사! 타라가 얼굴을 찌푸렸다.

"지구에서는 일부일처제야. 여자 한 명 대 남자 한 명. 물론 아닌 경우도 있지만 대부분이 그래."

"하지만 마마는 지구에 사는 것이 아니고, 로빈은 절반이 엘프예요." 발라가 반박했다. "법적으로는 랑코비트의 신하지만 우리 여왕의 법은 우리와 마찬가지로 로빈에게도 적용되지요. 그 오랜 전통에 맞설 수 있겠어요?"

"나한테도 말할 기회를 줘야 하는 거 아니에요?"

로빈이 항의했다.

"이건 우리끼리 해결할 일이야!"

발라와 타라가 동시에 대꾸했다.

초록빛 눈과 쪽빛 눈이 불을 뿜고 있었다.

"좋아요! 1년 동안 잘해봐요. 그리고 내 차례는 이제 끝났으니까 둘이서 살루를 보살펴요. 나는 가서 자야겠어요."

살루를 돌봐야 하는데 설마 둘이서 무슨 이상한 짓이야 하겠어? 타라는 베티를 만나러 가기 전에 잠시라도 눈을 붙이고 싶었다.

로빈이 말릴 겨를도 없이 타라는 방을 나갔다.

경비가 있지만 오가는 사람들에게 무관심했다.

일단 복도로 나오자 타라는 잠시 벽에 기대고 서서 혼란스러운 마음과 머리를 진정시켰다. 발라와 다투는 것은 가급적 삼가야 했다. 지금은 적을 만들 때가 아니었다. 타라는 한숨을 쉬었다. 이 세계에서는 쉽게 되는 일이 하나도 없어. 첫사랑까지도 이렇게 얽히다니! 마음을 가다듬으면서 출발하려는 순간 타라는 제레미의 방문을 두드리는 그림자를 봤다. 문이 열리고 불빛에 캐서린의 모습이 드러났다. 타라는 미소를 지으면서 두 사람에게 행운이 있기를 빌었다.

제레미가 잠이 들려는 순간 노크 소리가 났다. 파브리스에게 일어난 사건 때문에 제레미는 경계를 하면서 문을 열었다. 눈앞에 서 있는 사람을 보는 순간 제레미의 얼굴이 밝아졌다.

"캣!" 제레미가 반갑게 말했다. "웬일이야?"

"들어가도 될까?"

"물론이지! 어서 들어와!"

제레미가 캐서린을 들어오게 하고 문을 닫았다.

캐서린이 단도직입적으로 말했다.

"아더월드에 대해 잘 알지?"

"잘 안다고 하긴 좀 그래. 아더월드에 온 지 여덟 달밖에 안 됐거든. 나는 지구에 있는 영국이라는 나라에서 살았고, 양부모 밑에서 자랐는데 농부들이셨어. 나의 친부모님은 마법사들이었는데 나를 인간 무기로 만들어서 악마들을 물리치려고 하는 한 드래곤에게 쫓기고 있었기 때문에 나를 농부들에게 맡기고 떠나셨대. 그래서 부모님을 찾으려고 아더월드에 왔지만 아직 못 찾았어."

너무 복잡한 설명을 들으면서 캐서린이 이해하려고 애를 썼다.

"농부? 땅을 경작하는 우리의 늑대인간들처럼?"

"응. 지구에서는 인간이 농사를 지어."

"그럼 너도 드래곤들을 위해 일했어?"

"아니. 드래곤은 아더월드의 주인이 아냐. 그리고 나는 마법을 되찾은 뒤로는 일하지 않아. 지금은 한가하기 때문에 부모님을 찾는 중이고. 부모님을 찾고 나면 오무아 제국의 여제를 섬기는 수석조수가 될 생각이야."

"바깥세상은 어떤지 알고 싶어."

제레미는 캐서린을 앉히면서 소녀가 자기가 알고 싶은 것에만 관심을 보이는 것에 약간 실망했다. 그렇지만 아더월드에 와서 배워야 했던 것과 발견한 것들, 아더월드 사람들과 얽히고설킨 일화들을 얘기했다. 캐서린도 금지된 대륙에서의 생활, 미친 드래곤들의 공격, 동족을 잡아먹는 광기를 근절시키려는 붉은 여왕의 노력에도 불구하고 계속되는 위험에 대해 들려주었다.

부모님이 알 수 없는 죄, 아니 말해주려고 하지 않는 죄를 짓고 금지된 대륙으로 추방되었기 때문에 캐서린은 이 대륙에서 태어났다. 붉은 여왕이 캐서린에게는 늑대인간으로 변신하는 것을 허락하지 않기 때문에 처음에는 너무나 슬프고 괴로웠지만 소녀는 이제 웬만큼 적응하고 있었다. 제레미와 캐서린은 오랫동안 얘기했다. 묵직하게 위에 얹혀 있던 돌덩어리가 천천히 내려가는 느낌이랄까, 캐서린은 지옥에 있다가 한순간 천국에 와 있는 느낌이 들었다.

평소에 표정이 어둡던 제레미의 얼굴도 환해져 있었다. 제레미는 소녀의 커다란 까만 눈을 보면서 옥구슬 구르는 것 같은 웃음소리를 듣는 것만으로도 감옥, 금지된 대륙, 미친 드래곤을 까맣게 잊었다.

마침내 2시간쯤 후, 캐서린이 한숨을 쉬면서 일어났다.

"고마워. 네 덕분에 보낸 이 순간을 내가 얼마나 고마워하는지 모를 거야. 부모님이 내가 없어진 것을 알고 걱정하시기 전에 이제 가봐야 해. 내일 봐!"

제레미가 붙잡으려는 순간 캐서린이 재빨리 소년의 뺨에 입맞춤을 했다.

캐서린이 방긋 웃어주고는 문으로 향했다. 그때 문이 벌컥 열렸다. 키가 훤칠한 40대의 남자가 서 있는데 화가 많이 난 얼굴이었다.

남자의 얼굴에 그간 겪었던 정신적, 육체적 고통의 흔적이 역력했다. 갈색 머리와 까만 눈에서 캐서린의 얼굴이 연상되었다.

"캐서린! 밤에는 복도를 돌아다니지 말라고 내가 그렇게 말했는데! 위험하다니까!"

"아빠?"

아버지? 제레미가 불안한 얼굴로 스쿠프를 힐끔 쳐다봤다. 맙소사, 일이 복잡하게 꼬이네!

캐서린의 아버지는 알 수 없는 죄를 짓고 추방되는 바람에 이 지옥 같은 대륙에 가족과 함께 갇혀 있는 거라고 했는데……. 침을 삼키면서 벌떡 일어난 제레미는 변명을 늘어놓으면서 용서를 구했다. 그런데 남자는 제레미가 아니라 딸 캐서린에게 화를 내고 있었다. 제레미가 용기를 내고 말했다.

"나는 지구인입니다. 아니, 정확하게 말하면 내가 마법사라는 걸 알게 된 날까지 영국의 솔즈베리 부근에 있는 농가에서 자랐습니다. 캐서린은 지구와 아더월드에 대해 알고 싶어서 나를 찾아온 것이니 야단치지 마십시오."

남자가 성난 얼굴로 제레미를 쳐다봤다.

"자네는 여기서 무슨 일이 일어나고 있는지 전혀 모르고 있군. 나는 내 딸이 그까짓 호기심 때문에 목숨을 가볍게 여기게 둘 수 없……."

남자의 얼굴이 갑자기 굳어지더니 제레미를 유심히 쳐다봤다.

"스톤헨지 부근의 솔즈베리를 말하는 건가? 농부들이 키워줬다고? 자네 이름이 뭔가?"

"제레미렝비레 발 드레구스입니다."

창백해진 남자가 지구소년을 향해 달려왔다. 겁을 먹은 제레미가 뒷걸음치면서 주먹을 날릴 준비를 했지만, 남자는 알아듣지 못할 말을 중얼거리면서 소년을 뜨겁게 끌어안았다.

캐서린과 제레미가 놀란 눈길을 주고받았다.

마침내 남자가 포옹을 풀면서 눈물을 닦은 다음 제레미의 어깨에 손을 얹은 채로 딸을 향해 돌아섰다.

"딸아, 제레미가 우리와 함께 억류되어 있으니 오늘은 행복하면서도 아주 슬픈 날이구나. 그래도 얼마나 행복한지 기쁨을 감출 수가 없어."

"하지만 아빠!" 캐서린이 외쳤다. "무슨 일인지 설명해줘야죠?"

"캐서린, 네 오빠를 소개하게 되어 아빠는 정말 행복하구나!"

캐서린의 아버지가 활짝 웃는 얼굴로 말했다.

21
작전

군대를 동원해서 싸울 필요 없이
적을 물리치는 것이 가장 좋은데……

*

 셈나샤오비로다인트라쉬부를 대번에 알아본 알리아는 증오심에 사로잡혀서 숨이 막힐 지경이었다. 그들 부부를 끝없이 추적했고, 유전자를 조작했고, 이 금지된 대륙에 가두고 지옥 같은 생활을 하게 만든 괴물(「드래곤의 배반」의 결말 부분. 알리아는 셈이 범인이 아니라는 걸 알 길이 없었다. 그래서 지금 엄청난 실수를 저지르려 하는데……)! 사랑하는 첫 아들 제레미를 포기하지 않을 수 없게 했고, 사랑하는 딸을 노예로 살게 만든 괴물이 바로 셈나샤오비로다인트라쉬부가 아닌가!

 농부들의 집(타라가 제레미를 발견했던)에 아들을 맡기는 것이 안전하다고 믿고 영국에서 도망친 알리아와 델은 아더월드의 두

위성 중 하나인 마딕스로 피신했다. 그러나 불행하게도 아들을 살아 있는 무기로 만들기 위해 유전자까지 조작했던 드래곤의 눈을 피할 수 없었다. 드래곤은 그들 부부를 찾아내서 또다시 납치했다. 알리아는 아들을 감춰놓은 곳을 알아내기 위해 고문할까 봐 두려웠지만 드래곤은 이미 알고 있었다. 그들의 도피는 헛수고가 되고 말았다. 파충류 괴물은 부부를 이 대륙에 가두었고, 여기서 캐서린이 태어났다.

이제 복수의 시간이 온 것이었다. 알리아가 양동이의 물을 비우자 물의 원소가 옆에서 둥둥 떠다녔다. 알리아는 정원사 몰래 훔쳐온 독극물을 양동이 바닥에 쏟고 톡 쏘는 맛을 감추기 위해 포도주를 섞었다. 이 정도면 치사량이었다.

셈나샤오비로다인트라쉬부가 마침내 저지른 죄의 대가를 치르게 되는 거야.

소리 없는 그림자처럼 알리아가 감옥으로 들어갔고, 그레이 드래곤들은 청소하러 왔다고 생각하고 그녀를 통과시켰다. 옆에서 둥둥 떠서 따라오는 물의 원소 덕분에 의심을 사지 않았던 것이다.

그런데 그 괴물이 다른 드래곤과 같이 갇혀 있어서 알리아는 머뭇거렸다. 알리아는 두건을 뒤집어쓰는 것으로 얼굴을 감추고 있었다. 그러나 셈나샤오비로다인트라쉬부에게 독이 든 포도주를 주려면 알리아가 얼굴을 드러내야 할 텐데…… 그러면 함께 있는 드래곤이 목격자로서 그녀를 고발할 것이 틀림없었다.

복수심 때문에 눈이 멀어서 무고한 드래곤까지 죽일 수는 없지 않은가. 셈나샤오비로다인트라쉬부가 노란 눈으로 내려다봤을 때 알리아는 증오심이 끓어올랐다. 그래도 할 수 없지. 위험을 무릅쓰는 수밖에.

알리아가 독이 든 포도주 한 바가지를 퍼서 철창 사이로 내밀었다.

"여왕께서 자는 데 도움이 될 거라면서 포도주를 보내셨어요."

알리아가 억양 없는 목소리로 말했다.

셈나샤오비로다인트라쉬부가 눈을 깜박거렸다.

"허허!" 셈이 빈정거리는 투로 말했다. "나한테 포도주를 보내다니 성의는 정말 고맙지만 정신이상자가 보내는 것은 아무것도 마시지 않겠소. 포도주를 도로 가져가서 내가 방금 한 말을 그대로 전하시오."

"셈!" 샤름이 외쳤다. "그러다 또 무슨 봉변을 당하려고…… 여왕을 자극하는 일은 삼가야 해요."

"샤름, 그 드래곤은 경기장에서 우리를 죽일 생각이었어요. 따라서 내가 그 드래곤을 정신이상자라고 하든 미치광이라고 하든 문제될 것 없소. 살루에게 어떻게 했는지 당신도 봤잖아요? 같은 운명을 겪느니 나는 차라리 죽음을 택하겠소."

포도주를 들고 있는 알리아의 팔이 떨렸다. 셈이 방금 한 말이 귀에 꽂혔다. 여왕의 포도주를 마시느니 차라리 죽음을 택하겠다고? 살루와 같은 운명을 겪는 것이 죽기보다 더 싫단 말이지?

그러자 샤름이 포도주를 향해 다가왔다.

"나는 좀 마셔야겠어요. 정신이상자가 보낸 것이든, 미치광이가 보낸 것이든 난 포도주 향이 너무 좋아서 참을 수가 없네요."

샤름의 주둥이가 바가지에 닿는 순간 알리아가 바가지를 홱 빼다가 철창에 부딪히면서 액체가 엎질러졌다.

"됐어요. 여왕에게 그대로 전하죠."

샤름의 항의에 아랑곳없이 알리아가 돌아섰다. 그래, 죽기 전에 내가 고통을 주지. 내가 받았던 만큼 돌려주겠어. 미쳐서 죽게 해주지. 이제 붉은 여왕의 거처에 있는 그 약을 손에 넣어야겠어.

타라는 슬그머니 여왕의 거처를 향해 출발했다. 가는 길에 이상하게도 스쿠프들이 타라가 가는 반대 방향만 촬영하고, 경비들도 등을 돌리고 있었다. 음모기 효력을 발휘하는 것인가? 여기서는 이느 쪽으로든 똘똘 뭉쳐야지 섣불리 반대했다가는 쥐도 새도 모르게 죽을 텐데 당연히 협력할 수밖에 없지 않을까?

여왕의 거처 앞에 이른 타라가 불안한 마음으로 문을 두드리면서 혹시 여왕이 직접 문을 열어줄 경우 둘러댈 말을 궁리했다. 그러나 베티가 나타났기 때문에 안도했다.

"어서 와." 베티가 타라를 들어오게 했다. "그분이 와 있어."

"그분이 누군데? 여왕은 어디 갔어?"

타라가 조심스럽게 물었다.

"급한 일이 있어서 나갔어. 여왕에게 대항하는 주요 파당 중 하나가 여왕이 장벽의 열쇠를 갖고 있다는 걸 알았거든. 그 파당은 협상을 원하고 있어. 그 때문에 내가 연락한 거야. 아마 우리가 방해 없이 말할 수 있는 유일한 기회일 거야. 우리의 대장님을 소개해줄게. 틸 장군님, 오무아의 후계자 타라 덩컨입니다."

늑대인간이 타라에게서 눈길을 떼지 않은 채 허리를 굽혔다. 금빛 눈에 키가 크고, 머리는 거의 백발이었다. 어깨 넓이를 보면 인간이 사용하는 문으로는 드나들기가 쉽지 않을 것 같았다.

"베티가 오무아의 후계자인 덩컨 양은 믿을 만하다고 장담했지. 베티를 구출하기 위해 군단을 이끌고 왔다고?" 장군이 단도직입적으로 말문을 열었다.

"베티가 억류되어 있는 것은 전적으로 내 잘못이니까요." 타라가 솔직하게 말했다. "그런데 이곳의 상황을 알게 되면서 임무가 확대되었어요. 장군님의 국민은 남의 잘못 때문에 고통을 받고 있습니다."

"그건 그렇지." 장군이 긍정했다. "이 대륙으로 오면서 작전은 세웠겠지?"

"우리는 장군님의 국민이 여기 있다는 것에 대해 전혀 모르고 있었어요. 그래서 베티의 위치를 알아내서 구출할 계획만 세웠어요. 그런데 우리 측의 드래곤 둘이 배신하는 바람에 작전을 실패하게 되었지요. 마법을 사용할 수 없기 때문에 속수무책입니다. 목걸이를 제거할 방법이 있을까요?"

타라는 그 말을 하면서 눈살을 찌푸렸다. 이제는 급기야 마법이 없으면 아무것도 할 수 없다는 걸 인정하는 말이 입에서 술술 나오네!

"그레이 드래곤들만 목걸이를 풀 수 있지. 우리를 도와주기로 한 드래곤들의 도움을 받아서 별짓을 다했지만 아까운 목숨만 많이 잃었어. 그리고 그레이 드래곤은 단 한 놈도 우리 편으로 끌어들이지 못했어……. 여왕을 너무 두려워하거든."

"휴! 궁전에서 도망치면 목걸이의 경보 장치가 작동하나요?"

"그렇다고 봐야지. 도시 주위 반경 1킬로미터 이내에서는 목걸이가, 그 이상일 때는 늑대인간 농부들에게 발각되니까. 목걸이는 궁전의 에너지 영역으로 들어오면 다시 작동하지. 여왕을 죽이거나 독극물을 먹여봐야 그것도 소용없어. 여왕이 죽으면 모든 목걸이가 폭발하니까. 파괴 기능이 작동되지 않을 정도로 궁전에서 아주 멀리 떨어진 데서 여왕이 죽지 않는 한.”

타라가 자신도 모르게 감탄한 얼굴로 고개를 끄덕였다.

“여왕이 아주 철두철미하군요. 정신병에 걸려 있어서 몹시 위험한 데다 아주 영리하기까지…… 정말 대단하네요.”

베티와 틸이 심각한 표정으로 마지못해서 고개를 끄덕였다.

“우리가 제일 먼저 해야 할 일은 목걸이의 기능을 정지시키는 것이네요. 여왕이 리모컨을 갖고 있는 것으로 아는데요?”

베티가 앞으로 걸어가 꽃문양으로 장식한 벽을 건드리자 벽이 스르르 열렸다. 방이 나타나고 수천 개의 검은색 리모컨뿐만 아니라 십여 개의 초록색 병이 보였다. 타라가 손가락으로 유리병들을 훑으면서 물었다.

“여기서는 리모컨을 작동할 수 없지?”

“불행하게도 그래.” 베티가 대답했다. “인간이나 늑대인간이 대상을 정하지 않은 채로 리모컨을 건드릴 경우 그 목걸이를 걸고 있는 자와 함께 폭발해버려. 원격조종장치라서 리모컨 하나로 천 명 이상의 노예를 조종할 수 있고, 목걸이마다 비밀번호가 새겨져 있어.”

베티가 자신의 목걸이를 타라에게 보여주었다. 타라가 단순한 문양이라고 생각했던 것이 사실은 숫자였고, 붉은 여왕이나 그

부하들이 알아볼 수 있도록 아주 또렷했다.

"그럼 마법을 사용하면?"

늑대인간이 탐탁지 않은 듯 입을 비죽거렸다.

"아나자시족은 마법을 쓰지 않아. 변형형질을 지닌 유전자가 몇 세대를 걸쳐 후손들에게 전해지면서 우리가 늑대인간이 된 것이니까. 학자들은 그 때문에 우리의 마법 능력이 억제되어 있다고 추측하고 있지. 이 대륙에 있는 몇 명 안 되는 마법사와 우리를 도와주려고 했던 드래곤들도 목걸이를 걸고 있기 때문에 마법을 사용할 수 없고."

타라는 생각에 잠긴 얼굴로 방을 살폈다. 경기장의 격투 장면과 처벌을 받는 살루를 떠올리는 타라의 머릿속에서 여러 가지 생각이 교차했다. 타라는 가장 가능성 있게 느껴지는 것을 기억해두었다.

타라가 작전을 털어놓았을 때 베티와 틸의 눈이 휘둥그레졌다. 그런 작전은 생각조차 해본 일이 없는 것 같았다. 하긴 '매직 6총사'에 대해 들어본 적이 없을 테니!

"걔들이 그걸 할 수 있다고 생각해? 그럼 너는? 네가 위험에 빠질 수도 있어. 어앙은 의심이 들면 가차 없이 너를 죽일 거야."

"우리는 훨씬 더 위험한 적과도 맞서 싸웠어. 이 행성이 우리에게 놓은 함정에서 빠져나가기 위해 무한한 상상력을 동원해서 엄

청나게 머리를 쓴 거야. 두렵지 않다고…….''

타라가 말꼬리를 흐렸다.

"물론 두렵지 않다고 말하면 거짓말이겠지. 나도 두려워. 하지만 이런 종류의 상황이 반복되다보니까 어느 정도 적응이 됐는지 불안감이 약해졌어."

베티가 무의식적으로 상처를 문질렀다.

"소피라는 작가가 쓴 이 모험이 다 사실이라는 뜻이야? 드래곤의 공격을 받았을 때 네가 걸었던 민투스 주문이 깨지면서 너의 마법 능력…… 그리고 내가 재미있다고 생각했던 책들이 기억났어."

타라가 윗입술을 실룩거렸다.

"모든 것이 사실 이상이지. 독자들에게는 스릴이 있지만 직접 싸워야 하는 나와 친구들은 정말 죽을 맛이거든. 영혼 약탈자와 맞서 싸운다면 붉은 여왕은 아마 2초도 버티지 못할 거야. 어쨌든 나는 절대로 실패하지 않아. 내 고모가 지금쯤 약속된 시간에 나를 데려가기 위해 장벽을 부수고 있을 거야. 물론 드란보우글리스펜쉬르에서 파견된 드래곤들도 장벽을 방어하기 위해 사력을 나하고 있겠지. 나는 미친 드래곤들이 방화와 살육으로 아더월드를 혼란에 빠뜨리는 걸 원치 않아. 드란보우글리스펜쉬르와 아더월드의 전쟁은 끔찍한 살육전이 될 거야. 나는 여기서 나가야 해!"

틸 장군이 뚫어져라 쳐다보다가 얼굴을 찌푸렸다.

"나는 이제껏 우리 아나자시족이 도저히 빠져나갈 수 없는 함정에 걸려들었다고 생각했는데 덩컨 양의 말을 듣고 보니 놈들이 더 이상 끔찍하게 느껴지지 않는군. 두 세계가 전쟁을 벌이면! 휴! 그건 대재앙인데!"

"겁주지 마세요." 타라가 한숨을 쉬었다.

"그런데 그 작전은 몇 가지 보완할 게 있다." 틸 장군이 말했다.

틸 장군이 부족한 점들을 지적하면서 신속하게 작전을 보완했다. 틸은 치밀하게 전술을 짜는 전략가가 아니라 미친 여왕을 위해 온갖 종류의 적과 싸우면서 화려한 경력을 쌓은 노련한 전사였다. 생존에 대한 본능과 뛰어난 감각이 주무기라고 할까. 그들이 회의를 끝냈을 때 그 작전은 이제 더 이상 허술한 점이 없었다. 아직은 '만약의 경우', '아마'가 좀 많지만 실현 가능성이 점점 커지고 있었다.

틸 장군이 부하 한 명을 불러들여서 그 작전을 타라의 친구들에게 알리게 했다.

"우리 국민에게도 희망의 빛이 보이는군." 타라가 나가려는 순간 장군이 말했다. "행운을 빌겠다."

"고맙습니다, 장군님. 나도 행운을 빕니다." 타라가 진지하게 화답했다.

스르르 잠에 빠져들던 칼은 뺨에 닿는 뜨거운 입술을 느꼈지만 꿈이라고 생각했다. 칼이 눈을 떴지만 방이 어둠에 잠겨 있어서 유혹적으로 입맞춤을 한 상대가 누군지 알아볼 수 없었다.

"네 이불 속으로 들어갈게!"

칼은 허스키한 목소리를 대번에 알아차렸다.

엘레아노라!

도저히 믿을 수가 없는 칼은 꿈이라면 깨지 말고 계속되기를 빌었다.

칼은 따뜻한 몸을 두 팔로 끌어안다가 두 손을 움켜잡혔을 때 깜짝 놀랐다.

"그만 해, 칼! 이러자고 온 게 아냐." 성난 목소리가 속삭였는데 정말 후회가 막심하다는 어조였다. "한 경비가 찾아와서 알려줬어. 반란군이 스쿠프의 오디오는 가동하지 않게 했지만 영상은 그대로 전달된다고. 따라서 우리는 포옹하는 척해야 돼. 이러면 여왕이 음모를 꾸미고 있다는 의심을 하지 않고 노예들에게 신경을 끄니까."

언제 또 이런 기회가 있겠어? 나중에 후회하지 않게 칼이 머리를 숙이고 엘레아노라를 꼭 끌어안았다. 놀랍게도 엘레아노라가 가만히 있었다. 와우, 이게 시늉만 하는 거 맞아?

입가에 미소를 담은 칼이 눈을 반짝이면서 엘레아노라의 말에 귀를 기울였다. 그러니까 크산디아르가 조커를 갖고 있었고, 타라가 그 조커를 어떻게 이용할지 방법을 찾았다는 건가? 마침내 작전 개시로구나!

"의심을 살까 봐 방마다 들를 수 없기 때문에 경비가 나와 무아노, 제레미, 로빈의 방에 와서 알렸어. 그래서 나는 너, 무아노는 파브리스를 맡았고, 타라가 로빈에게 작전을 설명할 거야. 크산디아르는 조커 덕분에 이미 알고 있고. 그리고 제레미가 파프니르를 맡았어."

토끼 눈이 된 칼이 소리를 질렀다.

"뭐?"

"쉿!" 엘레아노라가 재빨리 포옹하는 체하면서 칼의 입을 막고 속삭였다.

"그럼 제레미도 파프니르를 껴안아야 하는 거잖아? 그러다 파프니르한테 맞아죽는 거 아냐?"

"가능성이 높지!" 엘레아노라가 한숨을 쉬었다.

둘은 참으려고 했지만 불가능했다. 푸하하하! 깔깔, 깔깔! 칼은 미친 듯이 웃음을 터뜨리면서 그것이 열정적인 애정 표현으로 보이기를 간절히 바랐다.

파프니르가 눈을 번쩍 떴다. 난쟁이들은 엘프들과 마찬가지로 어둠 속에서도 잘 볼 수 있었다. 그래서 제레미가 숨을 죽이면서 다가왔을 때 대번에 알아봤기 때문에 파프니르는 때려눕힐 필요가 없었다.

그런데 제레미가 몸을 숙이고 뺨에 입맞춤을 했을 때 너무나 놀란 나머지 파프니르는 잠시 멍하니 있다가 침대에서 벌떡 일어났다.

"맙소사! 뭐 하는 짓이야?" 파프니르가 소리를 버럭 질렀다.

제레미가 두 손으로 귀를 틀어막았다.

"쉿! 쉿! 제발 소리는 지르지 마! 다 깨우겠어! 부탁인데 네 침대로 들어가게 해줘!"

난쟁이와는 달리 제레미는 아무것도 보이지 않았다. 파프니르가 씨익 웃으면서 발꿈치를 들고 살금살금 제레미를 돌아서 바로 뒤에 섰다.

"잠시만 같이 있으면 돼." 제레미가 침대를 향해 속삭였다. "아주 중요한 일이야."

등 뒤에서 목소리가 물었다.

"아, 그래? 한밤중에 나를 깨울 정도로 중요한 일이 뭔데? 입맞춤하는 게 그렇게 중요한 일이란 말이지? 내 무기를 모조리 압수 당했기에 망정이지 너, 운 좋은 줄 알아!"

제레미가 깜짝 놀라서 돌아섰다. 짓궂은 난쟁이가 그림자처럼 다시 제레미 앞에 가서 섰다.

"왜냐하면……" 제레미가 이번에는 벽을 바라보면서 말했는데 목소리에 절망적인 기미가 있었다. "내가…… 내가 너한테 홀딱 빠졌거든."

어둠 속에서 파프니르가 이마에 세로주름을 잡았다.

"너 뭐 잘못 먹었냐?"

파프니르가 의심이 가득한 어조로 물었다.

제레미가 당혹스러워하며 다시 침대를 향해 돌아섰다.

"장난치지 마. 난 네가 안 보인단 말이야."

"난 보이거든!" 난쟁이가 말했다. "내 방에 침입한 것에 대해 납득할 만한 설명을 해주기 전에는 계속 그렇게 움직여야 할걸! 그리고 무기가 없어도 너 하나쯤은 주먹으로 간단하게 해결할 수 있지. 지난번에 일어났던 일을 벌써 잊어버린 건 아니지?"

제레미가 한숨을 내쉬었다. 스쿠프가 말소리는 들을 수 없지만 입술의 움직임으로 무슨 말을 하는지 쉽게 알아챌 텐데! 따라서 제레미는 이불 속에서가 아니면 설명해줄 수 없었다. 제레미가 침대를 향해 한 발짝 다가갔다. 쯧! 쯧! 쯧! 파프니르의 혀 차는 소리에 제레미가 멈춰 섰다.

"무아노가 지금 파브리스랑 같이 있단 말이야!" 제레미가 심호흡을 하고 나서 말했다. "로빈은 타라랑, 엘레아노라는 칼이랑 같이 있다고! 모두 끼리끼리 모였어. 너와 나만 남았다고!"

난쟁이가 한숨을 푹 내쉬다가 마침내 알아차렸다. 어? 뭔가 좀 이상하네! 이건 알려줄 메시지가 있다는 신호 같은데……. 인간들이란! 그래, 어디 설명이나 좀 들어보자.

파프니르가 어둠 속에서 미소를 지으면서 이불을 톡톡 쳤다.

"진작 말하지 그랬어? 이리 와서 뭘 할 줄 아는지 보여줘."

어둠 속에서 제레미의 얼굴이 빨개졌고, 파프니르는 빙긋이 웃었다. 침대 이불 속으로 들어간 제레미는 난쟁이의 목에 코를 댔다. 놀랍게도 파프니르에게서 꽃향기가 났다. 방금 씻었는지 비누 냄새도 났다. 제레미는 타라의 작전을 설명했다. 그러고 나서 스쿠프 렌즈를 향해 파프니르를 꼭 끌어안았다.

그런데 생각보다 불쾌한 느낌이 들지 않는 것에 제레미는 놀랐다. 상상하고 있던 것처럼 파프니르의 피부는 단단하기는커녕 부드러우면서 탱탱했다.

"맙소사!" 파프니르가 중얼거렸다. "무아노와 파브리스가 왜 만날 붙어다니나 했더니 이제 이유를 알겠어. 생각보다 재미있는걸!"

칭찬으로 받아들여야 하는 건가? 어쨌든 아무 말도 안 하는 것이 더 거북할 것 같아서 제레미가 대꾸했다.

"그랬다면 고마워."

"에이! 이런 건 줄 알았으면 로릭크를 때려눕히지 말걸! 나는 백오십 살밖에 안 됐기 때문에 그때는 이런 민망한 놀이를 하기에는 좀 어렸거든. 너 얼마나 더 내 방에 있어야 되는데?"

"타라는 30분이면 충분할 거라고 생각하고 있어. 타라가 경비를 통해서 알려줬는데 조심해서 접근해야지 까딱 잘못하면 네가 나를 묵사발로 만들 거라고 했어."

"걔가 나를 아주 잘 알거든! 네가 내 방에 들어와서 무슨 짓을 하려는 건지 궁금하지 않았다면 아마 그렇게 했을 거야. 자, 그럼 한 번 더 놀이를 해볼까?"

로빈이 발라에게 살루를 맡기고 방으로 돌아갔을 때 경비가 방문을 열었다.

깜짝 놀란 로빈이 뿔 난 도깨비라도 보듯 늑대인간을 쳐다봤다.

"무슨 일이세요?"

"네 친구 타라 방에 가서 침대 이불 속에 들어가 포옹해. 타라가 우리의 작전을 말해줄 거다. 나는 금방 나가야 해. 내가 메시지를 전하는 동안에는 스쿠프 기능이 정지되니까 빨리 서둘러!"

그렇게 말하고 나서 늑대인간이 재빨리 멀어져 갔다. 벌떡 일어난 로빈이 욕실로 뛰어 들어갔다. 후닥닥 샤워를 하고 양치질도 했다.

몇 분 후, 로빈은 타라의 방문 앞에 섰다. 가슴이 쉬지 않고 콩닥콩닥 뛰었다.

이불 속에서? 오, 예!

방문이 열렸고, 타라는 로빈에게 말할 겨를을 주지 않았다. 타라가 로빈의 뺨에 입맞춤을 하면서 불을 끄고 침대로 잡아끌었다. 이불을 뒤집어쓰자 타라가 얼른 포옹을 풀었다.

타라는 작전을 설명했다. 로빈은 숨이 막힐 뻔했다. 그러면…… 타라가 너무 위험한데. 하지만 선택의 여지가 없지 않은가. 로빈이 갑자기 일어나 앉았다.

"그럼 바이올렛 엘프들에게는 누가 알리지?"

타라가 무릎깍지를 끼면서 속삭였다.

"그들은 우리 작전에 포함시키지 않을 거야. 우리와 같이 싸워본 적도 없어. 그리고 난 발라를 믿지 않아. 발라가 너를 좋아하는 것은 알지만 에레의 딸이란 걸 잊지 말자. 따라서 조심해야 돼."

로빈이 안도의 숨을 내쉬었다.

"너의 작전을 나보고 발라에게 알리라고 할까 봐 겁먹었잖아. 발라는 지금 살루의 머리맡을 지키고 있어. 아픈 드래곤이 있는데 얼마나 거북하겠어."

"뭐? 발라를 포옹하는 게 싫다는 뜻이야? 난 네가 그걸 아주 좋아한다고 생각했는데."

로빈이 소스라쳤다.

"나는 엘프들처럼 적극적이지 못해. 내 몸속에 있는 절반의 인간은 소극적인 면이 더 강하니까. 그리고 발라는 이름난 바람둥이야."

타라가 행복한 소리를 내면서 로빈을 꼭 끌어안았다. 로빈은 다짐하고 있었다. 타라가 건드리지 말라고 하면 털끝도 건드리지 않을 거야.

타라가 "오케이!"라고 할 때까지 기다릴 거야.

백 년이라도 기다릴 각오를 하고 있었다.

무아노가 기지개를 켰다. 파브리스가 어둠 속에서 미소를 지었다. 공식 커플이 된 지 거의 1년이 되었고, 파브리스는 점점 더 무아노를 좋아하고 있었다. 괴물과 싸우면서 목숨이 위태로울 때나 지금처럼 정신병에 걸린 드래곤에게 억류되어 있는 때를 제외하면 파브리스는 지구가 거의 그립지 않았다.

그런데 파브리스는 다른 누군가가 유심히 살피고 있는 것처럼 무아노가 이중으로 보이는 이상한 느낌이 들었다. 게다가 입에서 나오는 말도 자신이 하는 말이 아닌 것 같았다.

"형편없는 작전이야. 그랬다간 타라가 아주 박살이 나고 말 거야. 전부 다 마음에 들지 않아. 최악의 사태를 피할 수 있게 내가 뭔가 해야겠어."

무아노가 긴장했다.

"뭘 하려고? 하지만 나는 우리가 여기서 빠져나갈 수 있는 유일한 방법이라고 생각해. 너한테 아주 좋은 작전이 있다면 몰라도."

무아노의 어조에 빈정거리는 기색은 없었다. 무아노는 정말 착해서 한순간도 파브리스의 자존심을 상하게 한 적이 없었다. 야수로 변신하는 능력 외에도 파브리스보다 마법 능력이 훨씬 뛰어난데도 무아노는 그런 티를 내는 법이 없었다.

"아아…… 머리야." 파브리스가 신음 소리를 냈다.

무아노가 얼른 파브리스의 이마를 만져봤는데 뜨거웠다.

"어머, 열이 나잖아!"

파브리스는 머릿속에서 비웃음 소리가 들리는 것 같았다. 본능적으로 무아노를 빨리 방에서 내보내야 한다는 생각이 엄습했다.

"네 방으로 돌아가." 파브리스가 일어나면서 말했다. "나는 찬물로 샤워해야겠어. 그러면 열이 떨어질 거야."

"나도 같이 갈게." 무아노가 주장했다.

"욕실로? 그럼 나야 좋지!" 파브리스가 피식 웃었다.

"그게 아니라 내 말은……."

당황한 무아노가 말꼬리를 흐리자 파브리스가 대신 말했다.

"혹시 내가 쓰러질까 봐 곁에 있겠다고 하는 거 알아. 글로리아, 그럴 필요 없으니까 방으로 돌아가. 내일 우리는 할 일이 많잖아. 그리고 몸이 안 좋으면 언제든 엔도라에게 도움을 청하라고 베티가 말했어. 이상이 있으면 꼭 그러겠다고 약속할게."

무아노는 물러서지 않으려고 했다. 그러나 파브리스는 그럴 겨를도 주지 않고 무아노를 문밖으로 내보낸 다음 멀어져 가기를 기다렸다가 스쿠프의 렌즈가 미치지 않는 사각 지점에 섰다.

슬그머니 나타난 그림자가 파브리스를 건드렸다. 파브리스가 아무 반응을 보이지 않자 뱀파이어가 빨간 눈으로 뚫어져라 쳐다봤다.

"지금부터 지시를 내리겠다. 너는 타라의 작전대로 따르지 말고 내가 시키는 대로 해."

파브리스의 머릿속이 독살스러운 뱀파이어의 속삭임으로 가득했다.

"복종하겠습니다, 주인님."

"으음, '주인님'? 너 제법 말솜씨가 있구나. 나의 포로 중에서는 누구도 나를 그렇게 부른 적이 없었는데. 귀여운 것, 그 때문이라도 네 목숨을 지켜주고 싶은 생각이 드는구나. 자, 이제 침대로 들어가! 절대로 잊지 말고 내가 지시한 대로 이행해."

침대로 들어간 파브리스가 이마를 만져봤다. 열이 떨어져 있었다. 샤워를 하면서도 뭔가를 잊어버린 것 같은 느낌이 머리에서 떠나지 않았다. 마치 귀찮은 사람 떼어버리듯이 무아노를 쫓아 버렸던 이유를 기억할 수 없는 파브리스는 무아노가 벌써 보고 싶었다.

다음 날 아침은 모두 녹초가 되어 있었다. 그들은 한밤중까지 교대로 살루/소년을 보살피면서 생명에 지장이 없는 체온을 유지하도록 애를 썼고, 마지막으로 베티가 머리맡을 지켰다. 여왕이 재배하는 식물 몇 가지가 있으면 치료약을 만들 수 있다는 알리아의 제안에 베티는 붉은 여왕의 거처로 들어가도록 허락했다. 알리아가 여러 가지 식물을 반죽한 것을 갖고 이내 돌아왔다. 그걸 먹고 살루가 살아나자 베티는 남편 델과 딸 캐서린에게 연락도 하지 못하고 같이 밤샘을 해주면서 약까지 만들어준 알리아에게 감사했다. 몇 분 후, 알리아는 아침 식사라도 가족과 먹어야 한다면서 방을 나갔다.

식당에 들어온 베티가 타라 일행에게 기쁜 소식을 전했다.

"살루가 많이 나았어. 아침에는 얘기도 나눴는데 아주 똑똑한 소년, 아니 드래곤이었어. 나를 잡고 놓아주지 않는 바람에 좀 늦어서 나는 빨리 가봐야겠어."

베티의 목소리에서 놀라움과 기쁨이 느껴졌다. 누군가가 눈물까지 흘리면서 못 가게 붙잡다니, 자신보다 훨씬 힘이 센 늑대인간들 속에서 살아온 베티에게는 처음 있는 일이었다. 살루/소년의 애절한 모습에 베티는 꽁꽁 얼어붙어 있던 가슴이 녹아버렸다. 게다가 살루는 반쪽이 흉측하게 타버린 베티의 얼굴에 개의치 않는 것 같았다. 흉터가 보이지 않는 걸까?

베티는 타라와 친구들에게 말할 겨를도 주지 않고 식당을 나가버렸다. 타라 일행은 서둘러서 아침 식사를 끝내고 늑대인간 감독관 엔도라의 지시를 받으러 갔다.

타라는 여왕의 거처로 가면서 가슴을 졸였다. 혹시 여왕이 뭔가 낌새를 맡았다면?

베티가 아무 일 없다는 표시를 하면서 맞았을 때 타라는 안도의 숨을 내쉬었다. 붉은 여왕의 기분이 아주 좋은 것으로 보아 궁전을 비운 사이에 일어난 일에 대해 전혀 눈치 채지 못한 것 같았다.

"아주 만족스러운 협상을 했어." 여왕이 송곳니를 다 드러내고 웃으면서 의기양양하게 양피지를 흔들었다. "아더월드를 침략할 때 군대를 파견하는 대가로 오무아 대륙의 일부를 받는 것에 그들이 합의했다."

"벌써 세상을 분배하기로 결정하셨단 말입니까?" 타라가 질타를 하는 것 같은 말투로 작전의 1단계를 시작했다. "곰 가죽을 너무 일찍 판 거 아닌가요?"

여왕이 타라를 날카롭게 쏘아봤다.

"곰 가죽을 너무 일찍 팔아?"

"곰은 잡아서 죽이기가 아주 힘든 지구의 동물이에요. 그래서 곰을 죽이기도 전에 가죽을 판다는 말은 아직 확실하게 성공한 것이 아닌데 경솔했다는 뜻이지요. 아더월드에는 군대가 아주 많거든요. 인간, 엘프, 난쟁이, 켄타우로스, 타트리스, 카흠보움의 군대가 모두 연합하면 그 병력은 이루 헤아릴 수 없이 많기 때문에 마마는 그렇게 쉽게 우리를 이길 수 없습니다."

"그건 두고 봐야지!" 여왕이 전혀 동요되지 않았다. "또 다른 충고는 없니?"

"마마는 이 대륙을 통치하세요. 내가 드래곤들을 만나서 마마께서 여기서 한 일을 설명하겠어요. 나에게 처방책을 주시면 그들이 병든 드래곤들을 치료하게 만들겠어요. 그리고 늑대인간들을 풀어주고 자유롭게 살아가게 하세요. 마법을 사용하면 노예가 필요 없으니까요. 나한테 수많은 목숨을 구할 기회를 주세요. 성공적인 전쟁이란 존재하지 않습니다. 악영향은 있기 마련이니까요."

멋진 변론이었다. 붉은 여왕이 귀담아듣지 않으리라는 걸 분명히 알고 있지만 타라는 나름대로 계산이 있었다.

붉은 여왕이 비웃음을 흘렸다.

"하하! 나더러 복수를 포기하라고? 지금 네가 나를 놀리니? 아니, 드래곤들은 피를 흘리면서 죽을 것이다. 그리고 그들이 고통스러워하는 모습을 내가 똑똑히 지켜볼 거야. 이 대륙을 통치하는 방식에 대해 내가 왜 너희 인간들의 허락을 받아야 하지? 드란보우글리스펜쉬르와 아더월드, 두 행성을 가질 수 있는데 내가 뭐 때문에 이 대륙으로 만족해야 하지?"

"마마는 그리 강력하지 않으니까요." 타라가 대담하게 응수했다. "이 목걸이를 걸고 있지 않다면 나 혼자서도 마마를 이길 수 있습니다."

베티가 숨을 죽였다. 타라가 세게 나가고 있었다. 여왕이 눈을 가늘게 뜨면서 몸을 숙였다.

"노예치고는 아주 당돌하구나. 너를 살려두기로 한 결정을 잊기 전에 입 닥치고 있어."

타라가 드래곤의 노란 눈을 똑바로 응시했다. 한 병사가 편지를 가져오는 바람에 결국 여왕이 먼저 눈길을 돌렸다. 그 뒤로 여왕은 신경을 쓰지 않는 척하면서 집무를 보았다. 그러나 타라는 여왕이 힐끔힐끔 곁눈질로 자신을 살피고 있음을 느꼈다. 욕실에서도 여왕이 한마디도 없이 침묵했기 때문에 베티는 불안에 떨어야 했다.

타라에게서 눈길을 떼지 않고 있었기 때문에 붉은 여왕은 타라의 눈길이 크라에토르비르의 반지에 꽂혀 있음을 알아차렸다.

"내 반지를 보고 있구나." 여왕이 갈퀴발톱이 달린 발가락을 흔들면서 말했다. "마왕의 반지였지. 멋지지 않니?"

"지킴이들과 심판관들 때문에 악마의 힘을 지닌 사물들을 감추었던 데미데루스나 최고 마구스들의 후손이 아니면 접근할 수 없는 것으로 아는데요."

타라가 위험을 무릅쓰고 말했다.

"내가 반지를 끼고 있는 것을 보고 그 마지스터라는 인간이 굉장히 화가 났지. 이건 복제한 반지야. 악마들은 사물을 만들면서 악마의 마법을 불어넣기 전에 몇 개 복제를 해놓거든. 그 일부가 지구와 아더월드에 남아 있지. 나는 생물학자로서 인간 조상들의 유전자와 골격을 연구해왔고, 안개 대양 부근에서 발굴 작업을 하던 중 수천 년 전에 살았던 한 남성의 손가락에서 이 반지를 발견했지. 그 사실을 알아차린 드래곤들이 악마의 힘을 지닌 다른 사물들처럼 감춰놓기 위해 내놓으라고 명했지만 나는 거절했어. 내 발가락을 자르지 않고는 반지를 빼앗을 수 없었지. 내가 내놓을 수 없다고 필사적으로 버텼으니까. 그래서 그들이 나를 미쳤다고 선언하면서 이 대륙에 가둬버렸던 거야. 처음에는 분노와 불안, 고통 때문에 내가 정말 돌았지. 그러던 중 칼리르 꽃 덕분에 차츰 정신을 차리게 되었어. 그러나 그 사이에 나는 이미 수많은 드래곤과 다른 종족을 학살한 뒤였지. 따라서 나는 이 대륙의 질서를 회복시키는 것을 시작으로 농부들에 대한 공격을 근절시키기 위해 노력했다. 그리고 인간의 신진대사에 대한 연구를 하면서 인간에게 잠재된 늑대인간의 유전자를 발견하게 되었지. 그래서 나는 가능한 많은 인간을 감염시켜서 두 가지 목적을 위한 군대를 만들었지. 하나는 살육을 멈추게 하는 것이 목적이고, 또 하나는 늑대인간에게 드래곤들과 싸우게 함으로써 나를 배신하지 않게 만들려는 것이 목적이었지. 내 형제자매들은 나를 추방한 것을 후회하게 될 거야. 몹시 후회하게 해주겠어."

"그러면 칼리르 꽃이 유령을 유인하지 않는다는 뜻이에요? 이 대륙에는 유령이 없어요?"

여왕이 무슨 말인지 모르겠다는 얼굴로 쳐다봤다.

"무슨 유령?"

타라가 금지된 대륙에 인육을 먹는 유령들이 있다는 얘기를 들었다고 말하자 여왕이 웃음을 터뜨렸다.

"유령이라! 정말 있다면 내 동족들이 벌써 발견했겠지? 아니, 여기서 그런 일은 없었다."

여왕은 또다시 복수, 피, 학살의 망상에 빠졌다.

타라는 그 순간 본국의 드래곤들이 왜 미친 드래곤들이 금지된 대륙에서 나오는 걸 반대했는지 깨달았다. 칼리르 꽃을 복용하면 이성이 돌아오는 것 같지만 그것은 겉으로만 억제되어 있을 뿐 살육에 대한 충동은 그대로 남아 있기 때문이었다.

정오에 그들은 산트라와 샨비와 함께 원형경기장으로 갔다. 여왕이 엘프들과 늑대인간들의 힘을 비교해보기로 결정했기 때문이다.

"늑대인간들이여, 오늘 나는 아더월드 최고의 전사들인 바이올렛 엘프들을 선물로 주게 되었음을 기쁘게 생각한다."

붉은 여왕이 선언했다.

발라와 열한 명의 바이올렛 엘프들이 그림자처럼 기척도 내지 않고 조용히 경기장에 나타났다.

엘프들은 활을 제외하고 모든 무기를 돌려받았지만 목걸이는 여전히 걸고 있었다. 초록빛 모래밭에 같은 수의 늑대들이 나타났지만 목걸이는 걸고 있지 않았다.

엘프들이 장검을 꺼냈다. 무거운 정적이 흘렀다. 모두 은으로 만든 칼이었기 때문이다.

늑대인간 검투사들이 장검을 응시하다가 늑대로 변신했다. 엘프들은 눈썹 하나 까딱하지 않았다. 늑대들이 엘프들을 포위하더니 보이지 않는 신호에 따라 일제히 달려들었다. 엘프들도 현란한 움직임으로 동시에 반격했다. 엘프 열두 명의 고함 소리가 들리는 순간 늑대 열두 마리가 목구멍에 칼을 맞은 채로 쓰러졌다. 늑대들은 엘프를 건드리지도 못했다.

은이 신진대사를 방해하기 때문에 늑대들은 칼을 없애지 않으면 힘을 쓸 수 없었다. 늑대들이 목을 잡으면서 으르렁거리는 사이에 엘프들이 믿을 수 없는 속도로 옷을 벗었다. 그러고는 엘프 두 명이 늑대 한 마리씩을 맡고 벗은 옷으로 묶었다.

그 사이에 칼을 없애는 데 성공한 늑대 여섯 마리가 정신을 차리기가 무섭게 엘프 둘을 때려눕히고 꽁꽁 묶어버렸다. 이제는 엘프 열 명이 남은 늑대 여섯 마리를 공격하고 있었다. 엘프들의 옷이 어떤 재질인지 모르겠지만 늑대의 갈퀴발톱이나 송곳니에 끄떡 않을 정도로 질겼다.

아직은 구별할 수 없지만 타라는 그 무리 속에 늑대들의 대장,

알파 늑대가 있다는 걸 알아차렸다. 결박되지 않은 무리 속에 알파 늑대가 있는 것은 사실이었다. 알파 늑대가 뭐라고 고함을 지르자 남은 늑대들이 뒷걸음치더니 순식간에 다시 인간으로 변신했다.

그리고 옷을 벗었다!

"맙소사, 뭐 하는 거지?" 베티가 중얼거렸다.

"그럴듯하군." 발라가 외쳤다. "멋진 복부 근육이야. 이제 항복인가?"

그러나 그것은 육체적 매력을 과시하는 것이 아니었다. 늑대인간들이 로인클로스로 손을 둘둘 감더니 목구멍에 꽂힌 칼을 뽑아 땅바닥에 던져버렸다. 다른 전술을 시도하려는 것이었다.

그러나 목에서 계속 피가 흐르기 때문에 늑대인간들은 맹수의 본능으로만 싸우고 있었다.

인간의 모습을 하고 있어서인지 늑대인간들이 동물일 때보다 민첩성은 좀 떨어지지만 훨씬 영리했다. 알파 늑대가 엘프들과 상대할 때는 힘보다는 머리를 써야 된다는 것을 재빨리 간파한 것이었다. 이제 그들은 거의 동등한 조건에서 싸우고 있었다.

그러나 늑대는 힘이 더 센 반면에 엘프는 너무 빠르기 때문에 도저히 싸움이 되지 않았다. 늑대가 엘프에게 달려들어서 공격할 때마다 쓰러지는 것은 바이올렛 환영이었으니. 경기장을 완전히 장악한 엘프들이 동에 번쩍, 서에 번쩍, 펄쩍펄쩍 뛰면서 붕붕 날아다니는 듯 믿을 수 없을 정도로 날쌔게 공격을 피했다. 계속 헛발질을 하다 힘이 빠진 늑대인간들이 실수를 저지르기 시작했다.

관중석의 늑대인간들이 광분하면서 엘프들을 향해 소리쳤다.

"비겁한 것들아! 겁쟁이들아! 도망치지 말고 싸워라!"

그러나 발라는 쏟아지는 욕설에 아랑곳하지 않았다. 발라가 부관인 플루르에게 신호를 하자 도망치고 있던 엘프들이 갑자기 휙 돌아서서 경기장의 벽에 기대더니 뒤로 공중돌기를 하며 돌아와서 동시에 알파 늑대를 공격했다. 여기저기 칼에 찔린 알파 늑대는 피투성이가 되었다. 필사적으로 저항하고 있지만 피를 너무 많이 흘려 알파 늑대가 비틀거리고 있었다. 그때 발라의 등 뒤에서 비명 소리와 함께 우지끈거리는 소리가 들렸다. 늑대 하나가 엘프를 잡아서 팔을 부러뜨린 것이었다. 고통 때문에 하얗게 질린 엘프가 가까스로 치명적인 칼을 피했다. 늑대는 다른 엘프가 도와주러 오기 전에 재빨리 갈퀴발톱으로 목을 찔렀다. 바이올렛 엘프가 쿵, 쓰러졌다. 성난 엘프 셋이 달려들면서 치열한 싸움이 벌어졌다. 늑대들이 팔, 다리, 목…… 닥치는 대로 부러뜨리고 있었다.

늑대는 여섯이 제압되었고, 엘프는 넷이 사망했다.

지금까지는 몸을 슬슬 푸는 정도였다는 듯 갑자기 발라가 돌진했고, 눈 깜짝할 사이에 알파 늑대의 심장에 칼을 꽂았다. 알파 늑대가 숨을 헐떡이면서 칼을 뽑는 사이에 발라가 두 번째의 칼을 날렸다. 그러고는 언제 알파 늑대 뒤로 왔는지 발라가 목에 칼날을 들이대고서 외쳤다.

"이제 충분하지 않은가? 중단하지 않겠다면 당장 숨통을 끊어주겠다!"

엘프들의 승리였다. 그러나 이미 죽은 엘프들 외에도 발라가 늑대들의 대장과 싸우는 사이에 엘프 둘이 중상을 입은 상황이었다. 거의 파란 피가 모래밭으로 흘러내리고 있었다.

찬물을 끼얹은 듯 정적이 흐르고 있었다. 관중석의 늑대인간들도 숨을 죽이고 있었다. 마침내 붉은 여왕이 일어났다.

"제법이구나! 알파 늑대를 제압하는 것으로 다른 늑대들의 항복을 받아낼 생각을 하다니! 좋아, 싸움은 끝났다."

여왕이 베티를 돌아봤다.

"알파의 목숨이 위태로울 경우 가차 없이 제물로 바치고 베타들 중에서 후임을 뽑아서 보고해."

"알겠습니다, 여왕님!"

베티가 대답했다.

여왕이 다시 경기장을 돌아보며 발라에게 외쳤다.

"네가 이겼다, 이번만은. 놈의 목을 베든 말든 마음대로 해."

엘프가 망설일 것이라고 예상했다면 여왕이 잘못 알고 있는 것이었다. 발라는 가차 없이 단칼에 늑대의 목을 베었다.

"너, 아주 마음에 드는구나." 붉은 여왕이 중얼거렸다. "마음에 쏙 들어."

내키지는 않지만 타라는 여왕을 자극해야 했다. 발라가 싫어하겠지만 할 수 없지.

"엘프들은 마마의 늑대들을 아주 쉽게 이길 수 있는데 일부러 시간을 끈 거예요. 아주 강력한 전사들이거든요. 저게 진짜 전투였다고 생각하세요? 바이올렛 엘프들에게 늑대 무리는 전투가 아니라 훈련 상대밖에 안 됩니다."

아가리가 타라의 가슴에 닿을 때까지 여왕이 고개를 숙였기 때문에 타라는 뒷걸음치지 않을 수 없었다.

"무슨 말을 지껄이는 거야?"

"이해할 수가 없어요." 타라는 주눅 들지 않고 빈정거렸다. "엘프에 대해 잘 아실 텐데 감옥에 가둬놓지 않다니! 엘프들이 진짜 제대로 싸울 때 어떻게 하는지 아시죠? 엘프들이 늑대인간들을 정말 죽이려고 했다면 은으로 만든 칼날로 목이 아니라 눈을 찔렀을 겁니다. 발라는 아주 영악한 엘프예요. 마마를 속이려고 일부러 자기 실력을 다 보여주지 않은 것인데 눈치 채지 못하셨어요?"

"움직이는 표적을 향해 칼을 날리는 것은 더구나 눈은 아주 작아서 마법이 아니면 거의 불가능한 일이다. 네가 겁을 주려는 것이라면 건방지게 입을 놀린 대가를 치르게 될 것이다, 어린 인간아."

타라는 무례하게 어깨를 으쓱하면서 한술 더 떴다.

"마음대로 하세요. 나의 군대도 아닌데…… 걱정이 돼서 알려드린 거니까요."

여왕이 으드득 턱뼈 소리를 내면서 벌떡 일어났다. 그러고는 잠시 생각을 하다가 경기장을 향해 외쳤다.

"바이올렛 엘프! 타라의 말로는 네가 너희 힘과 실력을 속이기 위해 일부러 나의 늑대들을 봐준 거라고 한다."

어휴! 발라가 무슨 생각을 하고 있는지 물어볼 필요도 없었다. 발라의 살벌한 눈빛, 눈으로 죽일 수 있다면 타라는 그 자리에서 즉사했을 것 같았다.

"대장만 빼놓고 바이올렛 엘프들을 퇴장시켜라." 여왕이 명했다. "지금부터 늑대 다섯과 엘프 한 명이 대적한다. 살고 싶으면 이번에는 제대로 싸워야 할 것이다. 장난 끝!"

부상당한 동료들을 들쳐 업은 늑대인간들이 고개를 떨어뜨린 채 떠나자 엘프들이 죽은 동지들의 다리를 잡아끌면서 경기장을 나가는데 슬픈 노래를 흥얼거리고 있었다. 관중석에 앉은 늑대인간들은 깊은 한숨만 내쉴 뿐 끽소리도 내지 않았다.

부하 엘프들이 떠나고 여왕이 개입하기 전에 발라가 여기저기 떨어져 있는 은제 칼들을 수거하기 시작했다.

발라는 시원하게 기지개를 켠 다음 팔굽혀펴기, 무릎 굽혀 펴기, 좌우 고개 돌리기 등의 스트레칭을 하고, 칼 두 개를 뽑았다.

여왕이 지목한 늑대인간 다섯이 경기장에 등장했다. 앞선 전투를 지켜봤고 여왕이 한 말도 들었기 때문에 그들은 신중하게 두 패로 갈라졌다. 한 무리는 인간 모습으로 칼을 들었고, 또 한 무리는 늑대로 변신했다.

그러나 그 작전은 별로 도움이 되지 않았다. 타라가 예측했던 대로 발라는 진짜 실력을 감추고 있었다. 눈 깜짝할 사이에 날아온 칼 세 개를 맞고 늑대들이 푹푹, 쓰러졌는데 칼들이 머리를 관통한 상태였다. 남은 늑대 둘에게도 행운은 없었다. 심장에 칼을 맞고 종말을 고했다. 칼을 뽑지도 못한 채 숨이 끊어졌다.

아연실색한 여왕이 딸꾹질을 하면서 자리에 앉았다.

"그래…… 타라, 네 말이 맞았어. 네가 왜 나를 도와줬는지 이유는 모르겠지만 받아들이겠다." 여왕이 목소리를 높였다. "엘프, 너는 훌륭한 전사다. 네가 네 부하들을 데리고 내 군대를 훈련시켜라. 세상을 침략하기까지는 여섯 달이 남아 있으니 그 동안에 내 병사들을 훈련시켜. 나를 잘 보필하면 너는 제국 하나를 손에 넣을 수 있을 것이다."

발라가 살기 어린 눈길을 던지고 나서 돌아섰다. 한마디 대꾸도 없이.

"목걸이를 걸고 있는데도 너무 빠르고 강력해서 궁전을 돌아다니게 둘 수 없겠어. 경비?"

"네, 마마?"

"드래곤 포로들과 함께 바이올렛 엘프들을 감방에 가둬라!"

"알겠습니다, 마마."

그레이 드래곤들이 쓰러진 늑대들과 발라를 끌어내고 경기장을 깨끗이 치웠다. 피로 얼룩진 모래밭에 초록색 모래를 새로 깔자 아무 일도 없었던 것처럼 되었다.

"음, 됐군. 타라?" 붉은 여왕이 말했다.

"네, 마마?"

"네가 나보다 강력하다고 계속 주장하는데 어디 그 실력을 보여다오."

"어떻게요?"

"간단해." 여왕이 송곳니를 드러내면서 대답했다. "이번에는 네가 경기장으로 내려가면 되니까."

원형경기장

갈퀴발톱도 송곳니도 없는 인간은 어떻게 싸워야 하나

*

타라가 멍하니 입을 벌렸다. 무슨 말을 하고 싶었지만 인간의 소리라기보다는 아픈 쥐가 찍찍거리는 소리가 나왔다.

"어서 가자!" 베티가 말했다. "가는 길을 알려줄게."

"하지만 나, 나는……." 타라가 중얼거렸다.

"쯧! 쯧! 쯧!" 여왕이 비웃었다. "베티, 내버려둬. 내가 내려가게 할 거니까."

타라가 방어할 사이도 없이 붉은 여왕이 주문을 읊었다. 여왕의 마법이 타라를 움켜잡아서 초록빛 모래밭에 내려놨다.

질겁한 타라가 주위를 둘러봤다. 작전을 짜면서 이런 상황을 어느 정도 예상은 했지만 상상과 실전은 완전히 다르지 않는가.

이어서 목걸이가 찰칵, 하면서 풀렸을 때 타라는 내심 쾌재를 불렀다.

타라가 몹시 놀라면서 당황하는 연기를 했다.

"이게 어떻게 된 거죠?"

연기라는 걸 전혀 눈치 채지 못한 여왕이 뭔가를 흔들면서 큰 소리로 대답했다.

"이것은 너의 친구들, 드래곤, 엘프, 인간들, 티그족, 난쟁이의 목걸이를 조종하는 리모컨이다. 지금 그들은 숙소에 갇힌 채 철통같은 감시를 받고 있지. 나의 늑대들에게 마법을 사용하는 것은 허락하지만, 나를 제압하거나 주문을 날릴 경우 이 리모컨이 자동으로 작동해서 네 친구들의 머리가 폭발할 것이다. 그것으로 충분치 않을 경우를 생각해서 이 경기장에 있는 모든 늑대인간의 목걸이를 조종하는 리모컨도 갖고 있지. 나는 너의 그 어리석은 감상적인 성격을 믿어. 내가 확보한 너에 대한 보고서에 따르면 너의 따뜻한 가슴과 헛된 살육은 어울리지 않거든."

여왕의 말에 늑대인간들로 가득한 관중석이 얼어붙은 듯 고요해졌고, 모든 눈길이 타라에게 쏠렸다. 어린 인간이 대체 누구기에 여왕이 저토록 신중을 기하는 거지? 하는 얼굴이었다.

"알아들었니?" 여왕이 마지막 말을 날렸다.

타라의 얼굴이 침울해졌다. 저 드래곤이 나를 너무 얕보는 거 아냐? 타라는 여왕이 친구들을 인질로 삼을 거라고 예상했고, 모두 위험을 무릅쓰겠다고 수락했다. 이제는 옳은 결정이었는지 아니었는지 확인할 때였다. 아니라면 수많은 사람이 목숨을 잃는 것이었다. 사랑하는 로빈과 최고로 멋진 친구들까지.

타라는 마법의 힘이 몰려오는 걸 느꼈다. 마치 너무 오랫동안 억누르고 있어서 화가 났다고 할까. 저 레드 드래곤은 스펙터클을 원하겠지? 좋아, 그렇게 해주지! 트럼펫 소리가 울리자 늑대 다섯이 경기장으로 뛰어 들어왔다. 타라는 입 안의 침이 마르는 거 같았다. 휴! 가까이에서 보니 몸집이 훨씬 컸다. 왜 항상 다섯일까? 숫자 5를 특히 좋아하기 때문에? 그게 아니면 뭐지?

"내 귀염둥이들, 나를 위해 그 아이를 죽여라!" 여왕이 외쳤다.

맙소사! 마지스터나 여왕 같은 정신이상자들은 왜 하나같이 죽이는 걸 좋아할까?

늑대인간들과 드래곤들의 눈길을 받으면서 타라는 마법의 힘이 주먹으로 몰려들기를 기다렸다. 주먹에서 마법의 빛이 번쩍거렸다. 그리고 늑대 다섯이 에워싸는 순간 작전을 개시했다.

눈빛이 새파래지고 흰 머리털이 찌지직거리다가…… 타라의 마법이 경기장 전체를 후려쳤다. 발밑에 떨어져 있는 목걸이까지.

드래곤들이 경기장 주위에 걸어놓은 마법의 방어막이 순식간에 뚫렸다.

마법의 빛에 휩싸인 늑대인간들과 드래곤들이 질겁한 얼굴로 비명을 지르다가 새끼늑대와 새끼드래곤으로 둔갑하기 시작했다!

경기장에서도 귀여운 새끼늑대들이 강아지처럼 멍멍 짖어대면서 짧은 다리로 타라를 잡겠다고 팔짝팔짝 뛰어다녔다. 살루가 어린 소년으로 둔갑했을 때처럼 너무 큰 목걸이들이 떨어졌지만 폭발하지 않자 자유로워진 새끼늑대들이 작은 이빨로 목걸이를 잘근잘근 깨물고 있었다. 대비를 하고 있었는지 붉은 여왕과 쌍둥이 그린 드래곤, 베티만 아무 변화 없이 멀쩡했다.

너무 놀란 여왕이 미처 리모컨 버튼을 누르지 못한 걸까? 사실은 리모컨을 바닥에 떨어뜨린 것이었다. 여왕의 지시를 받은 베티가 리모컨을 찾아서 내밀었다.

그때 타라가 얼굴을 핥으려고 하는 새끼늑대를 붙잡아 안고서 여왕을 향해 돌아섰다.

"나는 죽이는 걸 좋아하지 않아요. 더구나 마마의 기쁨을 위해서는 죽이지 않을 겁니다."

타라는 버둥거리는 새끼늑대를 내려놓고 꼿꼿하게 서 있었다.

"아주 인상적이었다. 과연 네 마법 능력은 특출하구나." 붉은 여왕이 인정했다. "내 늑대들에게 본래의 모습을 돌려주어라. 너에 대한 테스트는 끝났다."

"그럴 수 없습니다." 타라가 차분하게 대꾸했다.

여왕이 벌떡 일어났다.

"뭐라?"

"내가 병이 났었는데 그 몇 달 동안 내 마법 능력이 없어졌지요. 산트라와 샨비에게 확인해보세요."

여왕이 쳐다보자 쌍둥이가 머리를 끄덕였다.

"그래서 이제는 마법의 양을 많이 방출하면 다시 마법을 사용하기까지 시간이 좀 흘러야 하지요. 따라서 주문을 되돌릴 수가 없습니다. 드래곤들에게는 거짓말을 알아보는 제6감각이 있으니까 나를 잘 살펴보세요. 나는 진실을 말했으니까요."

타라는 큰 도박을 하고 있었다. 하지만 늑대들에게 본래의 모습을 돌려주면 작전을 실패하는 것이기 때문에 마법을 사용할 수 없다고 한 말 자체는 거짓이 아니었다. 여왕이 궁전을 지키고 있는 다른 늑대들을 불러들이는 사이에 탈출하는 데 필요한 시간을 벌고 여건도 마련해야 했다. 타라는 여왕이 영악하지만 미쳤다는 점에 기대를 걸고 있었다. 거짓말을 알아내는 탁월한 능력이 있다고 여왕을 추켜세운 것도 속임수였다. 전혀 어렵지 않은 일이라는 걸 알면서도 셈 선생님이 친구들을 돕지 못하게 막았을 때 몇 번 거짓말한 적이 있는 타라는 드래곤들의 심리를 이용하고 있는 것이었다.

"그거 재미있구나." 여왕이 말했다. "마법 능력이 돌아오려면 얼마나 걸리지?"

"모르겠습니다, 마마. 장벽을 파괴할 뻔한 뒤로 처음 사용했으니까요. 스물여섯 시간에서 쉰두 시간 정도 걸리는 것 같아요."

"목걸이를 다시 걸어."

타라가 목걸이를 걸자 찰칵, 채워졌다. 여왕이 주문을 읊었고, 마법으로 타라를 움켜잡아서 옆에 데려다 놨다.

여왕이 크리스털 볼에 대고 뭐라고 속삭였다. 얼마 후에 도착한 늑대인간 병사들이 새끼늑대들로 가득한 관중석을 보면서 눈이 휘둥그레졌다. 늑대인간 병사들이 뛰어들어와서 새끼늑대들을 집결시키려고 했지만 쉽지 않았다. 베티가 전혀 동요하지 않고 있는 반면에 타라는 까불거리며 돌아다니는 어린 동물들을 잡으려다 넘어지는 늑대인간들의 모습에 웃음을 참느라고 몇 번이나 입술을 깨물어야 했다.

그 광경을 지켜보면서 여왕이 옥좌 팔걸이를 신경질적으로 탁탁 치고 있을 때 지휘관으로 보이는 병사가 헐레벌떡 달려와서 보고했다.

"마마, 목걸이들을 수거하고, 새끼늑대들 일부를 붙잡았습니다만 워낙 작아서 몇 놈이 구멍으로 빠져나가는 바람에 어디로 갔는지 모르겠습니다."

탁탁, 치는 소리가 점점 커지자 지휘관이 뻣뻣하게 굳었다.

"이 경기장에서 죽고 싶지 않으면 빨리 붙잡아라." 여왕이 냉랭한 어조로 말했다. "새끼로 둔갑한 늑대와 드래곤들을 모두 한곳에다 몰아넣어야 한다. 타라가 다시 마법을 사용할 때까지. 작은 목걸이가 없으니까 가둬놓고 철저하게 지키란 말이다. 알았나?"

"잘 알겠습니다, 마마. 즉시 시행하겠습니다."

여왕의 불같은 성질에 당장 죽는 줄 알고 벌벌 떨던 지휘관이 내가 아직 살아 있는 거 맞지? 하는 얼굴로 잽싸게 사라졌다.

여왕이 타라를 돌아봤다. 눈을 뚫어져라 쳐다보다가 말했다.

"나는 너를 믿지 않아."

타라는 가슴이 조마조마했다. 지금이 작전 중에서 가장 위험한 과정이었다. 이 단계에서는 절대로 흔들리지 말고 압력에 굴복하면 안 돼.

"타라의 친구인 블루 드래곤을 데리고 와!" 여왕이 크리스털 볼에 대고 명했다. "경기장에 있는 드래곤들에게 작은 사고가 났으니 다른 그레이 드래곤들을 보내라!"

타라는 작전의 2단계를 개시할 뻔했지만 적절한 때가 아니었다. 늑대들 옆에 목걸이가 있었다. 여왕을 공격해서 죽일 경우 수많은 늑대인간들은 물론이고 친구들도 위험해지는 것이었다.

타라는 자신에게 여왕이 끔찍한 선택을 해야 하는 상황을 만들지 않기만 바라고 있었다.

감옥을 지키기 위해 남아 있던 그레이 드래곤들이 셈을 끌고 왔다. 블루 드래곤 셈의 안색이 좋지 않았지만 꼿꼿이 서서 여왕에게 거만하게 외쳤다.

"이번에는 나를 제대로 괴롭힐 방법을 찾았나? 또 말도 안 되는 헛소리를 들어야 하는 것인가?"

여왕의 눈빛이 번뜩여서 타라는 고함을 지를 뻔했다. 감옥에 갇힌 셈 선생님에게는 작전을 알릴 수가 없었다. 경기장을 난장판으로 만든 사람이 타라라는 걸 눈치 채고 셈 선생님이 신중한 태도를 보이면 좋으련만……

붉은 여왕이 비늘로 덮인 주머니에서 뭔가를 꺼냈다. 초록색 액체가 든 병이 햇빛에 반짝거렸다. 붉은 여왕이 셈에게 외쳤다.

"이게 뭔지 모르겠지? 그리고 타라, 네 목걸이를 다시 풀어주겠다. 지금 즉시 늑대들과 드래곤들에게 원래의 모습을 돌려주지 않으면 네 친구에게 이 약을 먹이겠다. 참고로 이걸 먹느니 차라리 죽는 게 낫다고 할 정도라는 것만 알려주지."

붉은 여왕이 주문을 읊자 타라의 목걸이가 바닥으로 떨어졌.

붉은 여왕이 타라를 향해 몸을 숙이면서 말했다.

"네가 우정을 얼마나 중요하게 생각하는지 알아. 네 대답은?"

죽는 날까지 자책하겠지만 타라는 선택의 여지가 없었다.

"죄송해요, 셈 선생님." 타라가 중얼거렸다. "하지만 지금은 아무것도 할 수 없어요. 방금 사용했기 때문에 나의 마법 능력은 더 이상 효력이 없어요. 용서하세요."

"눈물 없이는 보지 못할 멜로드라마로군!" 붉은 여왕이 비아냥거렸다. "내가 약을 먹이는 동안 이 드래곤을 꽉 붙잡고 있어라!"

공포의 빛으로 이글거리는 셈 선생님의 눈을 보면서 타라는 속이 뒤틀렸다. 블루 드래곤이 미친 듯이 날뛰었기 때문에 그레이 드래곤들이 쩔쩔매고 있었다. 그러나 여왕이 턱을 마비시키고 포도주까지 들이부었기 때문에 셈은 약물을 삼키지 않을 수 없었다.

셈이 비명을 지르다가 둔갑하기 시작했다. 몇 분 후 목걸이가 떨어졌고, 드래곤 대신에 파충류의 노란 눈빛을 가진 30대의 남자가 푹 쓰러졌다.

"블루 드래곤을 구해줄 생각도 하지 않았어." 여왕이 냉랭한 목소리로 지적했다.

"아직도 나를 믿지 않으시는군요." 타라가 손톱이 살을 파고들 정도로 손을 꽉 쥐면서 대꾸했다. "내게는 구해줄 방법이 없어요. 지금은 마법 능력이 없기 때문에……."

"지금은 너를 믿어." 여왕이 흡족한 얼굴로 말했다. "목걸이를 다시 걸고 네 친구를 데려가. 방으로 옮기는 즉시 내 병사들이 이자의 목걸이를 풀어줄 것이다." 여왕이 베티에게 명했다. "나는 작전 지시를 하기 위해 신임 대장과 함께 궁전의 동쪽 사령부에 있을 것이다. 블루 드래곤을 병사들에게 맡기고 너는 타라를 방으로 데려가서 가능한 빨리 기력을 되찾아서 마법을 할 수 있게 보살펴주어라.”

대답을 기다리지도 않고 여왕이 갑자기 금빛 망토를 휘날리면서 나가자 쌍둥이가 부리나케 뒤를 따랐다.

“드래곤을 업고 나를 따라와!”

베티가 그레이 드래곤에게 명했다.

베티는 살루가 누워 있는 옆방에 셈을 내려놓게 한 다음, 타라를 방에 데려다 놓고 한마디도 없이 나갔다. 타라는 엄습해오는 불안을 떨쳐보려고 기지개를 켰다. 마법을 다량으로 방출하면서 녹초가 된 상태이기 때문에 타라가 거짓말한 것은 아니었다. 그러나 끔찍한 선택을 했다는 죄책감 때문에 타라는 셈 선생님의 마지막 눈빛이 평생 동안 뇌리를 떠나지 않을 것 같았다.

타라는 불을 끄고 기다렸다.

5분도 채 되지 않아서 베티의 목소리가 머릿속에 울렸.

‘타라! 맙소사! 타라! 네가 어떻게 그런 일을!’

타라는 카메라 때문에 인상을 쓰지 않으려고 애를 썼다. 듣기만 하고 아무 대답도 할 수 없다는 것은 정말 고역이었다.

‘내 눈을 믿을 수 없었어! 붉은 여왕을 제외하고 나는 그렇게 강력한 마법을 본 적이 없어. 여왕이 너를 왜 그렇게 경계했는지 그 이유를 이제야 알았어. 네가 우리에게 황금 같은 기회를 선사해준 거야. 빨리 행동에 옮겨야겠어. 궁전을 아수라장으로 만들어놓으면 2시간 내에 너는 탈출할 수 있을 거야.'

타라는 무엇보다도 붉은 여왕이 지금 뭘 하고 있는지 알고 싶었다. 다행히 베티가 타라의 생각을 읽은 것처럼 말했다.

'여왕이 몹시 불안해하면서 지금 늑대인간 병사들과 함께 경비를 강화하고 있어. 평소의 경비를 서던 병사들이 아니라서 아직 조직적이지 않아. 너를 감시하기 위해 화면을 보고 있지 않은 지금이 기회야. 작전의 2단계 실시, 지금!'

타라는 칼리르 꽃을 꺾어서 작은 다발을 만든 다음 체인지라인의 주머니에 넣었다.

그리고 마법의 광선을 발사했다.

목걸이가 폭발했다.

탈출

어딘가로 떠날 때는
아무것도 남기지 않고 깨끗이 치우는 것이 좋다

*

그 폭발로 스쿠프와 방의 절반 이상이 파괴되었다. 그러나 방 한가운데에 서 있는 타라는 상처 하나 입지 않고 무사했다. 경기장에서 테스트를 받을 때 타라가 목걸이에 바깥쪽으로 폭발이 일어나도록 주문을 걸어놨기 때문이었다.

많은 늑대인간이 새끼늑대로 둔갑하는 사고 때문에 경비의 수가 턱없이 부족해서인지 폭발이 일어났는데도 아무도 달려오지 않았다. 타라는 마법의 범위를 궁전 전체로 확대하면서 대상을 명확하게 한정했다. 경비들이 지키고 있는 새끼늑대들은 원래의 모습을 되찾았지만 그레이 드래곤들은 제외되었다.

타라는 친구들에게 따로 연락할 필요가 없었다. 친구들은 폭음이 들리기를 기다리고 있었다. 그것이 쿠데타의 신호탄이었기 때문이다.

제일 먼저 달려온 로빈이 타라를 끌어안다가 반쯤 타버린 방을 보면서 눈이 휘둥그레졌다.

"맙소사! 타라, 너의 작전이 성공한 것 같다. 정말 걱정 많이 했는데! 그런데 셈 선생님이 둔갑하는 걸 봤어. 어떻게 된 거야?"

무아노, 엘레아노라, 제레미, 파프니르, 크산디아르, 칼이 달려왔다. 타라가 간략하게 설명했다.

제레미가 말을 잘랐다.

"아까 아침에는 말을 못했는데 세 사람이 우리와 함께 떠나게 될 거야. 나의 어머니 알리아, 아버지 델, 여동생 캐서린."

그 기쁜 소식에 타라와 무아노, 다른 친구들이 제레미를 에워싸면서 축하했다. 그러나 한동안 장난을 못 쳐서 입이 근질근질한 칼이 그 기회를 놓칠까, 대놓고 제레미를 놀렸다.

"네가 사랑에 빠진 예쁜 소녀, 그 캐서린이 네 동생이라고? 와, 너 진짜 안됐다!"

칼의 너스레를 들은 척도 않고 타라가 말했다.

"제일 급한 것부터 하자. 우리가 걸고 있는 목걸이들의 뇌관부터 제거해야겠어."

갑자기 타라가 눈살을 찌푸렸다.

"근데 파브리스는? 어디 갔어?"

"모르겠어." 무아노가 대답했다. "요즘 행동이 좀 이상하더니…… 네 작전에 찬성하지 않는 것 같았거든. 방에 가봤는데 없고…… 불안해죽겠어."

"파브리스는 신호탄이 울리면 모여야 한다는 걸 알고 있어. 목걸이에서 벗어나는 것이 가장 중요하기 때문에 기다릴 시간이 없어. 새로 조직된 경비가 언제 들이닥칠지 몰라. 할 수 없어. 목걸이 뇌관을 제거하는 것부터 시작하자. 무아노, 그다음에는 마음 놓고 야수로 변신할 수 있으니까 네가 찾아봐."

타라가 마법으로 목걸이들을 건드리려고 할 때 엘레아노라가 중지시켰다.

"잠깐! 네가 목걸이에 마법을 사용할 경우 무슨 일이 일어나는지 아직 모르잖아. 네 목걸이는 작동하지 않은 상태로 바닥에 떨어져 있을 때 마법을 걸었던 거 아냐? 그러니까 작동하고 있는 상태에서는 마법을 사용할 경우 폭발할 수도 있어."

"이런! 그래, 네 말이 맞아! 성문 앞에서 보초들이 살루와 나에게 목걸이를 채우면서 그레이 드래곤들의 발만 목걸이의 버클을 풀 수 있다고 했어. 그래야 폭발하지 않는다고……."

"마법, 마법!" 파프니르가 엘레아노라를 흘겨보면서 투덜거렸다. "너희가 할 줄 아는 건 그저 마법밖에 없지? 타라, 내 도끼를 찾아줄 수 있겠어?"

"그거야 찾을 수 있지. 왜?"

"두고 봐."

타라가 정신을 집중했다. 도끼와 친구들의 무기…… 그리고 병사들의 무기가 한곳에 보관되어 있었다. 타라는 궁전의 중요한 곳을 모두 알아두었기 때문에 무기고를 정확하게 알고 있었다. 좋아, 어차피 해야 할 일인데 이 참에 빼앗긴 것을 모두 회수하지, 뭐.

레비투스 벨트, 카무플루스 기구, 검, 단도, 활, 화살, 파프니르의 도끼들, 그 밖의 각종 무기가 사뿐히 방바닥에 내려앉았다. 돌아온 네 개의 장검을 보면서 싱글벙글하는 크산디아르를 비롯해서 모두 흡족한 얼굴이 되었다.

"음, 내 사랑하는 것들, 너무 그리웠어, 반가워!" 파프니르가 쪽쪽, 소리가 나게 도끼 두 개에 뽀뽀를 하면서 활짝 웃었다. "크산디아르?"

"왜 그러니, 난쟁이 전사?"

파프니르가 씨익, 미소를 지어 보였다.

"나랑 같이 좀 나가요! 잠깐 바람 쐬고 와요, 우리." 파프니르가 도끼를 휘두르면서 방을 나갔다.

오무아의 친위대장이 어리둥절한 얼굴로 따라나갔다.

잠시 후, 비명에 이어서 쿵! 하는 소리가 들렸다. 타라와 친구들이 뛰어나가려고 할 때 파프니르가 그레이 드래곤의 발 두 개와 피 묻은 도끼를 들고 돌아왔다. 헐레벌떡 뛰어 들어온 크산디아르가 후닥닥 문을 닫더니 등을 기대고 섰는데 뭔가에 홀린 얼굴이었다.

"성문 보초들이 그레이 드래곤들의 발만 목걸이를 풀어줄 수 있다고 했다면서?" 난쟁이가 짓궂은 미소를 흘리면서 말했다. "정말 그런지 어디 한번 해보자고! 타라, 너의 그 빌어먹을 마법으로 발을 살려봐."

타라는 혀를 내둘렀다. 와, 파프니르는 일을 진짜 신속하게 처리하네! 타라가 발사한 마법의 광선을 맞은 발이 꿈틀꿈틀하면서 공포 분위기를 조성하자 모두 물러섰다. 타라는 마법이 드래곤의 발 속에만 미치게 힘의 범위를 제한해둔 상태였다.

"파프니르? 너 자신 있어?"

"내 목걸이부터 풀어. 난쟁이들은 구속돼 있는 걸 절대 못 참아!"

크산디아르의 손짓에 따라 그들이 뒷걸음쳐 책상과 침대 뒤로 숨는 한편, 파프니르는 가능한 멀리 떨어진 벽에 기대고 섰다.

타라가 심호흡을 하고 나서 시작했다. 드래곤의 발들이 파프니르의 목걸이를 건드리자 버클이 순순히 열렸다.

한순간 침묵이 흘렀다. 갑자기 야호! 하며 칼이 소리치는 바람에 모두 소스라치게 놀랐다.

"칼!" 엘레아노라가 나무랐다. "깜짝 놀랐잖아!"

"다들 봤지? 완벽하잖아!" 난쟁이가 환호했다. "이제 너희 차례야!"

눈 깜짝할 사이에 친구들이 목걸이에서 벗어나자 타라가 회수한 무기들이 각각 주인에게 돌아갔다. 아직은 붉은 여왕이 눈치채지 못했을 것이고, 뜻밖의 난관에 부딪힐 수도 있으니까…….

그때 문이 열려서 모두 얼어붙었다. 그러나 아무것도 없었다. 이윽고 벽에 또렷이 드러나는 형체를 보면서 타라가 미소를 지었다. 친구들도 오무아의 카무플레 국장 세네 센스사스를 대번에 알아봤다.

"지시한 대로 했어요, 마마. 예상했던 대로 목걸이에 주문이 걸려 있더군요(무아노가 딸꾹질을 억눌렀다. 정말 큰일 날 뻔했구나!). 하지만 여왕의 거처에 있는 리모컨들은 이제 사용할 수 없어요. 내가 걸어놓은 주문을 깨뜨리지 않고서는 여왕이 사용할 수 없으니까요. 그런데 불행하게도 마마와 친구들의 리모컨은 없었어요. 여왕이 갖고 다니는 게 틀림없어요. 미안합니다."

"상관없어요." 타라가 자신과 친구들의 목을 가리키면서 말했다. "다 없애버렸거든요."

"여기 온 지…… 오래됐어요?" 칼이 어안이 벙벙해진 얼굴로 물었다.

"크산디아르와 같이 왔는데 나의 카무플레 능력 덕분에 레벨루스를 가볍게 따돌렸지. 보이지 않는 모습으로 궁전 안에 숨어 있으면서 스쿠프의 렌즈가 미치지 않는 사각 지점에서 크산디아르와 연락하고 있었어. 마구간에서는 같이 있었고, 탈출 작전도 같이 짰지. 내 역할은 여왕이 틸 장군의 늑대인간들을 죽이지 못하게 가능한 많은 리모컨을 무력화시키는 것이었어. 아! 베티가 이걸 갖다주라고 했는데……."

그렇게 말하면서 세네가 망토 안에서 살아있는 돌을 꺼냈다. 친구를 만나서 기쁜 크리스털이 타라의 손에 닿는 순간 반딧불이처럼 빛을 발산했다. 축소된 패밀리어들이 새장 안에서 영혼의 동반자를 만난 기쁨에 일제히 법석을 떨면서 소리를 질러댔다. 그리고 마지막으로 세네가 드래곤 형상의 검은색 크리스털을 내밀었다.

금지된 대륙의 열쇠!

파브리스는 여왕의 거처로 향하면서 머릿속에서 울리는 목소리에 귀를 기울였다. 목소리가 발길을 인도하고 있었다. 무슨 소리라고 해야 할까, 사람이 내는 소리인지, 동물이 내는 소리인지 알 수 없지만 도저히 거역할 수 없었다.

'어리석은 작전. 늑대인간들을 우습게 여기다니! 그 계집애는 너무 인정이 많아. 아주 짜증이 날 정도로. 열쇠를 훔친 다음 타라를 때려눕히고 너는 여기서 도망쳐. 네 목걸이는 내 마법으로 풀어줄 테니까.'

목적지에 이른 파브리스는 깜짝 놀랐다. 여왕의 거처에서 드래곤 형상의 크리스털을 들고 나온 세네가 휙 사라지는 것이 아닌가.

뱀파이어 셀렌바가 머릿속에서 욕설을 내뱉었다.

'저 망할 것! 어쩐지 이 더러운 궁전에 보이지 않는 존재가 느껴지더니! 저 카무플레가 먼저 열쇠를 손에 넣다니! 네가 열쇠를 빼앗아야 한다, 서둘러!'

그러나 뱀파이어 같은 능력이 없기 때문에 파브리스는 도저히 세네를 뒤쫓을 수 없었다. 더구나 모습이 보이지도 않는데.

'빌어먹을! 타라의 방으로 가서 당장 떠나자고 해, 어서 빨리!'

목소리가 시키는 대로 파브리스가 냅다 달렸다. 타라의 방문을 벌컥 열고 들어간 파브리스가 무아노의 품으로 달려들었다. 그런데 이걸 어쩌나! 얼마나 놀랐는지 무아노가 야수로 변신하고 말았으니!

"으윽! 숨 막혀!" 야수가 호흡을 가다듬으면서 외쳤다. "파브리스, 무슨 일이야?"

"떠나야 해, 지금 당장!" 파브리스가 미친 사람처럼 눈을 번뜩이면서 외쳤다.

"당연히 가지, 그럼 우리가 여기서 살겠냐?" 칼이 응수했다. "근데 너 괜찮은 거야? 파브리스, 어디 잘못된 거 아냐?"

파브리스가 두 손으로 머리를 감싸다가 친구들이 목걸이를 하지 않고 있다는 걸 알아차렸다.

"응? 아니, 나 아무렇지도 않아! 너희 목걸이에서 벗어났구나. 언제 떠날 거야?"

"타라가 네 목걸이를 해결하는 동안 나는 셈 선생님과 살루를 데리러 갈 거야." 무아노가 말했다. "베티는 지금 말고리와 샤름, 경기장에서 격투를 벌인 뒤에 여왕이 다시 가둬버린 엘프들을 구출하고 있어. 타라, 어디서 만나지?"

"궁전의 남쪽 출구에서. 거기가 장벽과 제일 가깝잖아. 베티가 우리와 떠나고 싶어 하는 이들도 데리고 올 거야." 타라가 제레미에게 안심하라는 미소를 지어 보이면서 덧붙였다. "하지만 조심해야 돼. 우리를 지지하는 늑대인간 반란군과 붉은 여왕에게 충성하는 늑대인간들의 전투가 어떻게 끝날지 모르니까. 만약 우리가 가지 않으면 실패한 거야. 그렇게 될 경우 너는 살루와 셈과 안전한 곳에 숨어서 기다려."

"베티가 안 오면?"

"작전대로 해야지." 타라가 마지못해서 대답했다. "내가 열쇠를 갖고 있는 것이 그 때문이니까. 나는 떠났다가 가능한 빨리 군대를 이끌고 돌아올 거야. 그때까지 베티가 살아 있기를 기도하면서."

"행운이 있기를."

"너도."

야수가 타라를 끌어안은 다음 파브리스에게 입맞춤을 하고 나서 쏜살같이 뛰쳐나갔다.

마법의 범위를 구석구석까지 확장한 타라는 스쿠프들의 기능을 정지시키는 것을 시작으로 궁전을 아수라장으로 만들었다. 싸우는 소리가 들렸다. 여왕 쪽의 군대와 반란군이 충돌한 것이었다. 꾸물거리고 있을 때가 아니었다.

타라가 파브리스의 목걸이를 풀어주자 파프니르가 말했다.

"드래곤의 발은 내가 가져갈게. 모두 준비됐지?"

"패밀리어들에게 본래의 크기를 돌려주자." 칼이 제안했다. "블롱딘만 빼놓고 다른 동물들은 우리를 공격하는 늑대들과 싸울 수 있으니까. 그리고 패밀리어들은 늑대인간에게 물려도 감염될 위험이 없어."

타라가 찬성했다. 그 생각은 못했는데……. 즉시 새장을 부수고 패밀리어들을 복도로 내보냈다. 드래곤들을 위해 지은 건물이라서 로빈과 파브리스는 히드라와 매머드를 아무 문제 없이 본래의 크기로 돌려놓을 수 있었다.

앞장서는 히드라를 따라 타라 일행은 전진했다. 반란 때문에 이미 불안에 떨고 있던 늑대인간들은 머리가 여러 개인 괴물을 보고 혼비백산했다.

"봤지, 로빈?" 칼이 흡족한 얼굴로 말했다. "거 봐, 토토가 쓸모 있을 거라고 내가 말했잖아!"

"토토가 아니라 소우르브야. 그리고 지금은 물고기를 먹고 싶은 생각밖에 없어서 저래. 밖에 나가면 물고기가 있다고 했거든. 그래서 저렇게 서두르는 거야."

칼이 피식 웃었다. 말은 그렇게 하면서도 로빈이 히드라의 머리를 쓰다듬어주고 있었다. 로빈이 아주 별난 패밀리어에게 빨리 적응하고 있었다.

세네와 크산디아르가 행렬의 후미를 맡았는데 누구든 덤비기만 하면 검을 내리칠 기세였다. 타라 일행은 한적한 복도를 지나 지름길을 이용했다. 몇 분 만에 그들은 접견실을 지났고, 이따금 무모하게 달려드는 병사들을 때려눕히면서 궁전의 남쪽 출구 앞에 이르렀다.

남쪽 문 부근에서 벌어지고 있는 광경은 소름이 끼쳤다. 여기저기서 늑대인간들이 자기들끼리 갈퀴발톱과 송곳니, 칼까지 들고 싸우고 있었다. 그레이 드래곤을 집요하게 공격하는 늑대도 보였다. 하지만 타라 일행은 그 싸움을 중단시키는 것보다 밖으로 나가는 것이 더 중요했다.

베티가 성공한 것일까, 들판 쪽으로 나 있는 거대한 문이 열려 있었다. 드래곤들이 마을을 통과할 필요 없이 가까운 숲으로 사냥을 나갈 수 있도록 만들어놓은 문인 것 같았다.

타라 일행을 가로막는 보초는 없었다. 출구 복도에서 베티가 미소를 짓고 있고, 무아노 옆에는 바이올렛 엘프, 말고리, 샤름, 살루, 셈이 보였다. 그 뒤쪽으로 제레미의 부모님 알리아와 델, 동생 캐서린이 서 있었다.

가까이 다가가면서 타라는 모두 마법의 장막에 갇혀 있는 것이고, 베티의 미소도 사실은 공포에 사로잡혀서 얼굴을 찡그리고 있는 것임을 알아차렸다.

타라가 돌아봤다. 붉은 여왕이 숨어 있던 어둠 속에서 나왔고, 그레이 드래곤 열이 보였다. 데자뷔? 타라는 어디선가 이미 본 것 같은 이상한 느낌이 들었다. 붉은 여왕 집 앞의 광장에서 생포되었을 때 일어났던 상황의 완벽한 재현이었다.

한 가지 예외가 있다면 지금은 목걸이가 없다는 것이었다. 쌍둥이 그린 드래곤 샨비와 산트라가 공포에 질린 표정으로 어머니 뒤에 있었다.

"이런! 이런! 이런! 나의 손님들이 바람을 쐬고 싶었던 모양이구나. 음, 재미있어라."

붉은 여왕이 조소했다.

타라가 마법을 작동하는 순간 붉은 여왕이 장막을 압축하자 그 안에 갇힌 포로들이 소리 없는 비명을 질렀다.

"꼼짝하지 마. 손가락 하나만 까딱하면 네 친구들은 다 죽는다. 열쇠를 내놔!"

타라가 망설이자 붉은 여왕이 몸을 숙였다.

"당장 내놔!"

타라는 얼굴 표정 하나 변하지 않았다. 타라는 고함을 지르면서 위협한다고 굴복한 적이 없었다. 더구나 지금은 그럴 상황이 아니었다.

"나에게는 두 가지 가능성이 있지요." 타라가 시간을 벌기 위해 말했다. "열쇠를 주면 당신은 우리를 모두 죽일 겁니다. 열쇠를 주지 않으면 내 동지들은 죽어도 나는 도망칠 수 있지요."

"네가 항복하면 나는 네 친구들을 죽이지 않겠다." 여왕이 말했다.

"글쎄요." 타라가 냉랭하게 응수했다. "그런데 나는 당신을 믿지 않아요."

타라는 경기장에서 붉은 여왕이 했던 것과 똑같이 내뱉었다.

"아! 한 가지 더 있어요." 타라가 크리스털 열쇠를 흔들면서 말했다. "나는 열쇠를 파괴할 수도 있지요. 이건 아주, 아주, 약하거든요."

붉은 여왕이 콧구멍으로 불을 내뿜으면서 포로들이 갇힌 장막을 더 심하게 압축했다.

"네가 크리스털 열쇠를 깨뜨리면 네 친구들이 죽는 모습을 보게 될 것이다. 그다음에는 네 차례야. 그리고 친구들과 함께 죽지 않은 걸 후회하게 될 거다!"

그때 갑자기 알리아가 초인적인 노력으로 고개를 돌리고 셈에게 뭐라고 속삭였다. 알리아가 힘겹게 움직이는 손에서 약병이 반짝거렸다. 혹시…… 붉은 여왕이 셈에게 먹였던 그건가? 셈/젊은이의 눈에서 야릇한 희망의 빛이 번뜩였다. 셈의 목에 목걸이가 없는 걸 보면서 타라는 베티가 치료가 끝나는 즉시 새 목걸이를 채우라는 여왕의 명을 어겼음을 알아차렸다.

그 순간 셈이 변신하면서 여왕이 영원히 빼앗았다고 생각하는 블루 드래곤의 모습을 되찾았다. 갑자기 커지는 거대한 몸집을 당해내지 못한 마법의 장막이 펑, 터지는 바람에 갇혀 있던 포로들이 모두 풀려났다.

"이게 어떻게……."

붉은 여왕이 말을 다 끝내기도 전에 셈이 달려들었다. 여왕이 델과 알리아, 캐서린, 엘프들, 드래곤들의 목걸이를 조종하는 리모컨을 떨어뜨리면서 박살이 났는데 다행히 작동되지 않았다.

그 대결을 시작으로 그야말로 싸움판이 벌어졌다.

타라가 주문을 읊어서 그레이 드래곤 하나를 제압하는 사이에 로빈의 히드라가 아가리 네 개로 드래곤 둘을 붙잡았다. 도끼를 사용하는 파프니르를 제외한 매직 5총사와 엘레아노라가 마법의 광선으로 그레이 드래곤들을 무차별 공격했다. 바이올렛 엘프들이 현란한 움직임으로 드래곤들을 때려눕히고 있었다. 패밀리어들도 합세했다. 갈랑과 쉬바가 영혼의 동반자들을 보호하는 사이에 매머드 바룬이 드래곤들을 깔아뭉개거나 짓이기고 있었다. 제레미의 가족 알리아와 델, 캐서린도 있는 힘을 다해서 돕고 있지만 타라 사단과는 달리, 목걸이 리모컨 때문에 머리가 날아갈까 두려워서 감히 마법을 사용하지 못하고 있었다.

블루 드래곤 셈과 싸우고 있는 붉은 여왕을 제외하면 이제 그들 앞에 남은 것은 그레이 드래곤이 셋이었다. 쌍둥이 그린 드래곤들은 서로에게 딱 달라붙어서 전투에 끼어들지 않고 있었다.

샤름은 셈을 도와주고 싶었다. 붉은 여왕의 거대한 몸집에 깔린 블루 드래곤이 거의 완패를 당하고 있는 중이었다. 셈을 도와주려고 나서던 샤름은 붉은 여왕의 꼬리에 한 방을 맞고 휙 날아가다가 기둥에 부딪혀서 쓰러졌다.

그때였다. 복도 천장에서 나는 우지끈거리는 소리에 타라가 고함을 질렀다.

"모두 밖으로 나가요! 빨리!"

그 즉시 친구들과 패밀리어들이 싸움을 중단하고 잽싸게 문을 통해 들판으로 흩어졌다. 남아 있던 타라가 그레이 드래곤 셋을 향해 임모빌리수스 주문을 날리자 마치 '얼음땡 놀이'처럼 그대로 옴짝달싹 못했다. 효력이 오래가지는 않지만 필요한 시간은 몇 분으로 족했다.

그때 느닷없이 날아오는 드래곤의 발길질에 얻어맞은 타라는 샤름 쪽으로 내던져졌다. 다행히 샤름의 거대한 몸집이 충격을 흡수해주었기에 망정이지 타라는 즉사할 뻔했다. 그 충돌 때문에 체인지라인과 타라의 접속이 끊어지면서 주머니에서 온갖 잡동사니가 튀어나왔다. 마법의 지도, 손수건, 사탕, 막대사탕 키디코이 두 개, 만능열쇠, 드래곤의 이빨, 선글라스, 칼리르 꽃다발……. 거의 녹초가 된 타라가 꽃다발을 집으려는 순간 기둥 밑에 깔린 샤름이 노란 눈을 뜨면서 신음 소리를 냈다.

"내 조상들이시여! 어떻게 된 거니?"

"여왕의 꼬리에 맞고 심하게 부딪히는 바람에 기둥에 깔렸어요." 타라는 자신도 한몫 거들었다는 말은 뺐다. "내가 구해줄 테니까 빨리 저 문으로 나가요. 나도 금방 따라갈게요."

"안 돼, 셈을 도와줘야 해. 미친 드래곤이 셈을 죽일 거야!"

"걱정 안 해도 될 거예요. 금방 끝날 것 같으니까."

실제로 블루 드래곤은 모든 싸움에서 금지된 인간의 술책을 쓰고 있었다. 셈이 갈퀴발톱으로 눈을 찌르고 있지만 붉은 여왕은 비명을 지르면서도 셈을 놓아주지 않았다. 타라는 소름이 끼쳤다. 복도를 뛰어오는 발소리가 들리는 것으로 봐서 붉은 여왕의 지원군이 다가오고 있었다. 빨리 도망쳐야 했다.

타라가 레비투스 주문을 사용해서 무거운 대리석 기둥을 들어 올리자 샤름이 가까스로 빠져나왔다.

이어서 소지품들을 주우려고 다시 몸을 숙이던 타라는 가슴이 철렁했다. 꽃다발이 사라지고 없었다!

붉은 여왕과 셈의 격렬한 싸움 때문에 보이지 않는 어딘가로 쓸려간 모양이었다. 타라는 뛰어가려고 하다가 뒷걸음쳤다. 그레이 드래곤 병사들이 몰려오고 있었다. 시간이 없는데……. 타라가 발사한 마법의 광선에 방패들이 폭발했지만 드래곤들은 멀쩡했다. 마법이 약해지고 있다는 표시였다.

"셈 선생님!" 타라가 소리쳤다. "메를렝 마법사! 지금이요!"

타라가 궁전에서 보여줬을 때 셈 선생님이 배꼽을 잡고 웃던 만화영화 속의 마법사였다. 그 암시를 대번에 알아차린 셈 선생님이 변신했다. 블루 드래곤이 없어진 걸 알고 여왕이 어리둥절해하는 사이에 작은 생쥐 한 마리가 전속력으로 도망쳐서 타라의 품에 안겼다. 타라가 천장을 향해 마법의 광선을 발사했다. 받쳐주고 있던 기둥 하나를 이미 잃었기 때문에 약해진 지붕이 힘없이 무너지면서 엄청난 잔해 더미에 붉은 여왕과 샨비, 산트라, 그레이 드래곤들이 매몰되었다.

"파프니르, 드래곤의 발!"

타라가 외쳤다.

파프니르가 그레이 드래곤의 발을 던져주자 타라는 재빨리 살아나게 해서 일행의 목걸이를 풀어주었다. 그들이 궁전을 향해 목걸이를 내던졌다. 붉은 여왕이 아직 살아 있어서 목걸이를 폭발시킨다면 건물 전체가 붕괴될 위험이 있었다.

"셈 선생님, 샤름! 말고리! 등에 가능한 많이 태우세요." 타라가 지시를 내렸다. "나도 변신할게요."

이어서 타라가 정신적으로 말했다.

'살아있는 돌?'

'예쁜 타라?'

'혼연일체. 지금 드래곤으로 변신할 거야. 승객들을 위한 좌석과 안전벨트를 준비해야 돼. 아주 조심해야 해.'

'힘을 원해? 힘을 줄게.'

타라의 몸이 뚱뚱해지고 키가 커지더니…… 잠시 후, 금빛 드래곤이 나타났고 살아있는 돌이 양미간에 박혔다.

"맙소사, 또 시작이라니! 이건 악몽이야." 난쟁이가 쫑알거렸다. "난 네 등에 안 타! 지난번에 우리를 다 죽일 뻔했잖아!"

"파프니르, 이러고 있을 시간 없어. 궁전이 무너져 내리면 여왕만 죽는 게 아냐. 네가 원하는 드래곤에게 올라타, 빨리!"

말고리셀란쉬부가 엘프 네 명과 크산디아르를, 셈은 엘프 한 명과 제레미, 그의 가족을 태웠다. 샤름의 등에 세네, 무아노, 파브리스, 엘레아노라, 파프니르가 올라탔다. 타라는 가장 크고 힘이 센 드래곤으로 변신했기 때문에 칼, 로빈, 발라 그리고 베티와 살루/소년(어린애처럼 매달려 베티에게서 떨어지지 않기 때문에)을 둘 다 업은 엘프를 태웠다. 마지막 남은 엘프를 태운 페가수스를 제외하고 다른 패밀리어들은 다시 축소되었다. 모두 가능한 빨리 날아야 했다.

1년 전과 2년 전, 타라는 얼마나 아슬아슬한 공중 곡예를 했던가! 타라/드래곤의 이륙은 그때만큼 끔찍하지 않았다. 칼과 로빈이 엘프 두 명과 베티와 살루에게 맨 처음 이륙을 시도했을 때의 상황을 얘기하자 모두 마법의 안전벨트를 졸라맸다.

"스릴이 넘쳤겠네……." 목소리를 되찾은 발라가 말했다. "드래곤들이 이륙하기 위해서 그렇게 오랫동안 뛰어야 하는지 몰랐네."

타라는 드래곤들의 전력 질주로 인해 들판에 생긴 폭이 10미터쯤 되는 활주로를 따라 달리다가 숲 기슭 바로 코앞에서 가까스로 이륙했다. 나무꼭대기에 닿을 듯 말 듯 스쳐 지나가는 순간 발라는 파프니르의 마음을 이해할 수 있었다.

"와, 장족의 발전을 했네!" 칼이 외쳤다. "지난번에는 숲을 절반쯤 날려버렸는데!"

친구들이 놀리거나 말거나 타라는 개의치 않고 날아올랐다. 공중에서는 가장 중요한 것이 가능한 빨리 나는 것이었다.

"셈 선생님!" 타라가 소리쳤다. "방향을 못 잡겠어요. 선생님은 제대로 잡을 수 있어요?"

"당연하지!" 셈 선생님이 바로 옆으로 날아와서 대답했다. "출구가 남쪽인데 난 네가 왜 북쪽으로 날아가나 했지."

"재미없거든요!" 타라가 툴툴거렸다. "어떻게 해야 되는데요? 시범을 보여주세요. 잘 보고 따라갈게요."

"그래 따라와."

블루 드래곤이 날개를 파닥이면서 회전했다. 잠시 쫓아가던 타라가 따라잡았다.

"아까 그 약과 변신…… 그게 다 어떻게 된 건지 설명 좀 해주시겠어요? 여왕이 만든 마법의 장막을 파괴해서 깜짝 놀랐는데 아무리 생각해도 어떻게 된 건지 이유를 모르겠어요."

"다 내 잘못이야!" 알리아가 외쳤다. "내가 셈 선생의 포도주에 독약을 넣었어. 죽이려고!"

"네?"

"내 가족의 복수를 하고 싶었어. 그 몹쓸 드래곤이 우리를 속이기 위해 셈 선생의 모습을 했다는 걸 몰랐거든. 하지만 포도주를 주지 않았지! 내가 감옥에서 독살하려고 할 때 셈 선생이 여왕의 약을 먹고 인간의 모습으로 사느니 죽는 게 낫다고 했어. 그래서 계획을 바꿨지. 우리가 받았던 만큼 고통을 주고 싶은 것이 내 바람이었으니까. 독약 탄 포도주가 바닥에 쏟아졌기 때문에 여왕의 거처로 들어가서 그 약을 훔쳐올 방법을 궁리했지. 그래서 살루를 보살피는 베티를 만나 몇 가지 약초가 있으면 살루의 회복을 도와줄 수 있다고 했더니 여왕의 거처로 들어가게 해줬어. 그 때 여왕의 약 두 병을 훔쳐서 변비약과 여러 가지 식물을 혼합한 약제로 바꿔 쳐놨지."

"아주 유효했어." 셈 선생님이 말했다. "나는 평생 한 번도 그렇게 아픈 적이 없었어. 나도 둔갑되었기 때문이라고 생각했어."

"하지만 그게 변비약을 섞은 혼합 약제였다면 어떻게 젊은이로 둔갑할 수 있죠?" 타라가 물었다.

"약병 안에 여왕 약의 찌꺼기가 남아 있었기 때문에 신진대사가 일어났던 거야. 하지만 셈 선생을 영원히 인간의 모습으로 살게 하기에는 효력이 약했던 거지."

"여왕이 창고에서 꺼낸 것이 네 병이었어요." 우연의 일치에 놀란 베티가 외쳤다. "그런데 그중 한 병에 알리아의 변비약이 들어 있었고, 하필이면 여왕이 네 병 중에서 변비약이 들어 있는 병을 골라서 드래곤 선생님에게 먹였다니, 어떻게 그럴 수가! 선생님의 신이 누구인지 몰라도 큰 은혜를 베푸셨네요. 정말 운이 좋았어요."

블루 드래곤이 활짝 웃으면서 비늘 덮인 몸을 탁탁 쳤다.

"내 행운의 여신은 부인인가 봅니다. 하지만 고백하는데 정말 두려웠습니다."

"살루를 보살피는 베티를 도와준 다음에 나는 옷을 갈아입고 아침을 먹으러 숙소로 돌아갔어." 알리아가 말했다. "그리고 셈 선생에게 훔친 여왕의 약을 먹일 계획이었지. 그런데 남편이 기다리고 있었어. 내가 크리스털 볼을 꺼놓고 연락도 없이 밤새 돌아오지 않았기 때문에 몹시 불안해하면서. 하지만 감시하는 스쿠프 때문에 내 계획과 약을 훔쳐온 것에 대해 말해줄 수가 없었어. 그래서 밤새 살루의 병상을 지키느라고 연락을 못했다고 말하는데 남편이 내 말을 가로막고 아주 놀라운 얘기를 하는 거야. 우리 아들을 찾았다고! 그리고 셈 선생은 범인이 아니었다고! 우리를 괴롭히면서 집요하게 추적하던 괴물은 죽었다고! 내가 죽일 뻔했던 셈 선생에게 살해되었다고!"

알리아가 몸서리를 쳤다.

"당신은 내 생명의 은인입니다, 알리아 부인. 부인이 복수할 계획을 세우지 않았다면 나는 영원히 인간의 모습으로 살았을 텐데 정말 고맙습니다."

"나도 고맙습니다." 샤름이 말했다. "그런 식으로 내 약혼자를 잃었다면 나는 부인을 저주했을 거예요."

샤름의 말에 깜짝 놀란 셈이 하마터면 충돌할 뻔했기 때문에 타라가 재빠르게 피했다.

"당신의…… 약혼자?" 셈이 말을 더듬었다 "하지만……."

"그게 왜요?" 샤름이 냉랭한 어조로 물었다.

"그게…… 아, 아니오, 물론 당신의 약혼자죠."

샤름의 단호한 말에 주눅이 든 블루 드래곤 셈이 억지 미소를 지었다.

그들은 덩치가 작은 말고리셀란쉬부와 드래곤의 속도를 낼 수 없는 갈랑 때문에 전속력으로 날 수가 없었다. 다행히 미친 드래곤들도 아직까지는 따라오지 못하고 있었다. 그렇게 날아간 지 10분도 채 안 돼서 돔의 출구 쪽으로 나 있는 절벽이 보였다.

"조금만 더 참아!" 타라가 소리쳤다. "거의 다 왔어!"

"타라!" 무슨 이유인지 계속 뒤를 쳐다보던 파브리스가 외쳤다. "추적당하고 있어!"

타라/드래곤이 파충류의 긴 목을 돌리고 분개했다.

"그 미친 드래곤이 그렇게 쉽게 포기하지 않을 줄 알았지. 서둘러야 해요!"

빨간 점이 점점 커지면서 힘차게 파닥이는 드래곤의 날개가 보였다.

타라 일행은 속도를 더 높였지만 붉은 여왕과 병사들이 바짝 추적해오고 있었다. 돔이 저 멀리 보였지만…….

안타깝게도 타라 일행은 싸울 준비를 할 수 없었다. 그레이 드래곤들과 붉은 여왕이 매처럼 발톱을 세우고 덤벼들었다.

날개 돋친 파충류의 거대한 몸집에 이제 겨우 적응했는데……. 드래곤 식의 전투를 모르는 타라가 능란한 붉은 여왕에게 갈가리 찢길 것이 틀림없었다.

갑자기 뻣뻣해진 타라/드래곤이 비늘을 곤두세우자 승객들이 항의를 하듯 툴툴거렸다.

"맙소사! 사냥꾼이잖아!"

이번에는 무아노가 알아채고 소리쳤다.

그레이 드래곤에 올라탄 셀렌바가 핏빛 눈으로 타라 일행을 쏘아보고 있었다.

"뱀파이어가 여기서 뭐 하는 거지?" 칼이 외쳤다. "미친 드래곤들과 한패란 말이야?"

"놀랄 일도 아니지. 마지스터가 관련되어 있는데." 셈 선생님이 말했다. "말고리, 샤름, 뒤에서 타라를 엄호해요, 열쇠를 갖고 있으니까."

그들이 최선을 다하고 있지만, 상대는 도망자 추격이 전문인 그레이 드래곤들이었다. 게다가 승객을 태우고 있지도 않았다. 샤름과 말고리, 셈의 승객들은 고공비행을 하면서 싸움해본 경험이 없기 때문에 거의 도움이 되지 않았다. 그레이 드래곤들은 마법의 광선을 능숙하게 피하고 있어서 그들은 빨리 착륙해야 했다.

그 순간 타라가 도주 시도를 했다. 굉장히 넓은 공간인데도 붉은 여왕이 어찌나 빠르게 돔으로 가는 길목을 막는지 빠져나갈 수가 없었다.

성난 베티가 단검을 날렸지만 붉은 여왕이 칼을 꿀꺽 삼켜버렸다. 발라도 창을 날렸지만 이번에도 여왕이 피했다. 이어서 릴란드릴의 활에서 빗발치듯 날아가는 화살을 맞고도 여왕이 끄떡 않았을 때 그들은 절망했다.

타라의 머릿속이 반짝했다. 던지는 족족 삼켜버리겠다?

"모두 무기를 나한테 줘요, 내 체인지라인에 넣었다가 동시에 날리면 구멍이 뚫리지 않고는 못 배기겠죠. 그 사이에 도망치는 거예요."

"그것으로는 충분하지 않을 거예요, 마마." 살루/소년이 힘없는 목소리로 말했다. "나를 체인지라인에 들어가게 해줘요. 내가 저 괴물을 죽이겠어요."

"그건 안 돼요!" 타라가 붉은 여왕이 날리는 마법의 광선을 피하면서 말했다. "체인지라인에는 공기가 없어서 숨을 쉴 수 없어요!"

"안 돼!" 베티도 거들었다. "살리려고 내가 얼마나 고생했는데 그렇게 죽게 내버려둘 수 없어!"

"우리 드래곤은 숨을 못 쉬어도 죽지 않아요." 살루/소년이 반박했다. "그리고 살든 죽든 그건 중요하지 않아요. 내 의무는 여러분의 목숨을 구하고, 내 종족을 저 악마의 계획에서 구출하는 겁니다. 마지막 남은 자존심을 지키게 해줘요, 제발."

타라는 더 이상 망설일 수 없었다. 붉은 여왕의 공격을 오랫동안 버틸 수 없는 상황인데……. 타라가 체인지라인에서 잡동사니를 꺼냈다.

"좋아요, 살루! 발라, 검을 주세요."

발라가 검을 건네주면서 살루에게 경의를 표했다.

"대단한 용기입니다, 드래곤 선생, 존경합니다."

타라가 붉은 여왕과의 충돌을 아슬아슬하게 피하면서 방향을 바꾸고 돔을 향해 전속력으로 달아나는 사이에 살루가 있는 힘을 다해 매달리면서 말했다.

"고마워요, 엘프 양. 노력하겠소."

타라가 지시를 내리자 체인지라인이 마지못해 타라의 목에서 떨어져 나오더니 살루/소년이 들어올 수 있게 주머니를 팽창시켰다. 타라는 살루가 들어가자 체인지라인을 큼직한 풍선의 크기로 축소해서 베티에게 주었다. 타라는 체인지라인 안에 궁전이라도 통째로 집어넣을 수 있다는 걸 알기 때문에 살루가 으스러지지 않으리라는 걸 알고 있었다.

타라의 신호에 베티가 붉은 여왕의 관심을 끌기 위해 고함을 지르다가 체인지라인을 힘껏 던졌다.

일이 잘못된 건가, 붉은 여왕이 비웃음을 흘리면서 체인지라인을 낚아채더니 꿀꺽 삼켰다.

"베티! 나를 배신한 대가로 네 뼈다귀로 잔치를 벌여주지! 자, 받아라!" 붉은 여왕이 으르렁거렸다.

곧이어 붉은 여왕이 내뿜는 불길에 타라의 금빛 꼬리가 눌었다. 타라가 분노의 고함을 지르면서 힘차게 날개를 저었다.

베티가 초조하게 기다렸지만 아무 일도 일어나지 않았다. 갑자기 붉은 여왕이 타라/드래곤의 날개 하나를 갈고리 같은 것으로 찍었다. 고통 때문에 중심을 잃은 타라가 추락하는 순간 승객들이 비명을 질렀다. 다행히 등에서 떨어진 사람은 아무도 없었다. 타라는 헐떡거리면서 안간힘을 다해 날개 하나로 버티고 있었다.

"위험해!" 로빈이 소리쳤다. "착륙해서 네 모습으로 돌아와! 드래곤의 모습보다는 인간의 모습일 때 더 잘 싸울 수 있어!"

타라의 작전은 실패했고, 살루가 죽은 것이 틀림없었다. 로빈의 말이 맞았다. 이제 한 가지 희망밖에 없었다. 타라가 인간으로 돌아올 때까지 살아 있는 것이었다.

"알았어! 꽉 잡아. 심하게 흔들릴 거야."

타라가 방향을 바꾸면서 날개를 접고 급강하하자 붉은 여왕이 반사적으로 날개를 폈다. 그러고는 갑자기 타라의 앞발을 잡아서 멈추게 했다가 다시 놓아주는 바람에 둘이 동시에 땅바닥을 향해 추락하기 시작했다. 비명을 지르는 타라의 목을 향해 아가리를 쩍 벌리던 붉은 여왕이 느닷없이 딸꾹질을 했다. 다시 한 번 딸꾹질…….

그 틈에 타라가 전속력으로 달아났다.

어어? 붉은 여왕이…… 폭발하는 건가?

펑! 박살이 난 드래곤, 젠드라의 별, 마지스터의 크리스털 볼, 마법의 지도, 살루와 체인지라인이 하늘을 날아다니고 있었다. 타라가 몸을 숙이면서 재빠르게 살루와 체인지라인을 낚아챘다. 그리고 동시에 떨어지는 물체 두 개를 발견했다. 복제한 크라에토르비르의 반지 그리고…… 칼리르 꽃다발! 여왕이 집어간 거였어!

두 개 다 잡는 것은 불가능했다. 타라는 망설이지 않고 칼리르 꽃다발을 선택했다. 반지는 바로 밑에 보이는 숲으로 떨어졌다.

그레이 드래곤들도 모두 죽었다. 여왕 가까이 있었기 때문에 목걸이가 작동하면서 폭발했고, 놀란 머리가 사방으로 흩어졌다.

"맙소사!" 셈이 탄식했다. "여왕의 죽음으로 목걸이를 걸고 있는 늑대인간들까지 일을 당하지 않았으면 좋으련만!"

"여왕이 멀리 떨어져 있었으니까 괜찮을 거예요." 베티가 안심시켰다. "여왕이 궁전 안에서 죽었다면 늑대인간들뿐만 아니라 바이올렛 엘프들, 드래곤들, 제레미 가족, 나도 동시에 폭발했을 테니까요."

타라는 돌이켜보면서 후회가 막심했다. 그 생각은 미처 못했던 것이다.

"살루는 어때?"

"충격을 좀 받았는데 그리 심각한 정도는 아냐. 괜찮아질 거야." 베티가 활짝 웃으면서 대답했다.

"휴, 다행이다!" 그제야 긴장이 풀리면서 타라는 힘들어서 더 이상 견딜 수가 없음을 느꼈다. "착륙합시다. 그리고 열쇠를 작동해서 빨리 이 대륙에서 나가요."

그들은 레파루스 주문으로 서로를 치료했다.

잠시 후, 타라가 베티에게 다가갔다.

타라는 등을 돌리고 있어서 알아채지 못하고 있는 베티를 향해 주문을 읊었다. 얼굴 오른쪽 면이 마법의 빛에 휩싸이는 순간 베티가 소스라치게 놀랐다. 베티가 화상을 입은 뺨을 만졌다.

"어머! 이게 어떻게 된······."

"자세히 봐, 베티." 타라가 제자리로 돌아와 있던 체인지라인이 꺼내준 거울을 내밀었다.

베티가 얼굴에서 손을 떼지 못하고 있자 살루가 다가가서 손을 잡았다.

"나랑 같이 하자."

베티가 떨리는 숨을 내쉬면서 거울을 들었다. 손가락을 살짝 벌려보던 베티의 팔이 축 늘어졌다. 타라가 미소를 지었다. 친구의 얼굴이 다시 멀쩡해져 있었다. 갑자기 양쪽 눈을 되찾은 것 때문에 비틀거리던 베티가 주저앉아서 흐느껴 울었다.

그 순간 갑자기 그림자 하나가 타라 뒤에서 유형화되면서 목에 칼날을 들이댔다. 타라는 등으로 뼈가 앙상한 몸을 느꼈다.

"멜로드라마가 따로 없군. 아주 잘했어! 하지만 나의 보스가 열쇠, 반지와 함께 타라를 데려오라고 명했다. 반지는 틀렸겠지, 좀 전에 사라졌으니. 하지만 열쇠와 어린 마법사는 데려가야겠어."

로빈과 갈랑이 다가가려고 했지만 셀렌바가 타라의 목에 들이댄 칼날을 눌렀고 피가 흘렀다.

"아무도 움직이지 마, 아니면 이 계집애의 목을 더 눌러줄 테니까. 파브리스?"

"네, 주인님?" 파브리스가 대답하면서 연거푸 눈과 이마를 문질렀다.

모두 토끼 눈이 되어서 파브리스를 향해 돌아섰다. 뱀파이어가 재갈과 밧줄, 자이언트 강철나무로 만든 몽둥이를 파브리스에게 던져주었다.

"열쇠를 빼앗아. 좀 더 멀리 가서 통로를 열어야겠다. 오무아의 전 군대를 상대로 싸우고 싶진 않으니까. 저항하면 때려눕혀!"

"하지만 우리만 여기 두고 가지는 않을 거죠?" 뱀파이어를 모르는 알리아가 간청했다. "내 자식들만이라도 데려가주세요. 아이들은 자유롭게 살게 해주세요."

"나야 데려가고 싶지." 셀렌바가 비웃음을 흘리면서 대꾸했다. "하지만 아무리 맛있게 보여도 그럴 시간이 없다. 파브리스! 빨리 빼앗지 않고 뭐 하니?"

그들은 아연실색한 얼굴로 타라의 주머니에서 열쇠를 빼앗는 파브리스를 쳐다봤다.

"좋아, 이제 인간, 난쟁이, 티그족, 엘프들을 포박해. 나는 마법으로 드래곤들을 제압할 테니까."

"나는 가만히 내버려둘 수 없어, 파브리스!" 무아노가 완강하게 저항하면서 변신했다. "아무도 나를 묶지 못해."

무아노가 전투 자세를 취했다.

파브리스는 무아노에게 기회를 주지 않았다. 파브리스가 몽둥이를 들더니 엄청난 힘으로 내리쳤고, 무아노가 나가동그라졌다.

"하! 하! 하!" 뱀파이어가 웃었다. "아주 잘했다. 이제 전부 다 묶어."

그들은 손을 쓸 겨를이 없었다. 파브리스가 재빠르게 그들을 단단히 포박한 다음 일어났다.

파브리스가 마지막으로 칼의 입에 재갈을 물릴 때였다. 파브리스의 눈과 마주친 칼의 눈이 휘둥그레졌다.

다시 일어난 파브리스가 눈을 내리깐 채 뱀파이어 앞에 버티고 섰다.

"뭐 하는 짓이야?" 셀렌바가 냉랭한 어조로 물었다.

"주인님?"

"뭐냐고?"

"지옥으로 꺼져라!"

파브리스가 고개를 드는 순간 타라가 그 눈을 봤다. 늑대인간의 금빛 눈?

셀렌바가 반응하기 전에 파브리스가 갈퀴발톱을 드러낸 손으로 뱀파이어에게서 칼을 빼앗았다. 이어서 또 다른 손으로 타라의 팔을 잡아서 멀리 내던지는 괴력을 보였다. 잠시 후 옷이 찢어지면서 금빛 늑대로 변신한 파브리스가 뱀파이어를 쓰러뜨리고 발로 목을 졸랐다. 그 순간 엘레아노라와 칼이 동시에 포박을 풀고 달려왔다.

파브리스에게 깔린 셀렌바가 필사적으로 버둥거리고 있었다. 순식간에 달려든 엘레아노라가 관자놀이를 찔러서 셀렌바를 꿈나라…… 아니, 악몽 속으로 보내버렸다.

"이제 됐어, 파브리스!" 로빈이 늑대에게 말했다. "이제 놓아줘도 돼. 엘이 때려눕혔어. 우리는 이제 위험하지 않아."

파브리스/늑대가 몸을 부르르 떨면서 마지못해서 손, 아니 발을 풀었다. 그리고는 일어나서 인간의 모습으로 돌아왔다.

"이렇게 상황이 급변해서야! 심장 안 터지는 게 신기하다." 칼이 중얼거리면서 친구들을 풀어주고 나서 레파루스 주문으로 무아노/야수를 깨어나게 했다.

때려눕혔던 것이 미안한 파브리스가 무아노를 부축해주자 무아노는 신음 소리를 내면서 머리를 숙였다. 칼이 파브리스를 뚫어져라 쳐다봤다.

"어떻게 된 거야? 네가 어떻게 감염이 되었어? 물린 적이 없었잖아!"

파브리스가 어깨를 으쓱했다.

"물린 적은 없어. 스파슌들을 지키던 개, 기억나지? 그 개가 바로 늑대로 둔갑해 있던 늑대인간이었던 게 틀림없어. 뼈다귀를 갉아 먹다가 갈퀴발톱을 핥아 먹고 있었거든. 천창으로 나가려다가 떨어지면서 내가 덮쳤을 때 할퀴었는데 그때 침에 감염된 것 같아. 뱀파이어는 늑대인간을 제압할 수 없어. 하지만 뱀파이어에게 느닷없이 물리는 바람에 잠시 복종하게 되었던 거야. 그래서 셀렌바의 지시에 따라 움직이면서 기회를 엿보고 있었어."

파브리스가 거칠게 기지개를 켰다.

"나는 이제 백 퍼센트 완벽한 늑대인간이야. 글로리아, 야수로 변신하는 걸 네가 왜 그렇게 좋아했는지 이제 이유를 알겠어. 강력해진 느낌, 얼마나 행복한지 몰라!"

야수가 머리를 들면서 불안한 미소를 보냈다. 파브리스가 늑대인간이 되었다니! 그 변화에 적응하려면 시간이 좀 걸리겠지. 지끈거리는 머리가 가라앉으면 차분하게 생각해보자.

"마침내 마지스터의 심복을 잡았어!" 엘레아노라가 기뻐했다. "이 뱀파이어를 심문하면 마지스터의 비밀과 음모, 팅가푸르에 심어둔 스파이에 대해 털어놓을 거야. 불안해서 미쳐 죽는 한 인간이 눈에 선하다."

"절대 말하지 않을 거야." 셀렌바를 상대해본 적이 있는 타라가 말했다.

"내기할래?" 엘레아노라가 손가락 마디를 꺾어서 뚝뚝 소리를 내면서 말했다. "나와 단둘이 있게 해주면 태어났을 때부터 저지른 짓을 죄다 불게 만들 수 있어. 고마워, 파브리스! 네가 감염된 것은 유감스럽지만 그 덕분에 우리를 구할 수 있었으니까."

"파브리스를 치료할 수 없을까?" 어머니의 손을 꼭 잡은 채로 제레미가 물었다.

"방법이 없어." 베티가 말했다. "여왕이 오랜 연구 끝에 만든 늑대인간 변형형질 프로그램이야. 아무도 방법을 찾을 수 없을 거야."

"으음, 그런데 아버지에게 뭐라고 말하지? 설명하려면 골치깨나 아프게 생겼다."

갑자기 불안해지는지 파브리스가 한숨을 내쉬었다.

칼이 미소를 지으면서 친구의 어깨를 톡톡 쳤다.

"원한다면 내가 같이 가서 설명해줄 수도 있는데."

"안 돼! 내가 혼자서 해결할 거야. 어쨌든 고마워, 칼."

공포에 사로잡힌 파브리스가 말했다.

칼이 어깨를 으쓱했다.

"알았어, 도와주고 싶었는데 할 수 없지, 뭐. 자, 그럼 이제 열쇠를 작동해볼까요?"

셈 선생님이 머리를 끄덕였다.

그들은 돔을 열었고, 모두 나란히…… 지옥으로 떨어졌다.

드래곤과 뱀파이어, 누구를 선택하나

*

 맙소사……! 진짜 전쟁이 벌어지고 있었다. 오무아 함대가 돔을 폭격하면서 구사일생으로 빠져나온 생존자들이 가슴 아프게도 비극적인 종말을 맞을 뻔했다. 다행히 타라가 만일의 경우를 대비해 어마어마한 방패를 작동하고 있었기에 망정이지. 함대에서 발사한 미사일들이 방패에 부딪혀 산산조각이 나거나 폭발했다. 돔이 갈라지면서 타라와 친구들이 나타났을 때 드란보우글리스펜쉬르에서 파병한 드래곤 수백으로 이뤄진 수비군이 대륙에서 벌어진 아비규환의 광경 앞에서 어리둥절해했다.
 불의의 사태에 대비하고 있었는지 오무아의 장군들이 즉시 미사일 공격을 중단했다.

"와우! 고모가 진짜 너를 사랑하는구나!"

"내 동족들은 정신병에 걸린 겁니다!" 샤름이 외쳤다. "그러니까 정신병자들에게는 책임을 물을 수 없어요. 이 끔찍한 비밀을 지키기 위해 애쓴다는 것 자체가 미친 짓입니다. 우리가 문제를 해결합시다. 지금 당장. 붉은 여왕이 없으니까 늑대인간 군단이 아더월드로 몰려가는 일은 없을 겁니다. 셈, 말고리! 나와 같이 가요. 우리가 즉시 멈춰야 해요. 이 가증스러운 속임수에 진저리가 쳐집니다."

그렇게 말하고 나서 샤름이 드래곤 사령부를 향해 단호하게 걸어갔다.

곧이어 오무아의 여제와 황제, 이사벨라, 셀레나, 마니투, 군대 장성들이 해변에 상륙했다. 다행히 언론 매체를 따돌리고 개시한 비밀작전이었기 때문에 타라는 금지된 대륙에서 알아낸 사실을 모두 폭로할 수 있었다. 도저히 믿을 수 없는 엽기적인 상황을 듣고 모두 아연실색했다.

타라는 뱀파이어가 떼거리로 몰려와 있는 것을 보고 깜짝 놀랐다. 얼음장같이 차가운 표정의 뱀파이어들이 셀렌바 같은 뱀파이어를 잡는 특별수사대라고 자신들을 소개했다. 그제야 상황을 알아차린 타라가 아직 의식이 없는 마지스터의 심복을 특별수사대에 인계하면서 안도의 숨을 내쉬었다. 뱀파이어를 가둬두는 것이 얼마나 힘든지 알고 있기 때문이었다. 마지스터는 심복 중 한 명을 잃은 것이었다.

엘레아노라는 셀렌바를 심문해서 마지스터와 내통하는 스파이의 정체를 알아내겠다고 강력하게 주장하면서 기어코 뱀파이어의 나라 크라살비로 동행해도 좋다는 허락을 받았다.

칼의 부모가 아들을 향해 달려왔다. 칼의 어머니는 많은 사람 앞에서 아들을 뜨겁게 포옹했다. 뜻밖의 애정 표현에 당황하기도 하고 어색하기도 한 칼은 얼굴이 빨개졌지만 어머니의 품에 안겼다. 여기서 부모님을 보게 될 줄이야! 상상도 못했던 일이 아닌가.

"그래도 한마디는 해야겠다!" 아버지가 나무랐다. "너는 쪽지 한 장 달랑 남겨놓고 사라졌어! 내 머리가 이렇게 하얗게 센 것은 다 너 때문이야. 맙소사, 금지된 대륙으로 떠났을 줄이야! 넌 네 엄마보다 더 정신이 나간 녀석이야!"

말은 그렇게 하지만 애정이 듬뿍 담긴 어조였다.

여제 리스베스가 세네와 크산디아르 앞에 와서 섰다. 카무플레 국장이 먼저 여제에게 보고하면서 크산디아르를 미행했다가 금지된 대륙으로 들어가게 된 경위를 자세히 설명했다. 이어서 금지된 대륙에서 발견한 것에 대해 말했다. 파란 돔 뒤에 늑대인간이 우글거리는 대륙이 감춰 있었다는 얘기를 들으면서 황제는 문득 늑대인간들이 꼭 필요한 존재라는 생각이 들었다.

이번에는 크산디아르가 붉은 여왕의 감시 시스템과 목걸이에 대해 설명하고 나서 덧붙였다.

"폐하, 세네가 스쿠프의 렌즈가 미치지 않는 사각 지점에 나타났을 때는 정말 얼마나 놀랐는지 심장이 멈추는 줄 알았습니다. 감시 카메라 때문에 궁전에서는 얘기를 나눌 수 없었습니다. 내가 맡은 일이 마구간 청소이기 때문에 우리는 마구간에서 만났습니다. 평생 그렇게 많은 거미는 처음 봤다 싶었는데 스쿠프들이 먼지와 거미줄에 숨어 있었지요. 마침 스쿠프 몇 개가 작동하지 않는 것을 발견하고 세네가 궁전에서 일어나는 일을 나에게 알려 줄 수 있었습니다. 세네는 훌륭했습니다, 폐하. 정말 대단한 활약이었습니다."

세네가 미소를 지어 보이고 나서 크산디아르의 두 손을 잡았다. 여제의 놀란 눈길에 개의치 않고 세네가 말했다.

"크산디아르는 드래코-티라노사우루스처럼 용맹하게 싸웠습니다, 폐하. 크산디아르 덕분에 우리는 탈출 작전을 짤 수 있었던 겁니다!"

"잘했네, 아주 훌륭했어!" 여제가 갑자기 두통이 일어난다는 듯 이마를 찡그리면서 말했다. "비록 크산디아르가 주말여행을 떠난다고 허위 보고를 했지만, 둘 다에게 포상이 있을 것이네."

크산디아르가 고개를 떨어뜨렸다. 그 말은 크산디아르가 타라를 구하러 가기 위해 생각해낸 구실임을 여제가 이미 눈치 채고 있었다는 것 아닌가.

"내가 성공할 수 있었던 것은 이분들 덕분이에요." 타라가 덧붙였다. "목걸이 착용자의 몸이 작아졌을 때는 폭발 기능이 작동하지 않는다는 걸 알아차렸어요. 붉은 여왕의 거처에 들어갔다가 마법 능력이 있는 자에게 목걸이 리모컨을 맡긴다는 것도 알았어요. 그런데 우리 편 중에는 리모컨을 조종해본 사람이 아무도 없었기 때문에 정말 기능을 정지시킬 수 있을지 확신이 없었어요. 하지만 우리에게는 그것밖에 방법이 없기 때문에 모험할 수밖에 없었죠. 목걸이 때문에 우리 중 누구도 마법을 사용할 수 없었는데…… 크산디아르가 보내는 암호 덕분에 마법 능력이 있는 세네가 궁전을 자유롭게 돌아다니고 있으며, 기회가 생기는 즉시 마법으로 목걸이 기능을 정지시킬 계획을 꾸미고 있다는 걸 알게 되었어요. 게다가 세네는 장벽의 열쇠를 보관해두는 여왕의 비밀창고에 들어가서 장벽의 열쇠를 훔쳤고, 여왕이 갖고 다니는 것(불행히도 우리의 목걸이를 조종하는 리모컨이었지만)을 제외한 모든 리모컨의 기능을 정지시켜놓았죠. 그 사이에 싸프니르가 목걸이에서 벗어나는 방법을 찾아내서 천만다행이었고요. 크산디아르는 세네를 이용해서 내 친구들에게 우리의 작전을 알렸고, 늑대인간들의 대장 틸은 부하들을 통해 정보를 전달

해주었죠. 작전의 1단계는 세네가 목걸이들의 기능을 정지시키지 못했을 경우 가능한 많은 늑대인간을 해방시키는 것이었어요. 2단계는 내가 방에서 목걸이를 폭발시키는 소리를 신호로 친구들의 목걸이를 없애는 데 성공했어요. 3단계는 우리 편의 늑대인간들이 반란을 일으켜서 여왕 편의 그레이 드래곤들과 반란군이 전투를 벌이는 사이에 탈출하는 것이었어요."

타라는 여제와 황제에게 금지된 대륙의 관행을 설명하면서 배반한 드래곤이 억류해놓은 아나자시족을 붉은 여왕이 늑대인간으로 감염시켜놓았는데 드란보우글리스펜쉬르의 드래곤들은 그 사실을 모르고 있었던 것 같다고 덧붙였다.

모두 믿을 수 없다는 얼굴로 입을 멍하니 벌리고 있었다. 뒤쪽에 서 있던 드래곤들이 당황한 표정으로 몸을 비비 틀고 있었다.

이윽고 두 사람이 앞으로 나오자 타라가 눈살을 찌푸리며 누군지 알아봤다. 데리아와 메델루스.

무표정한 얼굴로 서 있는 초록빛 눈의 데리아. 그 어깨에 앉은 까치 마니가 파르르 떨고 있다는 것은 동반자의 두려움을 보여주는 것이었다. 메델루스도 불안해하고 있었다.

"특별수사대에 연락해줘서 고마워요." 타라가 데리아와 메델루스에게 말했다. "두 번째 전화도 받지 않고 끊었다면 가슴을 치며 후회할 뻔했어요."

파브리스가 깜짝 놀랐다.

"뭐야? 그럼 너는 뱀파이어가 금지된 대륙에 와 있다는 걸 알고 있었단 말이야?"

"메델루스와 데리아가 알려줬어. 마지스터가 사냥꾼을 보냈다고. 그리고 메델루스가 나를 공격했던 이유가 셀렌바의 침 때문인 것 같다고 설명해줬어. 그렇게 다정하게 굴던 사람이 어떻게 돌변해서 어머니를 배신했는지 이해할 수가 없었는데 두 사람의 설명을 들어보니까 일리가 있더라고."

"우리에게 알려줄 수도 있었잖아!" 파브리스가 씩씩거렸다. "그랬으면 내가 사냥꾼에게 물리는 일도 없었을 것 아냐!"

리스베스가 듣고 있다가 깜짝 놀랐다.

"뱀파이어에게 물렸단 말이니? 그럼 감염되었을 수도 있다는 뜻이니?"

"아! 그건 아닙니다." 칼이 선수를 쳤다. "뱀파이어가 조종할 수 없는 늑대인간으로 변신했거든요! 덕분에 우리가 목숨을 구했던 것이고요."

여세가 두 발짝 뒷걸음치면서 말했다.

"하지만 전염병처럼 쉽게 감염될 텐데!"

"정말 고마워, 칼!" 파브리스가 째려봤다. "앞으로 내 사회생활에 드리우는 먹구름이 눈에 선하다."

"늑대로 변신한 상태에서 물었을 때만 감염시킬 수 있으니까 걱정하지 마세요. 파브리스가 조심할 겁니다." 칼이 얼른 덧붙였다. "폐하의 음식에 침을 흘리는 일은 절대 없을 겁니다. 우리를 위해 싸우는 무시무시한 전사가 될 거예요."

"오무아가 아니라 랑코비트의 전사가 되는 거지." 리스베스가 지적했다. "이제 뱀파이어 얘기로 돌아가자. 계속해봐, 타라."

"내가 너무 경솔했어요." 타라가 고백했다. "우리 중에서 아무도 죽거나 다치거나 물린 사람이 없었기 때문에 셀렌바가 금지된 대륙에 들어오지 못한 거라고 생각했거든요. 메델루스와 데리아에게 혹시 모르니까 특별수사대에 연락해서 셀렌바를 체포해달라고 부탁했어요(타라가 메델루스와 데리아를 향해 돌아서면서 모두 들을 수 있게 큰 소리로 말했다). 두 배신자가 마지스터의 은신처 위치를 알려주는 대가로 용서를 청했었는데……. 고모, 마지스터는 어떻게 됐어요?"

메델루스와 데리아가 눈만 깜빡거릴 뿐 아무 말도 하지 못했다. 어쨌든 타라를 배신했던 죄인들이 아닌가!

타라가 고모를 쳐다보면서 물었다.

"마지스터를 잡아서 감옥에 넣었어요?"

"아니." 리스베스가 힘이 쭉 빠진 목소리로 대답했다. "우리를 따돌리고 도망쳤어. 그자가 악마의 마법을 사용하는 한 생포하는 것이 불가능할 것 같아. 그러나 그자의 소굴을 소탕했고, 몇 놈을 체포했어. 지금 심문을 하고 있는데…….”

타라는 등골이 오싹했다. 타라는 궁전에서 무슨 일이 벌어졌는지 상상도 하기 싫었다.

"아무도 찾지 못할 곳으로 떠나는 것이 좋을 것이오." 여제가 메델루스와 데리아에게 말했다. "우리는 마지스터에게 승부수를 던졌고, 마지스터는 당신들에게 뒤통수를 맞았다는 분노 때문에 가만 내버려두지 않을 것이오. 아마 복수의 칼을 갈고 있을 것이니 조심하시오."

메델루스가 고개를 끄덕였지만, 데리아는 생각에 잠긴 얼굴이었다. 숨는 것보다 더 좋은 방법을 궁리하고 있는 것이 분명했다. 갑자기 반짝이는 데리아의 눈빛을 놓치지 않은 세네가 카무플레 요원을 붙이기로 마음먹었다.

셀레나는 메델루스를 보면서 아무런 반응도 보이지 않았다. 딸에게 신경을 쓰느라고 옛 애인에게 관심을 가질 겨를이 없었다. 셀레나는 타라가 해주는 얘기와 너스레를 곁들인 칼의 모험담을 잠자코 듣고 있다가 딸을 따뜻하게 안아주었다.

이어서 타라가 여제에게 말했다.

"고맙습니다! 고모가 우리를 저버리지 않으셨어요."

"당연한 일이지." 여제가 미소를 지으면서 대꾸했다. "드래곤들이 돔 형상의 마법의 장벽을 보강했다는 정보를 입수했지. 즉시 아더월드의 마법사들을 소집했고, 장벽을 파괴하고 있던 중이었다. 그런데 네가 혼자서 해내다니 정말 대견해. 내 후계자가 정말 자랑스럽구나."

드래곤들과의 협상이 진통을 겪고 있었다. 드래곤들은 금지된 대륙에서 저지른 짓을 고백해야 했고, 그 일로 아더월드 전체가 떠들썩했다. 드란보우글리스펜쉬르의 학자들이 미친 드래곤들을 연구하고 있었는데 놀랍게도 칼리르 꽃에 드래곤들의 파괴 본능을 억제하는 효능이 있음을 알아냈다.

그러나 칼리르 꽃은 난폭한 성질을 억제할 뿐이지 광증을 치료할 수는 없었다. 미친 드래곤은 대부분 드란보우글리스펜쉬르로 이송되었고, 금지된 대륙에 남은 드래곤들은 본국으로 돌아갈 날을 기다리면서 노예였던 늑대인간들의 감시를 받고 있었다.

드래곤의 알과 기술을 교환할 때 붉은 여왕이 드란보우글리스펜쉬르의 사절단에 칼리르 꽃의 치료 효과를 알려주지 않았다는 것도 밝혀졌다. 여왕은 억류된 드래곤들을 자신의 미친 계획에 끌어들이기 위해 그 점에 대해 일부러 거짓말을 한 것이었다.

샨비와 산트라는 수감되었지만 제아스 주문에 걸려 있었다는 사실을 고려하여 정상을 참작해주었다. 그들은 붉은 여왕에게 복종하지 않을 수 없었기 때문에 큰 책임을 면했다.

붉은 여왕 샤발루지론쉬바는 샤름의 먼 친척이었고, 그 사실을 알고 샤름은 충격을 받았다. 권력욕에 빠지기 전(아마 크라에토르비르의 반지 때문인 것 같았다)에 샤발루지론쉬바는 존경받는 생물학자였고, 많은 드래곤 학자가 그 연구를 추종하고 있었다.

타라와 친구들은 오무아로 돌아갔다. 리스베스는 로빈이 타라 곁에 머무는 것이 탐탁지 않았지만 반대하지 않았다. 여제는 할 일이 너무 많았다. 새 대륙에 식민지 개발 사업을 추진해야 하는데 늑대인간이 우글거리는 나라에 가서 사는 걸 꺼리는지 선뜻 나서는 사람이 없었다.

반면에 아더월드 여행이 허락되면서 늑대인간들은 노예 없이 살아가는 모습에 감명을 받은 것 같았다. 그때까지 '시장경제', '세계화', '민주주의'에 대해 피상적으로만 알고 있던 늑대인간들이 정부를 구성하기에 이르렀다. 쉽지 않은 일이었지만 미스터리한 행방불명 사건이나 갑자기 입후보를 사퇴하는 일을 제외하고 심각한 수준의 소요 사태는 일어나지 않았다.

해방된 영토의 수장이 되었던 틸 장군이 대통령으로 선출되었다. 타라는, 그가 몇몇 반란을 진압하면서 보여준 단호한 대응에 비추어 대륙 전체를 정복하는 데 많은 시간이 필요하지 않을 거 같았다. 그리고 금지된 대륙을 개방한 것이 과연 좋은 생각이었는지 의문이 들었다.

금지된 대륙 곳곳에 동상과 초상화가 넘치는 광경을 보면서 타라는 좋은 현상이 아니라고 생각했지만 막을 수 없었다. 금지된 대륙의 국민은 피바다를 면하게 해준 것을 고마워하는 뜻에서 타라에게 많은 훈장을 수여했고, '위대한 구원자'라는 별명으로 불렀다. 타라의 친구들도 유명세를 탔고, 크산디아르까지 뻐기고 다녔기 때문에 이글거리는 눈빛을 가리기 위해 선글라스가 필수품이 되었다.

바리우스 덩컨은 남작령과 오무아의 외교 관계 단절을 선언했다. 타라는 리스베스가 감히 셀레나에게 청혼했던 바리우스를 스파슌으로 둔갑시켰는데 드래곤들과의 전쟁 때문에 정신이 없어서 이전 모습으로 돌려놓는다는 걸 까맣게 잊은 사실을 알았다. 지렁이를 먹고 싶은 충동에 사로잡혀서 지내는 동안 바리우스/스파슌이 리스베스를 얼마나 원망했을지 그 심정이 충분히 이해가 되었다.

최고 마구스들이 마지스터가 마을에 걸어놓은 아메모루스 주문을 풀어놓는 즉시 베티는 지구로 돌아갔다. 다른 마법사가 걸어놓은 마법을 푸는 것은 불가능한 일이지만, 베티가 평범하게 살아가길 바라는 타라의 지휘 하에 망각 주문을 푸는 데 성공하기에 이르렀다.

금지된 대륙에서의 모험 덕분에 마법에 대한 물리학적 연구가 새롭게 시작되었고, 마법에 대한 인식도 재검토되었다.

한편 살루/소년은 베티를 따라 지구로 갔다. 드래곤들을 보는 것이 고통을 안겨줄 뿐만 아니라 베티만 그의 정신에 안정을 주기 때문이었다. 그들은 살루의 부모가 바다에서 실종되었는데 알고 보니 베티와는 먼 친척이었다는 소설 같은 이야기를 지어내면서 베티의 부모를 설득했다. 살루/소년은 노란 눈빛을 감추기 위해 컬러렌즈를 껴야 했고, 지구의 생활에 빠르게 적응했다.

베티의 부모님은 재주가 많은 소년(약하지만 꽤 쓸 만한 마법 능력을 지니고 있기 때문에)과 함께 사는 것을 흡족해했고, 멋진 몸매가 된 딸의 신체적 변화도 몹시 기뻐했다.

타라는 베티와 살루에게 자주 만나러 올 것이고, 민투스 주문은 걸지 않겠다고 약속했다.

수색 작업을 벌였지만 끝내 젠드라의 별과 복제한 크라에토르비르의 반지를 찾지 못했다. 드래곤들이 불쾌해했지만 타리는 어떤 상황에서 잃어버렸는지 말해주지 않았다.

칼리르 꽃을 포함해서 모든 재료를 확보했기 때문에 타라는 더 이상 바라는 것이 없었다. 1년에 걸쳐 준비하면서 기다린 끝에 이제 머지않아 아버지의 품에 안길 수 있는 날이 오는 것이었다.

발라는 로빈에 대해 옵션이 있다고 알리면서 결정적으로 어머니 에레와 사이가 틀어지게 되었다. 그래서 하프엘프의 삶도 타라 못지않게 파란만장해지고 있었다.

마침내 타라는 꼭 해줘야겠다고 다짐했던 일을 해결했다.

타라가 안전 구역에 있는 방으로 들어갔을 때 부디우는 소스라치게 놀랐다.

"결국 나를 없애려고 온 것이냐?" 부디우가 노려보며 물었다.

타라가 부디우를 뚫어지게 쳐다봤다. 모든 일은 약 3년 전 이 남자로부터 시작되었다. 끔찍하면서 신기한 세계에 들어오게 된 것도 이 남자 때문이었다.

그러나 이상하게도 타라는 부디우가 원망스럽지 않았다.

타라가 걸어놓은 마법은 계속되고 있었다. 샤먼이 부디우의 신경조직을 마비시켜놓는 것으로 고통을 덜 느끼게 해놓은 상태였다. 타라가 손을 들자 상그라브의 눈에 공포의 빛이 번뜩였다. 타라는 주문을 읊지 않고 마법의 물결로 부디우를 에워쌌다. 공포의 비명을 지르던 부디우는 마법의 물결이 사라지자 얼굴을 만져 보면서 외쳤다.

"아프지 않아! 아더월드의 모든 신과 악마들이여! 이제 고통이 사라졌다!"

얼마 동안 부디우는 믿어지지 않는다는 듯 얼굴을 만지는 것 말고는 아무것도 할 수 없었다. 그러다 심호흡을 하면서 타라를 쳐다봤다.

"왜 나를 살려줬지?"

아! 고맙다는 말을 기대했다면 실망했을 테지만 타라는 이런 식의 반응을 예상했기 때문에 대꾸했다.

"나는 마지스터가 아니에요. 사람들에게 고통을 주는 것이 나는 기쁘지 않거든요."

타라가 돌아서서 나갈 때 부디우가 말했다.

"고맙다!"

타라는 잠시 머뭇거리다가 그대로 문을 향해 걸어갔다. 다시는 만나는 일이 없기를 바라면서.

얼마나 걸었을까, 상그라브의 반응에 약간 놀라서 이런저런 생각에 잠긴 채 걸어가던 타라가 비늘로 덮인 거대한 몸집과 부딪쳤다. 타라가 엉덩방아를 찧으려는 순간 갈퀴발톱 달린 붉은빛 발이 얼른 잡아주었다.

"샤름? 무슨 일……?"

"네가 구해줘야 해, 타라. 네가 구해줘야 해!"

"네? 누구를 구해줘요?"

샤름이 완전히 얼이 빠져 있어서 타라도 공포에 사로잡혔다.

"셈! 네가 셈을 살려줘!"

"셈 선생님이요? 선생님이 왜요?"

"드래곤 심의회에서 사형선고를 내렸어!"

타라가 말하려는 순간 뒤에서 누군가가 불렀다. 타라가 홱 돌아섰다.

드라고쉬 선생님이었다.

시뻘게진 뱀파이어의 얼굴? 눈이라면 몰라도……. 어쨌든 얼굴이 빨개진 드라고쉬가 헝클어진 머리로 땀까지 흘리면서 달려왔다. 드라고쉬 선생님과는 별로 사이가 안 좋은데…… 만일을 대비해서 타라가 슬그머니 마법을 작동했다.

"타라!"

드라고쉬가 타라의 팔을 움켜잡고 빨간 눈으로 쪽빛 눈을 뚫어져라 쳐다봤다.

"나를 도와줘! 그녀를 구해야 해! 크라살비로 가야 해!"

"네? 누구를 왜 구해야 하는데요?"

"내 약혼녀 셀렌바! 뱀파이어 심의회에서 사형선고를 내렸어!"

『타라 덩컨』 6권 「마지스터의 함정」에서 계속……

아더월드의 용어 해설

🦋 **아더월드_** 아더월드는 지구 표면적의 1.5배에 이르는 마법 행성으로 태양 주위를 자전하며, 하루 26시간, 1년 454일, 14개월, 7계절(카일로스, 보탄트, 트레보, 파이초, 플루초, 모인초, 살탄)로 이루어져 있다. 위성으로는 두 개의 달 마딕스와 타딕스가 아더월드의 주위를 돌고 있으며, 춘·추분에 조수간만의 차가 몹시 크다.

아더월드의 산들은 지구의 산보다 훨씬 더 높으며, 채굴되는 광물은 대체로 마법의 폭발성이 있어서 추출하는 것이 상당히 위험하다. 지구(육지 29%, 바다 71%)보다 바다가 차지하는 비율은 적으며(아더월드: 육지 45%, 바다 55%), 그중 두 개의 바다는 민물이다.

아더월드를 지배하는 마법은 동물상과 식물상과 마찬가지로 기후에도 영향을 미친다. 그로 인해 계절은 예측하기가 아주 힘들다(아더월드에서는 한여름에도 폭설이 내려 1미터나 되는 눈에 덮일 수 있다!).

아더월드에는 인간, 난쟁이, 거인, 트롤, 뱀파이어, 땅신령, 꼬마도깨비, 엘프, 유니콘, 키마이라, 타트리스, 드래곤 등 수많은 종족이 살고 있다.

그 밖의 다른 행성

드란보우글리스펜쉬르_ 얼마 전까지 드래곤들의 왕 샨도우바릴로우바쉬부가 통치하던 행성이다. 지능이 높은 거대한 파충류인 드래곤은 마법 능력을 타고나서 어떤 형상으로든 변신할 수 있으며, 대체로 인간으로 변신해 있다. 마법사들 편에 서서 림보의 악마들과 싸우고 있다. 세계의 영토를 점령하기 위해 악마들과 대립하면서 드래곤들은 지구의 마법사들과 충돌하는 순간까지는 알려져 있는 모든 세계를 정복했다. 끊임없이 악마들과 싸워야 하는 드래곤들은 지구인 마법사들과 전쟁을 벌인 뒤에 동맹을 맺는 것이 유리하다는 결론을 내렸다. 지구를 지배하겠다는 계획은 포기했지만, 마법사들이 지구를 지배하는 것도 인정할 수 없는 드래곤들은 지구의 마법사들에게 아더월드에서 더 많은 마법사들을 양성하고 훈련시키자고 제안했다. 수년 동안 드래곤들을 경계하면서 고심한 끝에 지구의 마법사들은 결국 그 제안을 받아들이고 아더월드에 정착하였다.

림보_ 악마의 세계로 악마들의 영역. 림보는 서클이라고 불리는 여러 세계로 나뉘어 있으며, 서클에 따라 악마들의 능력과 학식이 차이 난다. 제1, 2, 3서클의 악마들은 거칠고 아주 위험하다. 제4, 5, 6서클의 악마들은 마법사들과 정해진 조건에서 서로 도움을 주고받는다(마법사는 필요한 것을 악마에게서 얻을 수 있으며 악마의 경우도 마찬가지다). 제7서클은 마왕이 군림하는 서클이다.

림보에 사는 악마들은 저주받은 태양이 제공하는 악마의 에너지를 먹고산다. 다른 세계로 가기 위해 림보를 나갈 경우에 생명력이 강한 존재의 살과 정신을 먹어야 한다.

전 세계를 침략하던 중 갑자기 나타난 드래곤들과의 전쟁에서 패배한 뒤로 악마들은 림보에 갇히게 되었고, 마법사나 마법 능력이 있는 존재의 긴급 요청이 있어야만 다른 행성으로 갈 수 있게 됐다. 악마들은 이런 활동범위 제한을 견디기 힘들어서 끊임없이 해방될 방법을 모색하고 있다.

산티보르_ 텔레파시 능력이 있는 식물성 존재 진실의 입들이 사는 얼음 행성.

지구_ 인간과 비밀 임무를 맡은 마법사들이 살고 있다.

아더월드의 나라들과 종족

간디스_ 거인들의 나라로 수도는 제오폴. 세력 있는 그로아르 가문이 통치하며 흑장미 섬과 황무지 늪이 있다. 나라의 문장은 '주문방지' 돌로 쌓은 벽에 아더월드의 태양이 올라앉은 형상이다.

랑코비트_ 인간이 지배하는 가장 큰 왕국으로 수도는 트라비아. 왕국의 문장은 은빛 초승달 아래 금빛 뿔의 하얀 유니콘이다. 왕 베어와 왕비 티타니아가 통치하고 있으며, 타라와 어머니 셀레나의 조국이다.

🐾 **멘탈리르_** 보우 대륙 동쪽의 광활한 평원이며 유니콘들과 켄타우로스들의 나라. 유니콘은 생김새와 크기가 말과 같고, 이마에 나선형 뿔이 하나 있으며 발굽은 갈라져 있고 털은 흰빛이다. 지능이 떨어지는 유니콘도 간혹 있지만, 대부분은 영리하며 그 지능은 용들의 지능에 견줄 수 있다. 유니콘의 이 특성을 어떤 종족의 지능이나 동물의 지능으로 분류하기는 힘들다.

켄타우로스는 반은 남자나 여자의 형상, 반은 말의 형상을 하고 있는데 두 종류가 있다. 상반신은 인간, 하반신은 말의 형상을 한 켄타우로스와 상반신은 말, 하반신은 인간의 형상을 한 켄타우로스. 켄타우로스가 어떤 마법에 걸려 있는 것인지는 알 수 없으나 소금이나 향유 같은 생필품을 얻기 위해서가 아니면 다른 종족들과 섞이기를 싫어하는 까다로운 종족이다. 사납고 거칠어서 영역을 침범하는 이방인들을 발견하면 가차 없이 화살을 쏘아댄다. 켄타우로스의 샤먼 부족은 평원에서 하얗고 파란 맹독성 개구리 플로프들을 잡아 그 등을 핥는 것으로 미래를 점친다고 전해진다. '씨르레기 대선'이 벌어지는 동안 켄타우로스들이 엘프들에게 몰살되었다는 것은 이 방법이 100퍼센트 믿을 만한 것은 아닌 듯하다.

🐾 **살테렌스_** 살테렌스들의 나라로 수도는 살라. 나라의 문장

은 파란색 투명한 소금을 물고 곧추서 있는 커다란 벌레. 왕은 없고 위대한 카샤라고 불리는 족장과 재상 일파봉이 통치하며 여러 부족으로 나뉘어 있다. 노예제도를 주장하는 종족으로 사자와 표범의 잡종인 두 발 동물이다. 침투할 수 없는 사막에서 숨어 지내다 마법의 소금광산을 약탈한다.

셀렌다_ 엘프들의 나라로 수도는 세보른. 문장은 대각선으로 시위를 메긴 두 개의 활 위로 보이는 은빛 보름달.

엘프들은 마법사들과 마찬가지로 마법에 재능이 있다. 겉모습은 인간이며 뾰족한 귀와 고양이의 눈처럼 동공이 수직으로 움직이는 크리스털 눈, 은발이 특징이다. 아더월드의 숲과 평원에서 살며 가공할 만한 사냥꾼이다. 엘프들은 전투와 싸움, 상대를 유인하는 온갖 종류의 게임을 좋아하기 때문에 그들의 에너지를 적절히 이용하기 위해 경찰국이나 국가정보원에 고용된다. 하지만 엘프들이 옥수수나 마법의 귀리를 경작하기 시작하면 아더월드의 종족들은 불안해한다. 그건 엘프들이 전쟁을 시작할 거란 뜻이기 때문이다. 실제로 전시에는 사냥할 겨를이 없기 때문에 엘프들은 곡식을 재배하고 가축을 기르며, 일단 전쟁이 끝나면 예전의 생활로 돌아간다. 또 다른 특성으로 아이들이 걸어다닐 수 있을 때까지 수컷 엘프들은 배에 달린 육아낭 같은 작은 주머니에 아기를 넣고 다닌다. 여자 엘프는 남편을 다섯 명 이상은 가질 수 없다. 엘프는 거의 죽지 않기 때문에 아이들이 별로 없다. 하프 엘프 로빈은 혼혈이라는 이유로 엘프들에게 따돌림을 받고 있다.

스몰컨트리_ 땅신령, 꼬마도깨비 파보, 요정, 고블린의 나라로 수도는 스몰빌. 문장은 원 안에 도안한 꽃, 새, 거미. 땅신령은 파란색, 꼬마도깨비는 초록색, 고블린은 회색, 요정은 여러 가지 색이다.

땅신령은 작달막하고 단단한 체구며 털은 오렌지색이다. 돌을 먹고살며, 난쟁이들과 마찬가지로 광부들이다. 그들의 털가죽은 고성능 가스 탐지기이다. 털이 곤두서면 별 탈이 없지만, 털이 내려앉는 순간부터 땅신령은 광산에 가스가 있다는 걸 알아채고 도망치기 때문이다. 또한 알 수 없는 이유로 인해 땅신령들만 '진실의 입'들과 교감할 수 있다.

스몰컨트리의 익살꾼인 꼬마도깨비 파보들은 키디코이라는 막대사탕을 만들어낸 이들이다. 착시 현상을 일으키거나 일시적으로 보이지 않게 할 수도 있으며 금을 좋아해 비밀주머니에 숨겨둔다. 그 주머니를 찾아낸 자는 두 가지 소원을 빌 수 있고, 귀한 금을 회수하려면 반드시 그 소원을 들어줘야 한다. 하지만 꼬마도깨비들은 반대로 해석하는 데 선수여서 예측불허의 결과가 나올 수 있으므로 소원을 비는 것에는 항상 위험이 따른다.

오무아 인간이 지배하는 가장 큰 제국으로 수도는 팅가푸르. 제국의 문장은 100개의 금빛 눈을 가진 주홍빛 공작이다. 타라의 고모인 여제 리스베스틸랑넴 탈 바르미 압 산타 압 마루와 삼촌인 황제 산도르 탈 바르미 압 마르치 압 브레비스가 통치하고 있다. 제국을 설립한 최고 마구스 데미데루스의 후손들이다.

크라살비 뱀파이어들의 나라로 수도는 우를라. 나라의 문장은 천문관측 위에 무한을 상징하는 누운 8자와 별이 올라앉은 형상이다.

뱀파이어는 총명하고, 인내심이 많으며 학식이 깊다. 수명이 아주 길고, 수학과 천문학에 몰두하며, 대부분의 시간을 명상하는 데 보내면서 삶의 의미를 추구한다.

아더월드의 뱀파이어는 동물의 피를 먹고살기 때문에 가축을 키운다. 브르르르아아아, 모오오오우우우, 지구에서 수입한 말, 염소, 양 등. 하지만 몇몇 피는 금지되어 있다. 유니콘이나 인간의 피를 먹으면 미치게 되며, 수명이 절반으로 줄기 때문이다. 반면에 뱀파이어에게 물리면 독이 퍼지게 되며, 뱀파이어에게 물린 인간은 그들의 노예가 된다. 게다가 독성 피가 전이되면 뱀파이어가 되는데 이 경우의 뱀파이어는 파괴적이고 악독하기 때문에, 저주에 희생된 뱀파이어는 동족은 물론 아더월드의 모든 종족에게 쫓겨다닌다.

크랑카르_ 트롤들의 나라로 수도는 크리아. 나라의 문장은 나무 꼭대기에 몽둥이가 걸려 있는 형상이다. 트롤은 거대한 몸집에 납작한 이빨이 있는 초록빛 털북숭이로 채식주의지만, 고기를 흡수할 경우 식인귀가 될 수 있다. 먹고살기 위해 나무를 마구 죽이며(이것이 엘프들의 울화를 치밀게 한다), 쉽게 자제력을 잃어버리는 성향이 있어서 한 번 성질이 나면 닥치는 대로 짓뭉개 버리기 때문에 평판이 나쁘다.

타트란_ 타트리스, 카흠보움, 타츠보움의 나라로 수도는 시티빌. 문장은 양피지 위에 놓인 직각자, 컴퍼스, 크리스털 볼.
  타트리스는 머리가 둘인 특성을 가지고 있다. 관리 능력이 뛰어난 데다 신체적 특성 덕분에 행정관이나 정부 고위층에서 일하고 있다. 타트리스들은 오로지 일을 중요하게 여기면서 헛된 꿈을 꾸지 않는 현실주의자들이다. 타트리스들은 꼬마도깨비 파보들이 즐겨 놀리는 대상 중 하나며, 이 장난꾸러기들은 유머가 결핍된 종족이라는 소리를 듣지 않기 위해 수세기 동안 끈질기게 타트리스 종족을 웃기려고 애쓰고 있다. 게다가 파보들은 웃기는 데 성공한 자들 중에서 1등에게는 상까지 수여하고 있다.

카흠보움은 빨간 눈과 촉수들이 있는 노란색 덩어리 모습을 하고 있으며 주로 도서관 사서로 일한다. 타츠보움은 촉수로 놀라운 멜로디를 연주하는 음악가들이다.

파트로크_ 에드라킨족이 사는 나라로 수도는 키크로크. 나라의 문장은 바람의 원소에 올라앉은 불새. 에드라킨족은 강력한 마법사들이며, 모습은 인간이지만 귀가 뾰족하고 털로 덮여 있다. 머리털은 두상의 절반 정도까지만 자라며, 코는 거의 보이지 않는다. 다른 종족을 싫어하지만 의무적으로 여러 나라와 교역하고 있다. 에드라킨족은 아더월드를 정복하기 위해 네 번이나 침략을 시도했다.

히믈리아 난쟁이들의 나라로 수도는 미나트. 대장장이 씨족이 통치하고 있다. 나라의 문장은 광산 지하의 전쟁용 모루와 쇠망치.

키와 몸통 폭의 길이가 똑같은 단단한 체구가 난쟁이들의 신체적 특징이다. 아더월드의 광부, 대장장이로 활동하고 있으며, 뛰어난 금속 가공업자, 보석 세공인도 거의 난쟁이들이다. 또한 성격이 몹시 까다로운 것으로 알려져 있으며, 마법을 싫어하며 아주 길고 복잡한 노래를 즐겨 부른다.

아더월드와 주변 행성의 동·식물상 및 속담

간다리_ 대황에 가까운 식물이며, 꿀처럼 단맛이 난다.

갬볼_ 마법에 흔히 사용되는 파란 이빨의 설치류 동물. 그 살가죽과 피에 마법이 침투하지 못할 정도로 땅을 깊이 파고 들어간다. 건조시키면 딱딱해졌다가 가루처럼 변하며, '갬볼 가루'는 마법을 실행하기 힘들게 만든다. 몇몇 마법사들은 갬볼 가루를 식용하는데 그것은 그 가루가 환각 증세를 일으키기 때문이다. 갬볼 가루 복용은 아더월드에서 엄격하게 금지되어 있으며 위반할 경우 엄중한 처벌을 받는다.

글로우톤_ 털북숭이 동물. 길게 늘어나는 특성이 있어서 목을 조르는 밧줄로 사용한다.

글루릅스_ 머리가 아주 갸름한 초록색과 갈색의 도마뱀으로 호수와 늪에서 서식한다. 식욕이 왕성하며, 물속에서 숨을 쉬지 않고 몇 시간을 견딜 수 있어서 목을 축이러 오는 순진한 동물을 잡아먹는다. 물가의 은신처에 굴을 파놓고 살며, 호수 바닥의 구멍 속에 먹이를 숨겨놓는다.

드래코-티라노사우루스_ 뱀과 공룡의 잡종. 드래곤의 사촌이지만 지능은 많이 떨어지며, 날개가 작아서 날지 못한다. 가공할 만한 포식동물로 움직이는 것뿐만 아니라 움직이지 않는 것조차 닥치는 대로 잡아먹는다. 오무아 제국의 따뜻하고 습한 숲에서 살며, 이 지역은 관광 개발이 불가능하다.

디스쿠타리움_ 지구와 아더월드, 드란보우글리스펜쉬르, 악마들의 림보와 관련된 모든 책, 영화, 예술작품에 관한 정보를 조회할 수 있다. 디스쿠타리움에서 나오는 목소리는 어떤 질문에도 답변을 못하는 경우가 거의 없다.

로크 새_ 공중에서 사는 자이언트 새. 인공위성을 궤도에 올려놓거나 아더월드에서 마딕스와 타딕스로 여행할 때 이용한다.

마누릴_ 마누릴의 하얀 싹은 즙이 많아서 아더월드 사람들이 즐겨 음식에 곁들여 먹는다.

🌠 **모오오오우우우**_ 뿔은 없고 머리가 둘 달린 고라니. 머리 하나가 먹을 때 다른 하나는 포식동물들을 감시한다. 이동할 때는 게처럼 옆으로 걷는다.

🌠 **무슈티크**_ 벌처럼 쏘아서 아더월드 사람들의 피를 빨아 먹는 공격적인 곤충.

🌠 **므르르르**_ 초록색 귀가 달린 오렌지빛 고양이. 같은 능력을 가진 빨간 생쥐 뿌익을 잡기 위해 공간이동을 할 수 있다.

🌠 **므르모움**_ 나무들이 숲 모양으로 거대한 군락을 이루고 있어서 따기가 아주 힘든 과일이다. 므르모움나무는 접근하는 것이 있으면 괴상한 소리를 내면서 땅속으로 파고들기 때문에 붙여진 이름이다. 아더월드에서 산책을 하다 보면 므르모움나무 숲이 통째로 사라지고 벌판만 남는 아주 놀라운 광경을 목격할 수 있다.

🌠 **미암**_ 크기가 복숭아만 한 빨간 체리.

🐾 **발로르키데_** 꽃이 아주 화려한 기생식물. 이름은 개화하기 전의 노란빛과 초록빛의 봉오리에서 따온 것이다. 성장속도가 아주 빨라서 몇 계절 만에 나무 한 그루를 죽일 수 있으며, 뿌리로 이동해서 그다음 나무를 공격한다. 그래서 아더월드의 나무들은 발로르키데들이 들러붙지 못하게 부식시키는 물질을 분비하는 것으로 생존경쟁을 벌이고 있다.

🐾 **발분_** 거대한 고래로 붉은색이며 지구의 고래보다 두 배로 크다. 발분은 잊지 못할 멜로디의 노래를 부르며, 젖이 아주 풍부하다. 발분의 젖으로 만든 버터와 크림은 영양가가 높은 인기 식품이어서 물에 사는 트리톤과 사이렌들과 육지에 사는 거주자들 사이에 무역 교류의 대상이 되고 있다. 노래를 아주 잘 부를 때 '발분처럼 노래 부른다'는 말로 칭찬한다.

🐾 **버디 드라이어_** 바람의 원소를 이용한 무형물로 욕실에서 주로 사용한다.

🐾 **베에에_** 아름다운 흰털 양. 마법 행성의 변화무쌍한 계절에 대한 적응력이 뛰어나서 몇 시간 만에 털이 빠지거나 털을 자라게 할 수 있다. 그래서 털 깎는 시기에 사육자들이 그 특성을 이

용해서 날씨가 갑자기 몹시 더워졌다고 하면 베에에들은 즉시 털을 홀랑 벗어버린다. 아더월드에서 '베에에처럼 순진하다'는 표현을 쓰는 것은 여기서 유래한다.

벤드룩_ 림보의 여러 우상 중 하나인 벤드룩은 생김새가 어찌나 흉측한지 다른 우상들조차 그 끔찍한 모습에 두려움을 느낄 정도다. 벤드룩은 내장이 몸 밖으로 나와 있어서 먹을 때 소화되는 과정을 구경할 수 있다.

벨루르 목재_ 내구성이 좋고, 아름다운 금빛 색깔 때문에 아더월드에서 실내 바닥재로 많이 사용한다. 겉보기에는 차가운 느낌이지만 양탄자처럼 푹신하다.

보벨_ 앵무새와 유사한 아더월드의 화려한 새.

불사르딘_ 공격을 받으면 몸이 팽창하는 특성을 가진 일종의 정어리. 껍질은 칼이 들어가지 않을 정도로 아주 질기다. 그래서 아더월드에서 파괴되지 않는 것을 보면 '불사르딘 같다'고 말한다.

🐾 **브룸므_** 일종의 빨간 무로 아더월드 사람들이 즐겨 먹는다.

🐾 **브르르르아아아_** 거인들의 나라 간디스에서 생산하는 엄청나게 큰 소. 털은 숱이 아주 많아서 거인들이 그 털가죽으로 옷을 지어 입는다. 몹시 공격적이어서 움직이는 것이 있으면 뭐든 덤벼든다. 제 그림자를 쫓다가 녹초가 된 브르르르아아아를 보게 되는 것은 그 때문이다. 흔히 고집불통인 사람을 '브르르르아아아 같다'고 표현한다.

🐾 **브르리르_** 흰빛과 금빛이 어우러진 고양이과 동물로 다리가 여섯 개. 특히 브르리르를 사랑하는 오무아 제국의 여제는 이 동물들이 궁전에 갇혀 있다는 생각을 하지 않도록 주문을 걸어놨다. 그래서 브르리르들에게는 가구와 침대의자가 나무와 편안한 바위로 보인다. 브르리르에게는 궁인들이 안 보이며, 궁인들이 쓰다듬어주면 바람에 털이 살랑살랑 흩날리는 것이라고 생각한다.

🐾 **브리양트_** 요정의 사촌으로 날개 달린 작은 인간의 모습을 하고 있다. 어둠 속에서 100와트 밝기의 빛을 발하며, 투명한 스탠드나 램프의 모습으로 아더월드의 모든 가정을 밝혀준다.

🌿 **브릴_** 브릴의 싹 요리는 아더월드에서 아주 인기가 높다. 브릴은 히믈리아에 있는 마법의 산골짜기에서 자라며 난쟁이들이 그 싹을 수확해서 아더월드의 상인들에게 비싼 값으로 판다. 게다가 히믈리아에서는 브릴을 잡초로 여겨 먹지 않기 때문에 난쟁이들은 이 불로소득에 즐거운 비명을 지른다.

🌿 **블루릅스_** 갈색 가죽배낭 같은 모습으로 흙 속에 숨어 있다가 접근하는 곤충을 잡아먹는 식물. 어린 블루릅스들이 흰개미처럼 어미 블루릅스에게 물과 먹이를 공급하며, 다 크면 둥지를 떠나 다른 데에 뿌리를 내리고 흙 속으로 파고 들어간다. 아더월드에서는 궁지에서 헤어날 기회가 전혀 없을 때를 가리켜 '블루릅스 둥지에서 헤맨다'고 표현한다.

🌿 **블를_** 대부분 물속에서 생활하다 번식기에 물 밖으로 나오는 날개 돋친 물고기. 색이 아름다워서 수영장 장식용으로 쓰인다.

🌿 **블리르_** 금빛 자두. 지구의 자두와 아주 흡사하며 더 달콤하다.

🌿 **비마_** 비마법사를 축약한 것으로 비마는 마법 능력이 없는

인간들을 가리킨다.

🐾 **비즈즈즈_** 빨간색과 노란색의 커다란 벌. 지구의 벌들과는 달리 비즈즈즈는 독침이 없다. 독극물을 분비해서 잡아먹으려고 달려드는 포식동물을 독살하는 것이 비즈즈즈의 방어수단이다. 비즈즈즈들이 아더월드의 마법 꽃에서 생산하는 꿀은 그 어떤 꿀에도 비길 데 없는 맛이다. 아더월드에서는 '비즈즈즈 꿀처럼 달콤하다'는 표현을 자주 사용한다.

🐾 **빠그락-땅콩_** 벌어질 때 나는 독특한 소리 때문에 붙여진 이름이다. 이 땅콩에서 짜내는 기름은 향이 좋아서 아더월드의 유명한 주방장이나 숙련된 가정주부들이 주로 애용한다.

🐾 **빨간 바나나_** 색깔을 제외하고는 지구의 바나나와 똑같다.

🐾 **뿌익_** 이 장소에서 저 장소로 자신의 몸을 물리적으로 전송할 수 있는 꼬리가 둘 달린 빨간 쥐. 천적은 같은 능력을 지닌 초록색 귀의 오렌지색 뚱보 고양이 므르르르이다.

🐾 **사카트_** 맹독성의 공격적인 빨갛고 노란 곤충으로 아더월드

에서 특히 좋아하는 꿀을 생산한다. 미식가들인 난쟁이들만 샤카트의 애벌레를 먹을 수 있다. 다른 종족이 먹었을 경우에는 애벌레의 딱지가 인간이나 엘프의 소화액에 용해되지 않기 때문에 배 속에서 벌떼를 분봉할 위험이 있다.

샤먼_ 아더월드에서 의사 역할을 하는 치료사. 마법사는 누구나 다쳤을 때 레파루스 주문으로 상처를 아물게 할 수 있지만, 이 주문만으로는 치료할 수 없는 병도 많기 때문에 꼭 필요한 존재이다.

샤트릭스_ 일종의 하이에나. 검은색이며, 독이 든 이빨을 사용하는 아주 공격적인 동물로 밤에만 사냥한다. 길들일 수 있어서 오무아 제국에서 샤트릭스들을 문지기로 이용한다.

소포르_ 향기로운 꽃들이 탐스러운 식물. 최면작용을 하는 꽃가루로 곤충과 동물을 함정에 빠뜨린다. 곤충이나 동물이 잠들면 꽃가루를 뿌려서 번식을 도와주는 매개체로 삼는다. 소포르 주변에서 육식동물이 보이는 것은 그 때문이다.

🐾 **스너피_** 생김새는 여우 같지만 두 발로 걸어다니며 누더기를 걸치고 옆구리에 배낭을 달고 다닌다. 닭이나 스파슌을 훔치기 때문에 아더월드의 농부들이 아주 싫어한다. 제 몸을 복제하는 특성이 있어서 감옥에 갇혀도 탈옥할 수 있다.

🐾 **스쿠프_** 아더월드의 기술로 생산되는 날개 달린 작은 카메라. 스쿠프는 지능을 가지고 있어서 촬영한 영상을 크리스털리스트에게 전송한다.

🐾 **스트리둘_** 지구의 메뚜기에 해당된다. 몹시 파괴적이어서 구름같이 떼를 지어 이동할 때는 삽시간에 농작물을 휩쓸어버린다. 스트리둘은 아주 풍부한 점액을 생산하기 때문에 마법에 널리 사용된다.

🐾 **스파슈니어_** 닭장처럼 스파슌을 가두어두는 우리.

🐾 **스파슌_** 금빛의 자이언트 칠면조인데 시종일관 울음소리를 내면서 거드럭거리고 다니는 통에 사냥하기가 아주 수월하다. 흔히 '스파슌처럼 어리석다' 또는 '스파슌처럼 거드름피운다'고 표현한다.

🦂 **스팔렌디탈_** 일종의 전갈이며 스몰컨트리가 원산지다. 땅신령들은 스팔렌디탈을 길들여서 말처럼 타고 다니며, 가죽이 아주 질기기 때문에 유용하게 사용한다. 새를 좋아하는(미각적 의미에서) 땅신령들은 스몰컨트리의 서식동물을 절멸시킴으로써 곤충과 다른 동물에게 생태적 지위를 열어주었다. 천적들에게서 해방된 스팔렌디탈들은 위험 없이 자라면서 그 개체 수는 점점 더 늘어났다. 땅신령들 때문에 스몰컨트리는 결과적으로 자이언트 전갈, 자이언트 거미, 자이언트 다족류에게 점령되었다.

🦂 **슬루릅_** 멘탈리르 평원이 원산지인 식물이며 그 즙은 신기하게도 후추를 친 쇠고기의 깊은 맛이 난다. 고기 맛이 나는 것은 초식동물인 유니콘 떼의 공격을 피하기 위해서다. 하지만 이 독특한 맛을 발견한 아더월드 사람들이 슬루릅 즙으로 요리하는 습관이 생겼다.

🦂 **아스토펠_** 며칠 동안 후각을 마비시키는 속성을 가진 장밋빛 작은 꽃. 아스토펠은 후각으로 초식동물과 포식동물을 탐지하는 능력이 발달되어 있다.

🐎 **에프리트_** 지각단층을 둘러싼 전쟁이 일어났을 때 인간들 편에 서서 악마들과 싸웠던 악마 종족. 감사의 뜻으로 데미데루스는 마법사의 호출을 받는 에프리트에게 아더월드로 오는 것을 허락했다. 아더월드에 온 에프리트들은 자기들의 능력을 인간을 돕는 데 사용하기로 결정했고, 대부분 하인, 전령, 경찰로 일하고 있다.

🐎 **엠엠로움_** 아더월드에서 재배하는 과일로 즙이 아주 많고, 달콤한 살구와 바나나를 섞은 맛이다. 엠엠로움나무는 침입자가 다가오는 즉시 땅속으로 사라지는 능력이 있다.

🐎 **원소_** 불, 물, 흙, 공기 등 여러 종류의 원소가 존재한다. 성질이 포악한 불의 원소를 제외하고 원소들은 대체로 다정하며 일상생활에서 아더월드 사람들을 도와준다.

🐎 **자이언트 강철나무_** 마법을 사용하지 않고서는 파괴할 수 없다. 키가 무려 300미터까지 자랄 수 있으며 야생 페가수스들이 둥지를 짓는다.

🐎 **자이언트 거미_** 스팔렌디탈과 마찬가지로 스몰컨트리가 원

산지이다. 땅신령들이 말처럼 타고 다니며, 그 거미줄은 아주 질긴 것으로 유명하다. 여덟 개의 발과 여덟 개의 눈, 전갈처럼 독침이 있는 꼬리가 달려 있는 것이 특징이다. 아주 영리하며, 잡아먹기 전에 먹이에게 수수께끼를 내는 것이 취미이다.

젤리소르_ 림보에서 숭배하는 신. 입김이 어찌나 센지 향기가 나는 천으로 주둥이와 얼굴을 가려야만 신전으로 들어갈 수 있다. 악취 때문에 젤리소르의 신전에서는 파리도 살 수 없다. 다른 신들과 회의가 있을 때는 실내공기를 고려하여 송곳니를 깨끗이 닦고 들어가야 하며, 젤리소르 옆에서는 담배를 피울 수 없다.

주르스탈_ 텔레크리스털이 방송하는 아더월드의 뉴스이며, 마법사와 비마는 크리스털 볼과 크리스털 전광판으로 받아 본다.

진실의 입_ 아더월드에서 가까운 얼음 행성 산티보르 원산의 식물성 존재. 텔레파시 능력이 있어서 어떤 거짓말도 탐지할 수 있다. 말을 못하기 때문에 진실의 입들의 생각을 읽어낼 수 있는 파란 땅신령을 통해 의사소통한다.

진흙먹보_ 간디스의 황무지 늪에 사는 털북숭이 동물이며 진흙에 들어 있는 영양소와 곤충, 수련을 먹고산다. 진흙먹보들의 원시족은 아더월드의 다른 거주자들과 거의 접촉이 없다.

🐾 **친파프_** 콜라, 사과, 오렌지 맛이 나고, 콜라처럼 거품이 나며, 상쾌하게 해주고 활력을 주는 청량음료.

🐾 **카멜레_** 하트 모양의 식물로 잎은 식용한다. 카멜레 잎만 섭취하고도 생존한 여행자가 많아서 '여행자의 식물'이라고 불린다.

🐾 **카멜린_** 이름은 환경에 따라 색이 변하는 특성에서 유래한 희귀종 식물. 멘탈리르 평원에서는 파란색이고, 살테렌스 사막에서는 금빛이나 흰색이다. 꺾거나 옷감으로 짜도 그 특성은 유지되기 때문에 활용 가치가 높다.

🐾 **칵스_** 근육을 풀어주는 효능이 있는 약초로 달여 마시며, 잠자기 직전에만 복용하라고 되어 있다. 근육에 영향을 준다고 하여 아더월드에서는 '몰몰'이라고도 부른다. '이런 칵스 같은 놈!'이라고 말하면 아주 흐늘흐늘한 사람을 가리킨다.

🐾 **칸타루프_** 공격적인 식충식물이며, 주로 곤충과 설치류 동물을 잡아먹는다. 꽃잎의 색은 다양하지만 항상 눈에 거슬리는 빛깔이며, 날카로운 가시를 사용하여 마치 작살로 찍듯이 먹이를 잡는다. 크기는 큰 개만 해서 꺾기가 힘들고, 아더월드의 특선 요리에 들어가는 재료로 사용한다.

🐾 **칼로르나_** 숲에 피는 매혹적인 꽃. 달콤한 장밋빛과 흰빛 꽃 잎으로 아더월드의 초식동물과 모든 동물에게 특선요리를 만들어준다. 멸종을 피하기 위해서 칼로르나는 세 개의 꽃잎을 포식동물의 접근을 감지할 수 있는 탐지기로 만들었다. 커다란 눈 모양의 이 꽃잎들 덕분에 칼로르나는 재빨리 모습을 감출 수 있다. 그런데 불행히도 호기심이 많은 칼로르나는 그 꽃잎들을 세우고 있다가 포식동물을 제때에 피하지 못하는 경우가 종종 있다. 호기심이 많은 사람을 보고 '칼로르나 같다'고 말하는 것은 바로 그 때문이다.

🐾 **켈트릴_** 가볍고 아주 단단해서 갑옷과 보호대를 만드는 데 사용하는 은빛 금속. 난쟁이들이 만들어서 엘프와 인간에게 아주 비싼 값으로 판다.

🐾 **크라켄_** 시커먼 발들이 위협적인 자이언트 문어. 엄청난 크기 때문에 아더월드의 바다에서 발견되지만, 민물에서도 살 수 있다. 뱃사람들에게는 위험한 존재로 널리 알려져 있다.

🐾 **크라크덴트_** 트롤의 나라 크랑카르 원산의 장밋빛 털북숭이 동물. 앞뒤가 분간되지 않지만, 세 배 크기로 늘어나는 입을 갖고 있어 무엇이든 거의 한입에 덥석 집어삼키므로 상당히 위험하다. 아더월드를 방문한 많은 관광객들이 "어머 어쩌면 이렇게 귀여울까!" 하고 감탄하다가 목숨을 잃었다.

🐾 **크레크레크레_** 레몬빛 털의 설치류 동물로 생김새는 토끼와 비슷하다. 빛깔이 화려한 아더월드의 환경을 이용해서 포식동물들을 아주 쉽게 피한다. 고기는 맛이 없는데도 굶주린 여행가나 사냥꾼이 먹기도 한다. 아더월드에서는 크레크레크레를 사로잡아서 사육한다.

🐾 **크렐_** 아더월드의 미모사 나무. 놀랍게도 지나가다가 건드리는 동물이나 사람들의 감정을 색깔로 반영한다.

🐾 **크로그로세이유_** 갈증을 풀어주는 청량음료. 아더월드 사람들이 즐기는 탄산음료 중 하나다.

🐾 **크로쉬엥_** 살테렌스 사막의 재칼. 크로쉬엥은 무리를 지어 사냥한다.

🐾 **크로아_** 두 가지 색의 개구리. 크로아는 글루릅스들의 주식이며, 신경을 거스르는 독특한 울음소리 때문에 쉽게 찾을 수 있다.

🐾 **크로우즈_** 향기가 짙은 야생장미의 일종으로 꽃의 색깔이 다채롭다.

🐾 **크로크-르캥_** 아더월드의 바다 포식동물인 일종의 상어. 날카로운 이빨을 무기로 주저치 않고 크라켄을 공격한다. 크로크-르캥은 아더월드의 바다에서 크라켄과 함께 뱃사람들에게 위협적인 존재들이다.

🐾 **크루이크크크_** 빨간 상아가 돋친 파란색 잡식성 포유류 동물. 성질이 포악한 것으로 알려져 있으며, 고기가 맛있어서 사육한다. 야생 크루이크크크 떼는 삽시간에 밭을 황폐하게 만들어

놓는다. 그래서 아더월드의 농부들은 곡물을 지키기 위해서 크루이크크크 퇴치 주문을 사용한다.

🐛 **크리크리_** 보랏빛과 노란색의 메뚜기.

🐛 **키디코이_** 장난꾸러기 꼬마도깨비 파보들이 창안한 막대사탕. 겉을 빨아먹으면 속에서 예언 글귀가 나타난다. 이 예언은 항상 실현되지만 그 순간에는 당사자가 이해하지 못하는 경우가 대부분이다. 모든 국가의 최고 마법사들은 그 기능을 이해하기 위해 신비한 키디코이를 연구하고 있지만 성과를 얻지 못했다. 파보들이 그 비밀을 잘 지키고 있기 때문이다.

🐛 **타로데르_** 자는 동물의 살 속에 유충을 넣어서 번식하는 벌레. 타로데르에게 물리면 통증이 심하므로, 유충이 몸속으로 퍼지기 전에 즉시 소독해야 한다.

🐛 **타오르미스_** 얼굴이 개미처럼 생긴 쥐인데 깨물면 굉장히 아프다. 개미집처럼 생긴 타오르미스 굴 하나가 이동할 때 숲 전체가 쑥대밭이 될 수 있다. 타오르미스는 아더월드의 동물이 좋아하는 꿀을 생산하지만, 그 꿀을 얻으려면 목숨을 걸어야 한다.

🐃 **타춤_** 노란색 꽃이며, 그 꽃가루는 아더월드의 후추로 사용된다. 자극성이 아주 강해서 타춤의 냄새를 맡으면 어떤 상태의 코든 뻥 뚫린다.

🐃 **타트롤_** 지구와 아더월드는 측량 단위가 서로 다르다. 타트롤은 킬로미터, 바트롤은 미터에 해당한다.

🐃 **탈루디_** 눈이 셋 달린 모자 모양의 작은 동물이며 무엇이든 녹화하는 능력이 있다. 촬영한 것을 보려면 머리에 쓰면 된다.

🐃 **톨리스_** 아더월드의 아몬드.

🐃 **트라둑_** 살코기와 털가죽을 얻기 위해 켄타우로스들이 키우는 동물. 악취를 풍기는 특성이 있어서 포식동물들로부터 자신을 보호한다. 그러나 트라둑의 냄새를 맡지 않기 위해 콧구멍을 막을 수 있는 늑대 크르르렉은 예외다. 아더월드에서 '병든 트라둑 같은 악취가 난다'라는 표현은 모욕으로 받아들여진다.

🐃 **트리크로크_** 표적을 정확하게 찾는 마법의 무기로 3개의 치

명적인 침이 달려 있다. 공격자가 표적을 죽이고 싶은가, 잠들게 하고 싶은가에 따라 3개의 침에 독이나 마취제가 생성된다.

🐾 **트실_** 살테렌스 사막의 벌레. 모래 속에 숨어서 동물이 지나가기를 기다리다 동물에 들러붙어서 살갗이든 딱딱한 껍질이든 뚫어버린다. 그 알들은 혈관을 침투해서 숙주의 몸속에 퍼진다. 100시간이 지나면 알들이 부화하며, 새로 태어난 트실들이 숙주의 몸을 먹는다. 아더월드에서는 트실로 인한 죽음이 가장 끔찍한 죽음 중 하나다. 이런 이유로 살테렌스 사막을 여행하는 사람은 거의 없다. 일반적인 트실에 대한 해독제는 존재하는 반면에 금빛 트실에 대한 해독제는 없어서 공격을 받으면 죽음을 면할 길이 없다.

🐾 **페가수스_** 날개 돋친 말. 지능은 개의 지능에 가깝다. 발굽은 없지만 갈퀴발톱이 있어서 어디든 쉽게 올라앉을 수 있다. 야생 페가수스는 키가 무려 300미터까지 자라는 자이언트 강철나무에 거대한 둥지를 짓고 산다.

🐾 **푸프푸프_** 발이 여섯 개 달린 살아 있는 작은 상자로 아더월

드의 청소기이다. 무엇이든 떨어지기가 무섭게 달려가서 집어삼킨다.

🐾 **프르루트_** 아더월드의 식충식물로 하이에나와 포식동물을 유인하기 위해 짐승의 썩은 고기 냄새를 피운다. 동물이 다가와서 촉수에 닿는 순간 꿀꺽 삼킨다.

🐾 **플로프_** 맹독성의 하얗고 파란 개구리로 멘탈리르의 평원에서 볼 수 있다.

🐾 **피크크크_** 이름이 가리키는 대로 피크크크는 흡혈파리처럼 피를 빨아 먹고 사는 아더월드의 곤충이다. 피크크크의 독침에 쏘이면 트라둑이나 모오오오우우우, 베에에는 몸속의 피를 다 토해낸다. 다행히 피크크크는 늪 주위에 서식하면서 알을 낳는다.

🐾 **흡혈파리_** 물리면 통증이 몹시 심하다.

랑코비트의 덩컨 가문 가계도

-5015년 파이초 25일(아더월드력)을 기준으로 작성-

마니투 덩컨 & 마젠티 발 아르젠몽 레틸라
(4850 DA~∞)　　(4849 DA~4928 DA)

5000년 이후의 후손

메넬라스 트리 브란릴 & 이사벨라 덩컨
(4805 DA~5994 DA)　　(4910 DA~)

레벤탈 덩컨 & 테일러 압 잔
(4901 DA~4998 DA) (4876 DA~)

셀레나 덩컨 브란릴 & 단비우 탈 바르미
(4977 DA~)　　(4973 DA~5002 DA)

배반자(라고 불리는) 바리우스 덩컨
(4952 DA~)

타라틸랑넴 탈 바르미
압 산타 압 마루 탈 덩컨
(1991 DT/5000 DA~)

자르틸랑넴 탈 바르미
압 산타 압 마루 탈 덩컨
(5003 DA~)

마라틸랑넴 탈 바르미
압 산타 압 마루 탈 덩컨
(5003 DA~)

DA = 아더월드력
DT = 지구력

오무아 제국의 탈 바르미 압 산타 압 마루 가문 가계도

-5015년 파이초 25일(아더월드력)을 기준으로 작성-

'불의 주먹' 데미데루스, 오무아 제국의 시조
(−2984 DT~)

5000년 이후의 후손

오무아 여제
리스베스틸랑넴 & 다릴 크라투스
탈 바르미 압   (4950 DA~5005 DA)
산타 압 마루
(4970 DA~)

전 오무아 황제
단비우 탈 & 셀레나 덩컨
바르미 압   (4977 DA~)
산타 압 마루
(4973 DA~5002 DA)

오무아 여제의 이복오빠, 이복형제 단비우를 계승한 현 오무아 황제
산도르 탈 바르미 압 마르치 압 브레비스 (4958 DA~)

타라틸랑넴 탈 바르미
압 산타 압 마루 탈 덩컨
(1991 DT/5000 DA~)

자르틸랑넴 탈 바르미
압 산타 압 마루 탈 덩컨
(5003 DA~)

마라틸랑넴 탈 바르미
압 산타 압 마루 탈 덩컨
(5003 DA~)

DA = 아더월드력
DT = 지구력